MW00814917

LAS VIDAS DEL GENERAL

LAS VIDAS DEL GENERAL

Memorias del exilio y otros textos sobre Juan Domingo Perón

Tomás Eloy Martínez

AGUILAR

© Tomás Eloy Martínez, 2004
© De esta edición:
   Aguilar, Altea, Taurus, Alfaguara, S.A., 2004
   Beazley 3860, (1437) Buenos Aires
   www.alfaguara.com.ar

Una editorial de Grupo Santillana que edita en:
Argentina - Bolivia - Brasil - Colombia - Costa Rica - Chile -
Ecuador - El Salvador - España - EE.UU. - Guatemala -
Honduras - México - Panamá - Paraguay - Perú - Portugal -
Puerto Rico - República Dominicana - Uruguay - Venezuela

ISBN: 950-511-945-3
Hecho el depósito que indica la ley 11.723

Diseño de cubierta: Claudio A. Carrizo
Fotografía de cubierta: Juan D. Perón se dirige a las Fuerzas Armadas,
          24 de diciembre de 1973, Archivo General de la Nación,
          Departamento Fotográfico
Diseño de interiores: Mercedes Sacchi

Impreso en la Argentina. *Printed in Argentina*
Primera edición: junio de 2004

Martínez, Tomás Eloy
Las vidas del General. – 1ª ed. – Buenos Aires: Aguilar, Altea, Taurus,
Alfaguara, 2004.
240 p. ; 24x15 cm.

ISBN Nº 950-511-945-3

1. Ensayo Argentino I. Título
CDD A864

ÍNDICE

A Paula,
a Sol Ana,
mis hijas,
que crecieron oyendo estas historias

PRÓLOGO

Una versión anterior de este libro se tituló *Las memorias del General*. Esa caracterización restringía su contenido a la historia de vida que Juan Perón me dictó durante cuatro días de marzo de 1970 y que aprobó luego como sus memorias canónicas. Pero el propósito de aquella obra era señalar también las desmemorias del personaje, y me temo que, influidos por el equívoco del título, algunos lectores no lo hayan advertido. En la edición definitiva que publico ahora, he añadido dos capítulos nuevos: uno, inédito, que refiere algunos conflictos entre el autor de *La novela de Perón* y el personaje Perón; otro, publicado de modo parcial o completo en diarios de lengua española, sobre las desventuras del cadáver de Evita. Los demás textos ya estaban en la edición anterior: aluden a la vida cotidiana del General en Madrid, a los terrores que vivió la Argentina después de su muerte en 1974, a las hazañas de su secretario y astrólogo José López Rega y a los vínculos del General con los nazis, un ensayo que se adelantó a las muchas y más valiosas investigaciones posteriores sobre el tema. Sólo he suprimido el pleonasmo de las Memorias publicadas por la revista *Panorama*, que los investigadores pueden consultar en cualquier archivo.

He modificado también el título inicial por otro que me parece más ajustado. *Las vidas del General* refleja no sólo los relatos con los que Perón quiso insertarse en la historia sino también los otros relatos disidentes que completan o contradicen esa imagen.

Julieta Vitullo ha escrito, a propósito de la primera versión de este libro, que los documentos, por veraces que sean, crean allí una trama donde la verdad parece inaprensible. Subraya también que ese volumen establece un incesante diálogo con *La novela de Perón* y le sirve, a la vez, como pretexto y epílogo.

He preparado la edición de *Las vidas del General* con la esperanza —quizás inútil— de que sus páginas dialoguen con todas las ficciones que escribí sobre el peronismo y, de algún modo, las clausuren. Con resignación, con fatiga, he notado que el pasado de esas ficciones se parece a mí cada vez menos, y cada vez más a los personajes que lo habitan.

T. E. M.

LAS MEMORIAS DE PUERTA DE HIERRO

Conocí a Juan Perón la aciaga noche del derrocamiento de *Arturo Illia*, a fines de junio de 1966. Hablé con él durante tres largas horas bajo un retrato al carbón del *Che Guevara*, en las oficinas que *Jorge Antonio* tenía en el Paseo de la Castellana de Madrid. De ese diálogo se publicó sólo una página, menos de trescientas palabras, en la edición especial que el semanario Primera Plana *dedicó al golpe militar acaudillado por* Juan Carlos Onganía.

Después, cada vez que yo pasaba por Madrid, lo llamaba por teléfono para preguntarle por su salud y por sus planes políticos. Dejábamos caer un par de frases triviales y eso era todo. En aquellos tiempos, acercarse al General parecía una pérdida de tiempo. Los militares que gobernaban el país, los políticos y hasta algunos de los jefes sindicales que habían construido su poder a la sombra de Perón creían que era un hombre acabado y se peleaban encarnizadamente por heredar el voto de sus adictos. El propio General estimulaba esas ambiciones. Dejaba caer frases de abandono y derrota: "Soy un león herbívoro"; o bien: "Ya estoy amortizado. No quiero nada para mí", a la vez que, con paciencia y astucia, iba restaurando su fuerza política a través de la ofensiva de las guerrillas y del control de los sindicatos más agresivos.

Aún a comienzos de 1970, Perón seguía viviendo en la soledad y el aislamiento. El dictador Francisco Franco no le contestaba ni las cartas. Sólo poquísimos amigos lo frecuentaban: Jorge Antonio, el cantante Carlos Acuña, el boxeador Gregorio Peralta, el futbolista Enrique Sívori, y la goyesca hermana de Franco, doña Pilar, que solía visitar la quinta 17 de Octubre por las tardes, para tomar el té con Isabelita, la tercera esposa.

A fines de 1969, la editorial Abril me mandó a París como corresponsal europeo y, aunque llamé a Perón un par de veces por teléfono para que me comentara la inesperada salida de la cárcel de algunos líderes gremiales aliados —Raimundo Ongaro, Elpidio Torres, Agustín Tosco—, no se me habría ocurrido la aventura de una entrevista larga con él si Norberto Firpo, entonces director del semanario Panorama, no me la hubiera sugerido.

Una mañana de febrero de 1970 llamé a la quinta 17 de Octubre, en Puerta de Hierro, con la vaga intención de pedir una cita. Para mi sorpresa, el General atendió el teléfono.

—Quisiera verlo y conversar dos o tres horas con usted —le dije, con una torpeza que no consigo olvidar—. Si está de acuerdo, voy a grabar esa conversación, para publicarla en la revista.

—Hasta fines de marzo no va a ser posible —me contestó—. Tengo que ir a Barcelona. El doctor Puigvert quiere sacarme unos cálculos de la vejiga. Déjeme ver. —Lo sentí barajar sus propios tiempos al otro lado de la línea.— Venga el 26, a las ocho de la mañana. —El General solía imponer a sus visitantes esas horas de tormento.

—Ahí voy a estar —le dije.

—Espérese —me atajó—. ¿Qué me va a preguntar?

Por un segundo interminable quedé con la mente en blanco. No tenía la menor idea de un cuestionario que le pudiera interesar tanto a él como a los lectores. Los Montoneros y las FAR (Fuerzas Armadas Revolucionarias) no habían aparecido aún en el horizonte, esgrimiendo su nombre como bandera.

—Me gustaría que me cuente su vida, desde el principio —le respondí, por instinto—. Tal vez ya es hora.

Sentí su silencio al otro lado: las pesadas plumas del pasado cayendo sobre su cabeza.

—Tiene razón —dijo—. Ya es hora.

Viajé a Madrid en auto con el poeta César Fernández Moreno, que iba a oficiar como testigo. Atravesamos los Pirineos entre ráfagas de hielo y árboles petrificados que nos parecieron presagios sombríos. Por fin, desde el 26 de marzo hasta el domingo 29 —cuatro días—, grabé las Memorias que el General había dictado en las semanas previas a su secretario/mayordomo de aquella época, el cabo retirado José López Rega. A veces, Perón incorporaba digresiones al relato e iba llenando los vacíos de lo que López leía. Otras veces, el mayordomo corregía los recuerdos de Perón o los aderezaba con comentarios insólitos. Cada tarde, cuando la atención del General declinaba y el cansancio iba apagándole las facciones, López Rega se apoderaba de la conversación y fingía ser Perón. En ciertos momentos, hablaba como Perón. No imitaba su voz cascada ni el énfasis de su discurso. Iba más allá: decía "yo" cuando ese yo era el de su jefe.

El incidente más curioso sucedió el viernes 27, hacia las siete de la tarde. Afuera, la noche era una ciénaga rayada sólo por la luz de las garitas de la guardia. López Rega, que llevaba ya más de media hora leyendo las Memorias, decidió irrumpir en el pasado del General. Se describió a sí mismo acompañándolo al velorio de Bartolomé Mitre, en 1906, lo que era virtualmente imposible porque el mayordomo había nacido en 1916. Tanto Fernández Moreno como yo lo interrumpimos para advertir a Perón sobre el anacronismo. López Rega insistió en que el hecho ilógico era también verdadero, y el General no lo desaprobó.

Tardé casi una semana en ensamblar los pedazos del diálogo y componer una versión con la que Perón estuviera de acuerdo. Más de una vez me había pedido que detuviera el grabador o que no tomara en cuenta alguna de las frases involuntarias sobre su madre o su prima María Amelia, que se le habían caído de la lengua en momentos de cansancio. Respeté todas esas decisiones, una por una.

Cuando compaginé las grabaciones, advertí que Perón había omitido hechos importantes y que, en algunos casos, los había tergiversado, ordenándolos bajo una luz más favorable. Esquivaba cuidadosamente las historias que aludían a su intimidad o a *su vida sentimental. Cuando le pregunté —es un ejemplo— sobre su primera mujer, me respondió con parquedad filosa: "Era una buena chica, concertista de guitarra. La llamaban Potota". Para que condescendiera a hablar de Evita, lo convencí de que tuviéramos un diálogo aparte, sin testigos, y aun en esa ocasión —que López Rega estuvo a punto de arruinar con un par de interrupciones sorpresivas— se mostró remiso y distante.*

Al enviarle la versión final, añadí una serie de notas al pie de página en la que dejé constancia de las inexactitudes observadas. Perón me devolvió ese manuscrito con pocas tachaduras (la más notoria fue la del velorio de Mitre), pero no dijo una palabra sobre las notas al pie ni contestó la carta que le escribí al día siguiente, desde París, pidiéndole que me indicara qué hacer con mis correcciones. Era evidente que no quería verlas publicadas.

Las Memorias aprobadas por el General aparecieron en Panorama el 14 de abril de 1970. Abarcaban los primeros cincuenta años de su vida. "Lo que pasó después no son memorias", me dijo. "Es historia."

En los números del 21 y del 28 de abril publiqué, con su autorización, fragmentos de lo que me había contado sobre Evita, sobre la muerte de Vandor y sobre "la liberación de los pueblos".

A comienzos de mayo, lo llamé por teléfono para preguntarle si estaba conforme.

"Completamente", me dijo. "Estoy repitiéndole a los muchachos que ésas son mis memorias canónicas."

Yo no estaba satisfecho, en cambio. Me parecía que el texto tenía demasiadas lagunas y que, como toda biografía autorizada, era demasiado servicial. Volví a la Argentina en los primeros meses de 1971, decidido a llenar los vacíos. Entrevisté a dos amigos de la infancia del General —uno de los cuales era su prima hermana—, a ex compañeros de promoción en el Colegio Militar, a una de sus ex cuñadas —María Tizón— y a decenas de testigos de otros episodios de su pasado. Como los datos que Perón me había dado sobre su padre en Lobos eran imprecisos y contradictorios, conseguí en el Registro Nacional de las Personas una copia de la partida del matrimonio de Mario Tomás Perón con Juana Sosa. Supe entonces que el General era hijo ilegítimo, lo que a comienzos de siglo hubiera podido arruinar su carrera en el Ejército. Supe también que, al casarse en 1901, los padres lo habían reconocido a él y a su hermano Mario Avelino, cuatro años mayor.

Pero cuanto más investigaba, más se me confundían las verdades. Los documentos y, con frecuencia, también los recuerdos de los testigos contradecían a tal punto lo que Perón o los historiadores de Perón habían sancionado como verdad que a veces yo creía estar ante dos personajes distintos.

Un capitán retirado del Ejército, Santiago Trafelatti, me dijo que Perón y él habían coincidido en un distrito militar de Tucumán durante tres meses, en 1918. Perón negó el hecho cuando se lo pregunté por teléfono y en los registros del Ejército tampoco pude encontrar rastro alguno. Alguien me insinuó que Perón había ocultado el episodio, porque se trataba de un castigo disciplinario. Decidí investigar la cuestión en el pequeño pueblo de Tucumán donde había ocurrido la historia. Algunos habitantes se acordaban de todo. Me mostraron la casa donde Perón vivió, la mesa donde comía, las ruinas de la cama donde había dormido. Otros vecinos, con igual énfasis, negaron que eso hubiera sucedido: para ellos, Perón jamás había pasado por allí. El tema era fuente de terribles reyertas familiares, que convertían a los pobladores en una parodia silvestre de los Capuleto y los Montesco.

Investigué también —o pedí a otros que investigaran— episodios que el General había esquivado hábilmente durante los diálogos de Puerta de Hierro o a los que no había dado importancia, como su colaboración con las tropas que reprimieron las huelgas de La Forestal en 1918, su paso por Italia y por Mendoza, y el incidente de espionaje que lo enemistó para siempre con Eduardo Lonardi, el general que terminaría por ser su némesis.

Entre agosto y setiembre de 1971 le envié copia de algunos de esos certificados y relatos, y le pedí permiso para incorporarlos a una versión anotada de las Memorias. Tres meses después no me había contestado. El aire de Madrid hervía entonces de mensajeros y de amenazas. *Perón tenía el cadáver de Evita en el jardín de invierno de su casa, estaba trenzado con Lanusse en una feroz pulseada por el poder, y no pasaba semana sin que recibiera a viejos políticos que le ofrecían ser sus aliados y a representantes de "la juventud maravillosa", ante los que predicaba las virtudes de la violencia.*

Dos o tres veces le mandé cartas con algún emisario encareciéndole que me contestara hasta que por fin, en marzo de 1972, Diego Muniz Barreto regresó con la noticia de que "el General quería dejar las Memorias tal como habían salido en Panorama", sin tocar una coma.

Este libro restaura los diálogos de Puerta de Hierro en el orden y del modo como sucedieron. Después de tres décadas, muchas de las pasiones que Perón encendió se han apagado, y su historia —sobre todo la elusiva historia de su juventud— puede, tal vez, ser leída sin prejuicios.

Después del cuerpo completo de las Memorias, he incorporado los documentos y entrevistas que Perón no quiso comentar, así como otras investigaciones posteriores a su muerte. Al transcribir los siete casetes grabados que arrastré conmigo por tantas partes del mundo, decidí omitir mis preguntas, con excepción de las que abren el diálogo y las que aluden al anacronismo sobre el velorio de Mitre. Cuando las formulé, tendían sólo a introducir algunos temas, a cotejar las versiones orales del General con otras versiones escritas o a enderezar la conversación cuando se alejaba de su cauce. Ahora ya no hacen falta.

López Rega intervino profusamente durante la conversación. Todo lo que corresponde a su voz, incluyendo los párrafos que Perón le dio a leer, aparece en letras bastardillas, para separar esa voz de la del General y evitar las confusiones de un yo que se encarama sobre otro.

Perón: —Entonces, ¿usted quiere grabar la conversación?
Tomás Eloy Martínez: —Sí, voy a grabar.
—Comience por decir su nombre, hijo.

—Me llamo Tomás Eloy Martínez.

—Tomás, como mi abuelo: él era Tomás Liberato.

—He leído que usted debió llamarse también Tomás: Juan Tomás.

—Sí, pero mi abuela Dominga no quiso. Pónganle Juan Domingo, dijo. ¿Y quién se le iba a oponer a mi abuela? Hemos estado trabajando con López Rega en unos borradores de memorias, para que usted pueda llevarse algo ya preparado. Léalos nomás, López.

1. Antepasados

Mi padre era hijo de don Tomás L. Perón, médico y doctor en química. La vida de ese abuelo está sembrada de honores: fue senador nacional (mitrista) por la provincia de Buenos Aires, presidente del Departamento Nacional de Higiene, que él mismo había creado, y practicante mayor del Ejército en la guerra del Paraguay. Desempeñó varias misiones en el extranjero, especialmente en Francia, donde vivió algún tiempo, y participó en la batalla de Pavón. La madre de mi padre era uruguaya, oriunda de Paysandú, hija de vascos franceses, que provenían de Bayona. Su apellido era Dutey.

Los apellidos de mis abuelos maternos eran Toledo y Sosa: hasta donde llega mi conocimiento, todos los antepasados de esa rama fueron argentinos y fundadores del fortín que era Lobos en tiempos de la conquista. Mi madre nació allí, en Lobos, entre esa gente humilde y trabajadora del campo, como era normal en los pueblos de esos tiempos, diseminados en la pampa bonaerense.

Mi padre, Mario Tomás Perón, creció en el seno de una familia acomodada. A la muerte de mi abuelo, siguió estudiando medicina (una carrera que había empezado para satisfacer los deseos paternos), pero luego se cansó y agarró para el campo que era lo que realmente le tiraba. Había heredado unas tierras en Lobos y allí se instaló como estanciero. En Lobos se casaron mis padres. Allí también nací yo, cuando mi hermano Mario ya tenía cuatro años.[1]

Hacia 1900,[2] mi padre vendió la estancia y la hacienda, porque decía que eso ya no era campo y se asoció con la firma Maupas Hermanos, de Buenos Aires, que poseía una gran extensión de tierra cerca de Río Gallegos, en el territorio de Santa Cruz.

2. Infancia en la Patagonia

Al mudarse, abandonó todo, menos su gente y sus caballos. Organizó un arreo que debió trasladarse por tierra a través de más de dos mil kilómetros: así eran los tiempos. Conservó los mejores peones y les puso al frente un capataz llamado Francisco Villafañe, Pancho para nosotros. Este gran servidor con aptitudes de Superman, ni siquiera preguntó cómo debía trabajar. Preparó el arreo y rumbeando hacia el sur, llegó luego de varios meses a Cabo Raso, primera escala fijada por mi padre, quien entre tanto viajaba en un barco a vela, que puso casi un mes en recalar en ese puerto. Cuando llegamos con mi madre, ya todo estaba funcionando en "La Maciega", que así se llamaba el campo.

Aquel grupo de peones nos acompañó durante los primeros años de la estada en la Patagonia. Eran como de la familia, y yo los trataba como a tíos. Nunca se los consideró peones en el sentido peyorativo que los argentinos dieron a esa palabra durante tantos años. Hay que reconocer, también, que se trataba de gente magnífica; en su infinita humildad cabía una grandeza que no me fue fácil encontrar luego en gente más evolucionada. Por eso cuando llegué al gobierno, les dediqué mi primer pensamiento. En 1945, los peones de campo vivían en un régi-

1. Véase Documento 1.
2. Véase Documento 2.

men medieval: para arrancarlos de esa ignominia, preparé el Estatuto del Peón apenas ocupé la Secretaría de Trabajo.

Desgraciadamente, cuando partimos hacia Río Gallegos, aquel personal quedó en "La Maciega". En Chankaike —que así se llamó la nueva estancia—[3] el capataz era un escocés marinero, y la mayoría de los peones tenía origen chileno. Pero eran también gente de primera, porque de uno y otro lado de la cordillera los hombres son los mismos. Cuando era chico, mi ambición era ser como ellos: seres extraordinarios en lucha continua con la naturaleza.

Todo cambió cuando llegamos al sur. Aunque Chankaike había sido dotada por mi padre de todas las comodidades, el clima hacía difícil la vida. En invierno el termómetro llegaba hasta los veintiocho grados bajo cero: la lucha con la naturaleza era el pan nuestro de cada día, pero a esa edad todas las aventuras nos parecían pocas. Así crecimos, en libertad absoluta, pero sólo sometidos a la dirección y el control de un viejo y sabio maestro que se encargaba de nuestros estudios primarios.

Mi maestro fue algo así como un comodín en casa: duro en la clase, pero manso y bueno cuando salíamos de ella. Nos enseñó mucho y bien. Siempre repetía: "Hay hombres que de su ciencia/ tienen la cabeza llena,/ hay sabios de todas menas,/ más digo, sin ser muy ducho,/ es mejor que aprender mucho/ el aprender cosas buenas".

Era viejo amigo de nuestro padre, hombre de ciudad que en el campo se defendía malamente. Lo queríamos mucho porque, sobre todo, era una excelente persona.

Pero mi primer amigo fue un paisano, Sixto Magallanes; para todos, el Chino Magallanes. Era domador en Lobos. Con él hice mi primer paseo a caballo antes de caminar. Así empecé mi vida en común con los paisanos hasta que tuve mi primer petiso, un tordillo manso con el que salía al campo junto con la peonada, después de tomar mate en la cocina. Mi padre,

3. Véase Documento 3.

que no anhelaba otra cosa sino el hacerme hombre, alentaba mis salidas al amanecer, como se usaba entonces en el campo argentino. Como decía Martín Fierro, aquello no era trabajar, "más bien era una junción". Ésa fue mi primera escuela. Aprendí a conocer los valores enormes de la humildad y la vacuidad de la soberbia. Si los peones en su sencillez no llegaron a enseñarme mucho, por lo menos eso aprendí.

Nuestro refugio normal en Chankaike eran dos enormes vegas con numerosos chorrillos que las acompañaban a lo largo de su extensión. Los vientos alisios, que en esa zona soplan a velocidades superiores a los cien kilómetros por hora, frenaban nuestros entusiasmos camperos. Cuando había menos de veinte bajo cero, nos recluían en casa. Es que allí no se hace lo que se quiere sino lo que se puede: aprovechábamos el tiempo preparándonos para los exámenes que todos los años nos tomaba nuestro padre, con gran severidad.

En esas regiones patagónicas el invierno se ajusta a ciertas reglas cíclicas: cada cinco años más o menos viene lo que allí llaman "el invierno malo"; el termómetro cae entonces a veinticinco grados bajo cero. Tuve que aprender a conocer el frío. Suele nevar diariamente los nueve meses del año en torno al invierno, y los ríos y las lagunas se hielan por completo. Los carros con cinco mil kilos de lana podían atravesar sin peligro las aguas congeladas. En 1904, Chankaike nos regaló su peor invierno. La hacienda fue diezmada y mi padre se curó de sus ansias de libertad y de su vocación por alejarse de todo lo que no fuera campo abierto.

Sin embargo, creo que toda la familia recibió en la Patagonia una lección de carácter. Yo doy gracias a Dios por eso: he comprendido que esos cinco años en los que se formó mi subconsciente ejercieron una influencia favorable sobre el resto de mi vida.

Mis mejores amigos eran los perros, tan abundantes en el sur por el trabajo con las ovejas.

Yo siempre tuve perros ovejeros, porque en la Patagonia

LAS VIDAS DEL GENERAL

un perro vale más que un peón. Para sacar del monte las ovejas, que son salvajes, un peón a caballo no sirve. Se necesita un perro. Por eso se tienen muchos. Yo también tenía galgos, para cazar guanacos y avestruces. Y de los caballos, ni se hable. Para alguien que, como yo, ha andado por el desierto, el caballo es parte de la vida. Cuando estábamos en Chankaike, íbamos a buscar leña a la cordillera, en la parte occidental de la gobernación de Santa Cruz. Salíamos con los carros a buscar leña para el invierno. Ése era un trabajo que se hace normalmente durante el verano: se trae leña del monte y se apila en las estancias, para que no falte el combustible. Desde Chankaike, recorríamos cuarenta leguas en uno o dos carros, y traíamos treinta mil kilos de leña. Tardábamos mes y medio o dos meses en la travesía. Yo iba casi siempre con los peones. Y como los carros llevaban tropillas de caballos para irlos cambiando, le tomé cariño a ese animal.

Algunos de ellos valen más que varios peones en las faenas de campo. Los pocos caballitos patagónicos que teníamos en la estancia, cuidados con esmero, no eran menos útiles ni menos queridos. Los perros han dejado en mi cuerpo un recuerdo indeleble: un quiste hidatídico, calcificado en el hígado.

Mi padre era severo en lo relacionado con nuestra crianza. Todo lo aprovechaba para dejarnos una lección. No por eso nos escamoteaba su profundo cariño. Solíamos salir con él, mi madre y mi hermano a cazar avestruces y guanacos que abundaban entonces en nuestro campo. Cada una de esas cacerías era una verdadera fiesta, aunque a menudo nos pegábamos unos buenos golpes, porque moverse a caballo en la pampa patagónica encierra muchas sorpresas. Teníamos ocho galgos, que eran los que realizaban el trabajo, pero para seguirlos era preciso correr, y ligero.

Aparte de estas diversiones, tanto mi hermano como yo interveníamos en las tareas camperas cuando el estudio nos dejaba libres. En semejante medio, el estudio era lo que menos nos gustaba, pero la voluntad inquebrantable de nuestro padre podía más que nuestros deseos e inclinaciones.

25

Mi madre, nacida y criada en el campo, montaba a caballo como cualquiera de nosotros, e intervenía en las cacerías y faenas de la casa con la seguridad de las cosas que se dominan. Era una criolla con todas las de la ley. Veíamos en ella al jefe de la casa, pero también al médico, al consejero y al amigo de todos los que tenían alguna necesidad. Esa suerte de matriarcado, ejercido sin formulismo pero bastante efectivo, provocaba respeto pero también cariño. Y en mi concepto, el cariño es la mejor forma de respeto entre los hombres. Nuestra madre era, así, el paño de lágrimas y la confidente. No teníamos secretos con ella, y cuando fumábamos un cigarrillo a escondidas no nos cuidábamos de su presencia. Por otra parte era nuestro Banco: nos pasaba unos pesos cuando íbamos al pueblo por cuenta propia.

La bondad de nuestra madre era proverbial para todos. Como nuestro padre empleaba la severidad, ella ofrecía la bondad que nos compensaba. Recuerdo un caso extraordinario: un día llegó un turco, vendedor de baratijas, de los que entonces abundaban en los campos argentinos. Se llamaba Amado, como la mayoría de los turcos. Cayó una tarde en la estancia desesperado. Sus primeras palabras, dirigidas a mi madre, fueron: "Batrona, me muero. Vengo de casi veinte leguas, y si usted no me cura estoy berdido". Tenía la culebrilla, una especie de infección de la piel con efectos neuríticos. Mi madre recetó en el acto: rodear la culebrilla, que ya casi le daba la vuelta al cuerpo, con una línea ancha de tinta. Mi hermano y yo hicimos de enfermeros y gastamos casi un frasco entero. A la semana, el turco Amado estaba sano. Se pasó muchos días agradeciendo, y cuando decidió irse, quería dejarle a mi madre su carro y la mercadería porque, según dijo, "el bobre turco sano buede volver a tener carro y fortuna". Años más tarde, supe que Amado era propietario de uno de los grandes negocios de ramos generales que abastecían la Patagonia y se había hecho rico. Lo merecía con creces.

En 1904, mi padre, hombre austero y buen conocedor del campo, compró de dos a tres leguas de terreno en Comodoro Rivadavia, al pie de la famosa meseta basáltica, en el centro de

Chubut, donde están las únicas aguadas de ese enorme paraje.[4]
Nos quedamos primero un tiempo corto en la estancia "La Ma-
ciega", de la firma Maupas, a la espera de que se terminaran de
construir la casa y demás instalaciones.[5] *Por fin, nos mudamos a*
fines de 1905, pero casi enseguida me enviaron a Buenos Aires a
seguir mis estudios.

    Mi padre era un antiguo de los que ya quedan pocos. For-
mado en la disciplina familiar, tal como se hacía entonces, era
una suerte de patriarca, además de un jefe de familia. En esa
época, cuando los presupuestos nacionales no eran tan frondosos
como los actuales, los jueces de paz y los comisarios (en las Go-
bernaciones Nacionales) eran ad honorem *y generalmente el*
nombramiento recaía en pobladores de prestigio. Así él fue am-
bas cosas, en las diversas zonas que llegó a habitar. Como se com-
prenderá, mi casa era, a la vez que una estancia, una oficina pú-
blica.[6] *Desde allí mi padre ejercía una suerte de patriarcado, y*
contaba con la amistad general de los residentes del centro de la
Gobernación del Chubut. Se tomaba muy en serio su autoridad
de magistrado. Era un hombre extraordinario, especialmente en
su acrisolada honestidad y rectitud, y esa conducta era imitada
por todos en nuestra casa. Sin dejar pasar ocasión trataba de
mostrarnos que si los cargos honran al ciudadano, éste también
ennoblece a los cargos.

    Su autoridad nunca dejó de ser profundamente humana.
Siempre recuerdo un caso que quedó grabado en mi pobre imagi-
nación infantil. Se trataba de un indio, de los que aún quedaban
dispersos y abandonados en la inmensa Patagonia. Un día llegó a
mi casa y pidió hablar con mi padre; él lo atendió como a un
gran señor. Le habló en su propio idioma, el tehuelche, y lo reci-
bió con el usual "Marí-marí". En seguida entraron en confianza.
El indio se llamaba Nikol-man, que significa Cóndor Volador

4. Véase Documento 4.
5. Véase Documento 5.
6. Véase Documento 6.

(Nikol, *que vuela;* man, *abreviatura de* manke, *cóndor). No te-nía el indio más que unas pocas pilchas y su caballito tordillo. Presencié la entrevista porque mi padre me hizo quedar, tal vez para darme una lección de humanismo sincero.*

Se le dijo al indio que podía instalarse en el campo y se le asignó un potrero donde le construyeron una pequeña vivienda como las que usaban entonces los de su tribu, medio casa y medio toldo. Le regaló también una puntita de chivas. Cuando le pregunté a qué venía tanta consideración con un indio me respondió: "¿No has visto la dignidad de este hombre? Es la única herencia que ha recibido de sus mayores. Nosotros los llamamos ahora indios ladrones y nos olvidamos que somos nosotros quienes les hemos robado todo a ellos".

3. Con la abuela en Buenos Aires

Al cumplir los ocho años, lo que me habían enseñado mi pa-dre, mi madre, el capataz y los peones no alcanzaba a cumplir las aspiraciones que mi familia tenía para mí, y —como ya he conta-do— debí salir hacia Buenos Aires, a la casa de mi abuela paterna, quien en adelante se ocuparía de mi futuro estudiantil.[7] El cambio fue tremendo: de la libertad absoluta en medio de la cual le agra-daba vivir a mi padre, pasé a una disciplina escolástica que debía transformarme y transformar mi vida. Al principio eso fue muy duro, pero resultó una gran escuela para la formación de mi carác-ter, forjado en las duras condiciones de la vida patagónica, donde sólo la lucha contra el frío representaba un esfuerzo casi sobrehu-mano. Ahora no era el frío lo que tenía que vencer, sino las exigen-cias estudiantiles, que eran mucho más engorrosas y difíciles.

Así, del gauchito llegado de la Patagonia, curtido y duro, me transformé en uno de los tantos estudiantes capitalinos, con las mismas inquietudes y afanes que los demás muchachos de mi

7. Véase Documento 7.

edad, hechos al ambiente de la gran ciudad que entonces —creíamos— era Buenos Aires. Si mi niñez fue simple, aunque nada apacible, mi pubertad fue todo lo contrario. Probablemente el cambio de vida me provocó también un cambio de carácter, pero nada modificó lo que ya llevaba dentro de mí.

Yo era un poco mayor que mi propia edad en el sentido de mi manera de ser y por mi carácter diferente, aunque normal.

A los diez años, yo no pensaba como un niño sino casi como un hombre. En Buenos Aires me manejé solo, y las polleras de mi madre o de mi abuela no me atraían como a otros chicos de mi edad. Pretendía ser un hombre y procedía como tal. Es lógico que, a más de dos mil kilómetros de mi casa, tuviera muchas oportunidades de probarme. Como mi abuela era ya viejita, podía yo hacer las veces de jefe de familia. Eso tuvo gran influencia en mi vida, porque comencé a ser independiente, a pensar y a resolver por mí mismo.[8]

Tan compenetrado estaba yo de mi papel, que cuando murió el general Bartolomé Mitre, a comienzos de 1906, llevé al velorio a toda la familia. Caminamos las dos cuadras que había entre la casa de Mitre y la de mi abuela a paso de entierro: yo iba adelante de todos. Detrás venían mi abuela y mis tías y, siguiéndolas, mis primos y López Rega. Nos detuvimos en la capilla ardiente para rendir homenaje al prócer, y yo firmé el libro de visitas. Mi firma de niño que aún no había cumplido nueve años ha de seguir estampada en ese libro histórico.

Tomás Eloy Martínez: —No sé si entendí bien lo que López Rega acaba de leer. Entendí que él formaba parte de ese cortejo familiar.

José López Rega: —*Sí, es así.*

Tomás Eloy Martínez: —Debe tratarse de un error, general. Según mis apuntes, López Rega nació en 1916. Mitre murió diez años antes.

8. Véase Documento 8.

José López Rega: —*No es un error. Yo estaba allí. ¿Es así, general?*

Perón: —*Así es López, como usted dice.* Siga nomás leyendo.

Tuve que ponerme al día, aprobando los grados de la escuela primaria. Luego entré como pupilo en el Colegio Internacional Politécnico de Olivos, donde inicié los cursos de Humanidades. Estuve en los años 1906, 1907 y 1908. Cursé allí hasta el tercer año inclusive porque era lo que se llamaba entonces un colegio incorporado, en el que los estudios tenían el mismo valor que en los colegios oficiales.[9]

Era un gran instituto; los alumnos gozábamos de un régimen poco común, por la libertad y responsabilidad que se nos concedía.

No fui ni muy estudioso ni muy aplicado. En cambio, me gustaban mucho los deportes. Tenía una cancha de fútbol cerca de la casa; en Olivos, la cancha estaba en el mismo colegio. Así me inicié como futbolista o footballer, *como se decía en aquella época. Eran los tiempos del famoso Alumni, que fue nuestra mejor escuela; sus jugadores nos parecían héroes. En Olivos hacía también* yachting *y remo: estábamos junto al Río de la Plata y nos pasábamos el verano entero en el agua. Éramos unos doscientos muchachos, y a muchos he vuelto a encontrármelos en la vida. Aunque jamás me reprobaron en ninguna materia, no puedo decir que fui un alumno brillante, sino más bien un* uomo cualunque. *Me dedicaba a las asignaturas del curso, pero no por eso descuidaba otros estudios que me interesaban, siguiendo el consejo de mi maestro en la Patagonia: "Es mejor que aprender mucho el aprender cosas buenas".*

Así, mientras a las materias les dedicaba la memoria, trataba de cultivar el criterio en otros estudios. Desde entonces he pensado mucho en el método de enseñanza ordinaria, dedicado más

9. Véase Documento 9.

a la memoria que a la formación de un criterio sobre las cosas, lo que considero un grave error. El hombre sabe tanto como recuerda. Cuando el tiempo lo hace olvidar, termina por saber muy poco. Siempre he pensado que ejercitando el criterio se puede ser más sabio en todas las ocasiones, y lo que el memorista sabe por recuerdo el hombre de criterio lo sabe por reflexión. Lo primero sirve mientras se lo recuerda; lo segundo sirve para toda la vida.

Es probable que en ese enfoque haya influido el contacto permanente con la naturaleza durante mis primeros años. La vida de un hombre es una sucesión de casos concretos por resolver, donde las causas y los efectos juegan un papel preponderante. Las soluciones dependen de una compulsa adecuada, y el éxito no obedece a la suerte ni a la casualidad. El éxito se concibe, se prepara, se ejecuta y luego se explota. Es el racionalismo, unido a la intuición, que todos tenemos en mayor o menor medida, lo que resuelve cada caso. Por eso agradezco al criterio lo que de placentero pueda tener la vida que he recibido como bien.

4. Mario, el hermano

Mi hermano Mario era un héroe para mí: un muchacho un tanto introvertido, demasiado serio para su edad, más estudioso que yo y hasta creo que más inteligente. Por lo menos, aprendía más aprisa. No lo evidenciaba, por su carácter un tanto retenido en sus cosas. Sabía tocar la guitarra, y aunque era un crío aún, era pieza importante entre los peones. Fue mi compañero de aventuras hasta que le tocó marchar a Buenos Aires, para estudiar en el Comercial, que era similar al Colegio Nacional.

Mario murió a los sesenta años. Cuando me eligieron presidente, él conservaba su campo en la Patagonia, pero vivía en Buenos Aires. Un día lo llamé y le dije: "Mirá, hermano, aquí trabajamos todos para mejorar el país. Vos vas a tener que trabajar en algo también". Me contestó: "No, yo ya estoy jubilado.

Trabajá vos, que te has metido en esto. A mí dejame tranquilo". Resolví insistirle: "Tengo una cantidad de cosas que me interesan", le dije. "Pensá en que podés ocuparte." Pensó un poco y, al cabo de un tiempo, me llamó. "Vos sabés que me he pasado la vida entre animales, hermano", me dijo. "A mí lo que me gusta son los animales. Los que no me gustan son los hombres. El único puesto que te aceptaría es el de director del Zoológico. Y te aseguro que te lo convierto en el mejor del mundo." Lo nombré enseguida *ad honorem*. Se puso a estudiar el tema, hizo una clasificación rigurosa, separó a los felinos, analizó las costumbres y características de cada especie. No sé que pasó, pero los animales estaban maravillosamente bien. Empezaron a parir en cautiverio: los leones, los tigres y hasta el hipopótamo tuvieron crías.

A mí me gustaba verlo entrar a la jaula del gorila: había allí un gorila negro y grandote, animal furioso al que todos temían. Sin embargo, se dejaba tocar por él y hasta se convirtió en su amigo. Ésa fue la única vez en que los Perón tuvimos un amigo gorila.

Un día llegué a la casa que él tenía al lado del Zoológico. Mi hermano era hombre de mucha familia, con seis hijos. Lo encontré en su dormitorio, acostado. Vi que había instalado otra camita cerca, en la que dormía un tipo tapado hasta las orejas. "¿Y éste quién es?", le pregunté. Era un orangután enfermo de pulmonía, al que había llevado para cuidar. Mi hermano era un hombre así, de campo. No quería saber nada de política.

5. El Colegio Militar

Cuando terminé el segundo año en Olivos, pensé seguir la carrera de medicina, aceptando el consejo de mi padre: en nuestra familia, ésta había sido la profesión dominante. Ya al llegar a tercer año empecé a estudiar anatomía, que era la materia más fuerte para el ingreso en la Facultad. Por entonces me visitaron unos compañeros que acababan de ingresar al Colegio Militar. Ellos terminaron por convencerme de lo linda que era esa vida. Rendí mi ingreso en 1910, y me incorporé en los primeros días del año siguiente.

La vida era dura ahí, pero no para mí, que venía preparado desde niño a todos los esfuerzos y sacrificios. Las mañanas heladas de Buenos Aires me parecían un juego y los trabajos cotidianos de soldado una verdadera distracción.[10] Las maniobras finales del Colegio Militar, en 1913, fueron tan duras que muchos de mis compañeros perdieron las mochilas en las cuchillas de Entre Ríos. Hubo caminatas de más de cincuenta kilómetros que yo, como buen infante, completé sin darme por vencido.[11]

En 1911 los deportes eran todavía poco importantes en la Argentina. Yo fui de los primeros que boxeé en Buenos Aires: mis rivales —González Acha, entre ellos— estaban influidos por Jorge Newbery, al que yo no alcancé a ver. Pero ni siquiera sabíamos vendarnos las manos. En uno de esos trajines, me rompí los puños. Los metacarpianos me salieron para arriba, a causa de una piña mal dada. Todavía los tengo levantados, en el dorso de las dos manos. Así, tuve que dejar el boxeo y me dediqué a la esgrima. Fui campeón de esgrima durante muchos años, y hasta representé a la Argentina en la Olimpíada de París. Jugué también al polo e introduje el básquet en el Ejército. Cuando estuve en la Escuela de Suboficiales, formé un equipo de atletismo formidable. En esos tiempos había unos concursos municipales de atletismo: hice la traducción de los primeros reglamentos, venidos de Alemania. Las figuras fueron dibujadas por mí mismo, porque no tenía quien me ayudara.

Pero lo que más cultivé fue la esgrima, en cierto modo obligado por las circunstancias: al ser campeón del Ejército, tenía que defender mi título todos los años. El enemigo más

10. Véase Documento 10.
11. Véase Documento 11.

fuerte que tuve fue el doctor Mario Gaudino. No me pudo ganar nunca. Hacía una esgrima de espada algo rígida, y yo le respondía con mi técnica de florete. Como él no sabía florete, fracasaba. Tiré mucho en el Jockey Club, porque allí se efectuaban todos los campeonatos, de modo que casi toda la gente del Jockey Club acabó por ser amiga mía. Fuera de lo político, seguimos conservando esa amistad. Es que yo entendía mucho de caballos también. El pintado o manchado con que me fotografiaban en los desfiles era uno de mis favoritos: conservo una fotografía de él en aquella época, y otra actual. Ya está muy viejito, tiene veintisiete años, y las manchas se le han borrado por completo: su pelaje es ahora blanco.

Una de las cosas más lindas que tuvo para mí el Colegio Militar fue la camaradería, la siembra de buenos amigos. He seguido manteniendo esa amistad a lo largo de los años. La mayor parte de aquellos compañeros de promoción colaboró conmigo en el gobierno. De los días de la escuela primaria, recuerdo en especial a Manlio Olivari, con quien seguimos juntos. Del Colegio Militar, casi todos han muerto: quedaremos dos o tres, sobre ciento veintiocho que éramos. De ellos, uno de mis más estrechos amigos es el general Isidro Martini, que también hizo la Escuela de Guerra conmigo. A los únicos que he tuteado, aparte de la familia, es a los compañeros de estudios: es una consecuencia de las costumbres del Ejército.

6. El arte del conductor

Cuando me recibí de subteniente, el 13 de diciembre de 1913, mi padre me regaló tres libros para que siempre los tuviera en mi mesa de luz: las Cartas a su hijo y a su ahijado, *de Philip Stanhope,*[12] *conde de Chesterfield; las* Vidas paralelas *de Plutar-*

12. *Letters to his Son and his Godson* (1774), por Philip Dormer Stanhope, cuarto conde de Chesterfield (1694-1773). Son consejos educativos de

co en la edición Garnier, bajo el título de Varones ilustres, *y el
Martín Fierro, de José Hernández. En cada uno de ellos me puso
una dedicatoria adecuada. En el de lord Chesterfield, "Para
que aprendas a transitar entre la gente"; en el de Plutarco, "Para que te inspires siempre en ellos", y en el Martín Fierro, "Para
que nunca olvides que por sobre todas las cosas sos un criollo".
No sé si lo habré hecho bien, pero jamás me he apartado de estos
tres consejos que reglaron mi vida.*

*La profesión militar, como todas las profesiones, tiene dos
aspectos: por un lado, el* troupier, *que cumple el oficio militar, y
por otro, el conductor, que dedica su vida a cultivar el arte superior de la milicia. El primero impone el esfuerzo de un oficio oscuro e intrascendente; el segundo obliga a cultivarse. No hablo de
méritos, porque en ambos aspectos los hay por partes iguales, sino de actividades que presuponen distintos destinos. Si el* troupier *gasta su vida en las duras tareas del cuartel, el que se prepara para ser conductor quema sus horas en el estudio. Cada día se
convence de que no sabe nada, de que debe dedicarse a estudiar,
porque la profesión militar encaminada al arte de la conducción
impone conocimientos extraordinarios. Es como la medicina, que
siendo el arte de curar necesita el auxilio de todas las demás ciencias. Por eso también en esta disciplina científica hay médicos
que sólo se dedican a curar y otros que se empeñan en cultivar la
ciencia médica en su más amplia acepción.*

*El militar profesional sabe que su destino es manejar hombres y, por lo tanto, tal como lo establecen las Partidas de Alfonso el Sabio, su principal interés es conocer el corazón humano.
La teoría y la técnica de la conducción constituyen la parte inerte de esa arte; la parte vital es el artista. Sucede lo que en las demás artes: con una buena teoría y una buena técnica pictórica o
escultórica, cualquiera puede hacer un cuadro o esculpir una es-*

---

toda índole, con exclusión de lo sexual y énfasis en las buenas maneras.
Originalmente escritos en inglés, francés y latín.

tatua, pero si se quiere una Cena de Leonardo o una Piedad de Miguel Ángel, no hay más remedio que recurrir a Leonardo y a Miguel Ángel. Cualquiera también puede conducir si conoce la teoría y la técnica de la conducción, pero si se quiere una obra maestra como las de Alejandro, Licurgo o Napoleón, será preciso buscar un artista que tenga tanto óleo sagrado de Samuel como el que ellos recibieron al nacer. En pocas palabras he pretendido dar mi concepto sobre la profesión militar en su aspecto fundamental: el conductor. Quien aprende a conducir, puede hacerlo tanto con un ejército como con una nación. Su éxito estará en relación directa con la cantidad de óleo de Samuel que recibió al nacer, porque un conductor no se hace; nace, como sucede con casi todos los artistas.

Yo no soy más que un político aficionado. En lo que soy un profesional es en la conducción, porque eso es lo que he estudiado toda mi vida. He estudiado personaje por personaje de la historia, desde Ciro el Grande hasta Napoleón.

Pero aparte de los conocimientos teóricos hace falta algo más. Se puede leer el libro de Perón sobre Conducción Política y adquirir los conocimientos necesarios para conducir. Pero si el que se planta frente a la gente resulta un timorato o un arbitrario, entonces no conduce nada. Hay que fundirse con las ideas de Perón, convencerse de que todo lo que dice es verdad. Si un sacerdote tiene que predicar que Cristo es el hijo de Dios y no está convencido, su palabra, por muy galana e hipócrita que sea, será siempre fría y no podrá llegar al corazón de las personas. ¿No es lo que usted siempre dice?

Sí, es lo que siempre digo.

Si el sacerdote es un analfabeto, un misionero o un negro de la India, y acaricia al enfermo porque siente un dolor, entonces el enfermo puede sentir a Dios en la presencia de ese hombre. El sacerdote lo siente y lo transmite, quiéralo o no el enfermo. Con Perón pasaba lo mismo. Una de sus grandes apóstoles fue Eva. Otra, la gente que ocupó altos cargos en el gobierno de Perón. Pero mucha de esa gente fue importante mientras Perón estuvo.

Desde allí hasta el presente, ya no lo es más. ¿No es lo que usted siempre dice, General?

Sí, es lo que siempre digo.

Muchos argentinos están esperando la vuelta de Perón a la Argentina.

Esperan. Y yo lo que hago es sobrevivirme. Me piden, y yo doy lo que puedo dar, que no es mucho. Duermo con la conciencia tranquila. Durante mi gobierno, nadie murió con los botines puestos. Yo pude haber matado a un millón de hombres y no lo hice. Ésa es mi mayor tranquilidad. Ahora estoy listo para volver en cualquier momento. ¿Me esperan? Yo voy.

Usted dijo bien: esperan. Pero un día, ya no tienen que esperar más. Tienen que hacer. En 1968 pasaron por Puerta de Hierro unos setenta mil argentinos. Todos dijeron lo mismo: "General, lo esperamos". Setenta mil personas son un ejército más que suficiente. Y todos tienen dinero para viajar desde Buenos Aires a Madrid, ¿eh? Desde 1969, el número ha aumentado, pero ya no llevamos más la cuenta. ¿No estoy repitiendo lo que usted siempre dice, General?

Sí, es lo que yo siempre digo.

Sigo leyendo, entonces.

Mi vida estuvo dedicada al trabajo con hombres. Comencé cuando aún no había cumplido 18 años; ya subteniente fui destinado al Regimiento 12 de Infantería de Línea, en Paraná; en la Primera Compañía recibí una sección de ochenta soldados y diez suboficiales. Fue mi primer contacto con una realidad humana que contemplé con preocupación no exenta de emoción. Allí vi por primera vez, y a conciencia, las miserias fisiológicas y sociales. En un país con cincuenta millones de vacas, más del 30 por ciento de los conscriptos eran rechazados del servicio militar por debilidad constitucional, y los que se incorporaban venían semidesnudos, provenientes de la mayor miseria. Este impacto sobre mi sensibilidad de entonces estaba destinado a perdurar toda mi vida. Porque en aquel momento me dije: "Si algún día puedo, esto será lo primero que remedie". Comencé entonces a concebir el patriotismo no como amor a la tierra de nuestros mayores, ni a sus riquezas, ni a sus ciudades o sus pueblos, sino a nuestros hermanos argentinos, que son los que más merecen y necesitan.

En el Regimiento 12, como en todo el Ejército de aquel tiempo, la mitad eran conscriptos y la mitad voluntarios; entonces se los instruía por la vieja táctica de [el general argentino Alberto] Capdevila. Los de mi promoción fuimos los primeros en trabajar con los métodos alemanes. Nuestros instructores del Colegio Militar eran alemanes y habían llegado en 1910 con una misión que presidía el general Von der Gorz. El Ejército se modernizó: hasta nos vestíamos de otra manera.

7. Sentar cabeza

Estuve en Paraná hasta 1918, y como oficial de ese regimiento tuve que prestar ayuda a los obreros que estaban acosados por la codicia de los ingleses en La Forestal.[13] Me pasaron entonces al Arsenal de Guerra, y al año siguiente a la Escuela de Suboficiales, donde pude intensificar mi actividad deportiva y el cuidado de mi físico.[14] En 1928 murió mi padre, a los sesenta y un años.[15] Yo ya era capitán. Mi madre murió casi de ochenta, cuando andaba yo por la segunda presidencia. En el '28 me casé con Aurelia Tizón.[16] Era muy buena chica, concertista de guitarra. Tocaba muy bien. Desgraciadamente falleció joven.

En la escala de mis ambiciones, la primera prioridad ha estado siempre en la posibilidad de hacer el bien. Por eso nunca me abandonó el recuerdo de mis primeros amigos, los peones. Nunca he podido explicarme el amor a la patria alejado de este concepto

13. Véase Documento 12.
14. Véase Documento 13.
15. Véase Documento 14.
16. Véase Documento 15.

humano, como tampoco me explico la grandeza de la patria sin un pueblo feliz, porque prefiero un pequeño país de hombres felices a una gran nación de individuos desgraciados. Son puntos de vista. Yo comprendo a los hombres que sólo trabajan para ellos y considero justo que reciban el beneficio material de sus afanes, pero mucho mejor comprendo a los que trabajan para los demás, sin esperar otro beneficio que la satisfacción de hacer el bien en la medida de sus posibilidades. Entiendo que en la naturaleza humana existe también una escala de valores: hay que formar hombres buenos y sólo después capacitarlos, porque la capacitación de los malvados no puede acarrear sino desgracias para sus semejantes.

Recuerdo siempre a Séneca, que en su escuela filosófica solía aconsejar la meditación que él llamaba "la conversación consigo mismo", y cuando sus alumnos estaban en meditación, pasaba junto a ellos y les preguntaba: "¿Qué estáis haciendo?", y cuando le contestaban "Conversando conmigo mismo", él respondía: "Ten cuidado, no vayas a estar hablando con una mala persona".

Siempre he pensado que, por encima de todos los valores materiales, están los valores permanentes del espíritu que son los únicos eternos. Podré haberme equivocado en la solución de muchos problemas de gobierno, pero aseguro que jamás me he equivocado cuando se ha tratado de premiar las virtudes de los hombres o hacer la felicidad de mi pueblo.

Yo entiendo así el gobierno, porque considero que lo más lindo de ser gobernado es el hombre, aun con todas sus flaquezas y deformaciones. Por eso la tecnificación en todos sus aspectos tiene para mí sus limitaciones cuando deshumaniza.

Una ajustada técnica de gobierno comienza a ser negativa cuando se olvida que el gobierno es para el hombre, y no el hombre para el gobierno.

Todos estos recuerdos que acabo de leer fueron escritos como hacían los antiguos literatos nuestros, con la misma limpieza y la misma pureza que yo he puesto en estas palabras.

Mi niñez, entonces. Ahora lea lo de mi niñez.

Mi niñez, sí señor. La niñez del General. Ya hemos leído eso.

8. El primer alzamiento

En 1930, yo estaba en la Escuela Superior de Guerra. Dentro del Ejército se produjo un movimiento de opinión generalizado al que nadie escapó. Todos estábamos más o menos comprometidos. Siempre sucede, en las revoluciones, que un veinte por ciento está a favor, un veinte por ciento en contra, y un sesenta por ciento está con el que gana: éstos son los profesionales. Yo era capitán en aquella época. No entendía mucho de estas cosas. Pero se trataba de una revolución militar y por espíritu de cuerpo, todos los que estábamos en la Escuela de Guerra la apoyamos.

Hasta entonces mi vida se había reducido a los trabajos y estudios propios de la profesión. En 1916, cuando tuve que votar por primera vez lo hice por [Hipólito] Yrigoyen. Pero en vísperas de la revolución del '30, se veía que Yrigoyen iba a caer solo. Ya todo estaba descompuesto: el terreno había sido abonado por la Semana Trágica y por la inoperancia del gobierno ante los graves problemas que se le presentaban. Yrigoyen tenía muy buenas ideas, pero no pudo realizar nada. En el segundo gobierno lo llevaron a una encrucijada, que debió haberlo decidido para el lado de lo popular. Pero se decidió en contra de la historia y de nuestro pueblo, que ha escalonado todo el continente con sus huesos, mientras los doctores se quedaban en Buenos Aires con la parte del león. Los radicales hablaban mucho de oligarquía vacuna, pero formaban parte de ella y la fortalecían.

La revolución de 1930 no tuvo asidero. Fue una revolución de simple política criolla, sin fundamento ni contenido. [El jefe del golpe militar, general José Félix] Uriburu había sido conservador, y dio el golpe exclusivamente contra Yrigoyen. Nosotros, los oficiales jóvenes, teníamos una mira más profunda: nos sublevábamos contra un estado de cosas ante el que Yrigoyen había sido impotente.

Fueron los jefes, de tenientes coroneles para arriba, los que nos conversaron a los oficiales jóvenes. A mí me conversó el coronel [Bartolomé] Descalzo, que era profesor de la Escuela. Así que participé en la misma medida de los demás, aunque en 1943 vimos con claridad que el de 1930 era un movimiento reaccionario.

Fui un juguete del destino, como todos. Pero hay algunos que se dejan llevar por el destino y los demás. Yo me dejé llevar por el destino y por mí.

9. Las lecciones del fascismo

En enero de 1937 volví de Chile, donde había sido agregado militar. Allí tuve algunos dolores de cabeza por la impericia de un subordinado.[17] A la vez fui, durante diez años, profesor en la Escuela Superior de Guerra, donde formé a una generación completa de oficiales. Hasta [el general Pedro Eugenio] Aramburu fue alumno mío. Convengamos que no me he lucido con él, pero claro, uno no elige a sus alumnos. Al volver de Santiago, me llamó el ministro de Guerra, general Carlos D. Márquez, uno de los mejores militares, en mi opinión, que hemos tenido los argentinos. Me conocía mucho: había sido oficial del Colegio Militar en mis tiempos de cadete y profesor mío en la Escuela de Guerra, donde más tarde fuimos profesores juntos.

El general Márquez me hizo pasar a su despacho y me dijo: "Vea, Perón, la guerra mundial se nos viene encima. No la evita nadie. Hemos hechos todos nuestros cálculos, pero la información de que disponemos es deficiente. Nuestros agregados militares nos dan cuenta de lo que pasa en su esfera, pero en la próxima guerra el noventa y nueve por ciento corresponderá a la parte civil, a los acontecimientos de política interna-

17. Véase Documento 16.

cional. Es un asunto de los pueblos, no ya de los ejércitos. Usted es profesor de Estrategia, Guerra Total e Historia Militar. Me parece el hombre adecuado para enviarme los datos que necesito. Elija un lugar para ir".

Elegí cumplir mi misión desde Italia, porque allí se estaba produciendo un ensayo de un nuevo socialismo de carácter nacional. Hasta entonces, el socialismo había sido marxista: internacional, dogmático. En Italia, en cambio, el socialismo era *sui generis*, italiano: el fascismo. El mismo fenómeno se producía también en Alemania y se estaba extendiendo por toda Europa, donde había ya hasta monarquías con gobiernos socialistas.

La Revolución Rusa, si bien había tenido una influencia muy grande, no había podido pasar a Occidente. Lo que pasó fue la influencia socialista, con características nacionales. Eso ya se veía en 1937, y a mí me interesaba el problema, porque ésa fue la verdadera causa de la Segunda Guerra: una evolución acelerada por los movimientos ideológicos de Occidente.

Hay que recordar que los dos socialismos (el soviético y el occidental, el alemán) habían firmado un tratado de no agresión y una alianza para la defensa. [El dictador italiano Benito] Mussolini mismo me explicó que había empezado siendo marxista, cuando estuvo en Milán. Y el peronismo, en la medida en que puso el acento sobre lo social, también vivió el influjo de la Revolución Rusa. Claro que los trasplantes, en política como en botánica, van adecuándose a las modalidades de los pueblos.

Aquí haré un paréntesis: en 1946 restablecí las relaciones con la Unión Soviética. El primer diplomático que enviaron fue un señor Chevlov,[18] quien presidía una comisión económica. Era un hombre fuera de serie. Conversando nos hicimos

18. Konstantin *Shevelev*, quien llegó a Buenos Aires en abril de 1946, cuando Perón era ya presidente electo, había aprendido español en las Brigadas Rojas, durante la guerra civil.

amigos: hablaba un muy buen castellano. Un día me dijo: "Veo que ustedes le están metiendo para la izquierda". Yo le contesté: "Sí, claro. Venimos de ser un país reaccionario, colonial. Tenemos que liberarnos". Él me dijo: "Ya me he dado cuenta. Leo lo que hacen ustedes. En cambio nosotros ya estamos yendo hacia la derecha".

Retomaré el hilo de la cuestión: fue así que caí en Europa. Estudié ciencia pura durante seis meses en Turín y otros seis meses estudié ciencias aplicadas en Milán.[19] Pero no estuve en Italia solamente: estuve también en España y en Francia. Llegué a España seis meses después de terminada la guerra civil: hablé con los republicanos que habían peleado, de modo que no conozco el proceso de aquí sólo a través de los que ganaron. Así he llegado a conocer la realidad española como si la hubiera parido. Viajé también por Alemania, donde visité el campo de batalla de Tannenberg, sobre el que había escrito un libro llamado *El frente oriental de la guerra mundial 1914-1918.*

Estudié otra vez las operaciones en los lagos Masurianos, y me puse a recorrer todos los pueblos sobre los que había escrito.

Eso fue a comienzos de 1938. Alemania y Rusia, como dije, eran aliados. Yo conversaba con oficiales alemanes, un poquito en francés, otro en italiano. A veces champurreaba algo en alemán, pero ese idioma sólo el diablo y los alemanes pueden hablarlo. Fui a las líneas fortificadas de Loebtzen, en la Prusia oriental: al frente estaba la línea rusa de Kovno-Grodno. Los jefes eran amigos entre sí y me hicieron pasar. Me interné bastante por la Unión Soviética, en vehículos militares.

También estuve tres meses en Portugal, porque ése era un foco de espionaje. Todo el tiempo estudiaba. Al declararse la guerra en 1939, la evolución político-social de Europa, que progresaba con un vigor tremendo, se detiene, como si le hubieran construido un dique. Pero la evolución es una fuerza de

19. Véase Documento 17.

43

la naturaleza, igual que el agua, y sigue una táctica similar. El agua toma la línea de máxima pendiente, se escurre y avanza. Si se construye un dique, trata de infiltrarse; si el basamento es bueno, busca pasar por los costados o sobrepasar al dique. Y si no puede, golpea, golpea, hasta que un día rompe las murallas. El fin de la guerra, en 1945, fue como la rotura del dique: ésa es la época que nos toca vivir.

10. Primeros pasos hacia el poder

A mi regreso, en una reunión secreta, informé lo que había visto. El ministro de Guerra me encontró razón; pero los otros generales cavernícolas, que pretendían convertir al Ejército en una guardia pretoriana, me acusaron de comunista. Se resolvió sacarme de circulación: fui a parar a Mendoza, como director del Centro de Instrucción de Montaña.[20] Allí pasé ocho meses, hasta que me nombraron en la Inspección de Tropas de Montaña. Fue entonces cuando se presentaron ante mí ocho o diez coroneles jóvenes, que habían escuchado mi conferencia secreta y me ofrecían su adhesión. "No hemos perdido el tiempo", me dijeron. "Hemos organizado en el Ejército una fuerza con la cual podemos tomar el poder en veinticuatro horas." Era el GOU, Grupo de Oficiales Unidos. En aquel momento estaba por elegirse a Robustiano Patrón Costas como presidente, en uno de esos "fraudes patrióticos" que preparaban los conservadores en nuestro país.

Los coroneles me dieron un susto de la madonna: era el destino el que se me ponía por delante. Les dije: "Muchachos, espérense. Tomar el gobierno es algo demasiado serio. Con eso no se puede jugar. Denme diez días para pensarlo". Ellos querían que, luego de tomado el poder, yo me ocupara del aspecto político; lo administrativo iba a correr por su cuenta.

20. Véase Documento 18.

Me concedieron, al fin, los diez días de plazo. Lo primero que hice fue llamar a Patrón Costas, con quien teníamos amigos comunes. Lo invité a pasar por casa: allí se quedó cinco horas hablando conmigo. Era un hombre inteligente. Comprendió con gran penetración y rapidez las explicaciones que le di sobre el nuevo giro que tomaban las cosas en el mundo. Le dije que no aceptara la candidatura presidencial porque no llegaría a la elección, o, en caso de que llegara, lo iban a sacar del puesto enseguida. Tan convencido quedó el hombre luego de hablar conmigo, que hasta me dio la impresión de que quería acompañarme. Algunos de sus amigos sí lo hicieron: don Ramón Cárcano, por ejemplo, se mandaba en Trabajo y Previsión unos discursos más incendiarios que los míos; también nos sorprendió don Joaquín de Anchorena, que trabajó con nosotros. Casi toda el ala juvenil del Partido Conservador se puso de mi lado. Entonces me dije: si éstos, que son los duros, me comprenden, hay que intentar con los demás.

Llamé entonces a los radicales: se presentaron los miembros de la Junta Renovadora, que eran la juventud del Partido. Los viejos carcamanes no se interesaron. El grupo de Forja vino íntegro con nosotros: [Arturo] Jauretche, [Homero] Manzi, todos. Tomé también contacto con los socialistas: hablé con el doctor Enrique Dickmann, un hombre extraordinario; él me mandó a todos los muchachos que le respondían: al hijo de Mario Bravo, a Unamuno, a [Rodolfo] Puiggrós, a la gente joven.

El peronismo se fue formando, así, con hombres de distintas extracciones. En la fase preparatoria de la revolución contamos con conservadores como [Vicente] Solano Lima o Jerónimo Remorino, que había sido secretario de Julio Roca en Córdoba; otros socialistas-marxistas como Bramuglia y Borlenghi; anarco-sindicalistas como Santín.

Todos aportamos en ese momento nuestras ideas y nuestro entusiasmo. Todos fuimos fundadores.

Cuando vi que el apoyo era grande, llamé al grupo de coroneles y les dije que en efecto algo se podía hacer. Toda revolución implica dos hechos: el primero es la preparación humana, el segundo la preparación técnica. De la preparación humana se encargan un realizador y cien mil predicadores. Para la otra hay que formar un organismo de estudio que fijará los objetivos ideológicos y políticos de la revolución y preparará los planes para realizarla.

Luego de esta explicación, los muchachos dijeron: "Está bien. Tomaremos el gobierno". Eligieron a tres generales, por una cuestión de deformación profesional (en el Ejército siempre queremos llevar un general al frente). Los tres (Arturo Rawson, Pedro Pablo Ramírez y Edelmiro J. Farrell) eran cabestreadores, buena gente, pero a medida que fracasaban tuvieron que irlos sacando: así tuvieron que dejar finalmente al general Farrell, que era ministro de Guerra. Su ascenso dejó acéfalo el Ministerio: entonces me obligaron a aceptar el cargo, diciéndome que no podían entregárselo a cualquiera. Yo exigí que, simultáneamente, me nombraran presidente del Departamento Nacional del Trabajo, un organismo oscuro e intrascendente del que nadie se acordaba. Pero ésa era la palanca que yo necesitaba para la preparación humana de la revolución. Lo convertí en Secretaría de Trabajo, lo instalé en el antiguo Concejo Deliberante de Buenos Aires y me puse a trabajar. Comencé a formar predicadores: llegaban mil y les hablaba; llegaban diez mil y les hablaba; llegaban tres, y lo mismo. Eso fue penetrando. En poco tiempo el país entero estaba movilizado a base de predicadores que actuaban en los estamentos donde podíamos entrar. El más permeable fue el estamento sindical, que estaba tan dejado de la mano de Dios.

Para convencer al pueblo, se formaron ateneos en los barrios. La predicación se hacía en los clubes. Uno de los más activos era el que José López Rega piloteaba en Saavedra. Ellos conseguían unas bolsas de cemento donde nos sentábamos todos, se hacía un teatrito y hablábamos, hablábamos.

A fines de junio del '44 convoqué a los que dirigían la predicación y les dije: "Vamos a ver si lo que hemos hecho en estos seis meses, desde Trabajo y Previsión, ha tenido algún resultado. Háganme una concentración en el monumento del viejito [Roque] Sáenz Peña, de Diagonal y Florida, y si me reúnen cien mil personas podemos darnos por satisfechos". Me reunieron trescientos cincuenta mil. Cuando estuve ahí, empezaron a gritarme: "¡Presidente, Presidente!", y me asusté más de lo que ya estaba. En aquel tiempo, yo estaba trabajando para otros.

Las revoluciones tienen cuatro etapas: la filosófico-doctrinaria, la toma del poder, la dogmática y la institucional. Yo aspiraba a ser el Lenin de esta revolución: Lenin preparó el triunfo del movimiento ruso, pero no disfrutó casi nada del poder. Les dije entonces a los muchachos: "Lo nuestro ya ha entrado en el pueblo. Sigan ahora ustedes con el trabajo".

Creé el Consejo Nacional de Posguerra, cuya misión era estudiar cómo haríamos para que no nos robaran, como había sucedido en 1918, cuando los vencedores no nos pagaron un centavo por los productos con que los habíamos abastecido; luego, también, formé un cuerpo de concepción de la revolución, que inicialmente estuvo integrado por cien personas. Con ellos estuve durante cuatro o cinco meses, reuniéndome para discutir los problemas casi todos los días. Allí conocí a las grandes cabezas que iban a acompañarme más tarde —cabezas útiles, porque cabezas hay muchas, pero suelen ser incapaces para estas cosas—; entre otros me encontré con Miguel Miranda. El primer día que hablé con él casi terminamos a los sillazos: los dos éramos calientes. Me di cuenta en el acto, sin embargo, de que ese hombre valía mucho. Después de la discusión, lo llamé y le dije: "Déjese de embromar, che. Vamos a tomar un cafecito y a charlar. A usted lo necesito". Entró enseguida, porque era inteligente, capaz y de buena voluntad.

Así fui eligiendo: de los cien me habré quedado con cincuenta. Con ellos trabajé en la fase ideológica de la revolución, dentro de un Organismo de Concepción que fijaba las grandes líneas; eso se perfeccionaba luego en un Organismo Técnico, que era el elemento activo. El proceso de concepción culminó en una gran asamblea, en la que se redactaron algunas ideas con las que no estuvimos de acuerdo; me recomendaron entonces a mí que escribiera un documento. Es el mismo que, perfeccionado y con un contenido más específico, presenté luego al Congreso Internacional de Filosofía en Mendoza. Finalmente, lo publiqué en forma de libro, con el título de *La comunidad organizada*.

Este trabajo fijaba veinte grandes líneas, en distintos órdenes, que fueron las bases para un estudio integral para la situación del país. Emprendimos un análisis estadístico: para eso nombré secretario al doctor José Figuerola, el mejor estadígrafo con que contaba el país. Hizo un estudio serio con los datos que había, y cuando terminó me dijo: "Vea, esto es todo mentira", como generalmente pasa con las estadísticas. Los tres mentirosos más grandes que hay son, como se dice, los curas, las mujeres y las estadísticas.

Hubo que reemplazar ese material por otro que fuera más real: se hicieron quince mil encuestas. A partir de ahí, se realizaron monografías para establecer los grandes objetivos en cada línea de la actividad nacional. Así tuvimos un plan. Pero la obra de arte no es concebir un plan, sino llevarlo adelante. Para cada uno de los comportamientos de ese plan, integramos un equipo de ejecución con gente joven, capaz y honesta.

Entonces empezamos a funcionar colateralmente con el gobierno de Farrell: muchos de los decretos-leyes de Farrell fueron preparados por nuestro organismo, que tenía sus ramas perfectamente armadas en todos sus ministerios. Era una manera de cogobernar. Llamé a los coroneles y les dije: "Muchachos, este asunto ya está terminado. Hemos estudiado todo lo que se puede prever. Tenemos un metro y medio de carpetas, y equipos de hombres que son mejores y más importantes que las carpetas. Ahora hay que llamar a elecciones. Ya le hemos dicho al pueblo lo que queremos. La Unión Democrática ha dicho, a su vez, lo que quiere. Que el pueblo decida. Si nos eligen a nosotros, llevamos un mandato implícito para cumplir con lo que la revolución viene proclamando. Si eligen a la Unión Democrática, allá el pueblo. Él tiene derecho a ahorcarse y a buscar el árbol en que se ha de ahorcar".

Nuestras ideas eran todas nuevas. Fuimos los primeros en hablar de una tercera posición: el justo medio entre los dos imperialismos. Aparentemente cayó en el vacío, porque el horno no estaba para bollos. Hoy [1970] las dos terceras partes del mundo nos imitan, quieren entrar en lo que nosotros habíamos imaginado hace ya veinticinco años. En vez de plegarnos a una u otra potencia, tomamos lo mejor de las dos y creamos el socialismo nacional.

En la Unión Democrática estaban los radicales. Cuando los llamamos para que hicieran aquello por lo que venían luchando desde hace setenta u ochenta años, se fueron a la oposición, unidos con los conservadores. Estuvieron también los comunistas. Cómo van a hacerme creer que los comunistas argentinos de Victorio Codovilla eran revolucionarios, si yo los he visto del brazo con Antonio Santamarina. No lo eran: más bien eran vivillos, una burocracia bien paga que no quería perder la pitanza. Nosotros nos sentíamos mil veces más comunistas que ellos.

11. Evita

En esos momentos entró en mi vida Evita. Eva Perón es un producto mío. Yo la preparé para que hiciera lo que hizo. La necesitaba en el sector social de mi conducción. Y su labor allí fue extraordinaria.

Conocí a Eva después del terremoto de San Juan, en enero de 1944. Desde la Secretaría de Trabajo y Previsión traté de movilizar a mucha gente, para que colaborara en la ayuda a esa ciudad, donde había ocho mil muertos. El Ministerio de Guerra, en el que me desempeñaba como jefe de Secretaría (de hecho subsecretario), envió mantas y carpas para esa pobre gente. En Trabajo y Previsión pensamos en una colecta. Llamé a gran cantidad de artistas de cine, teatro y radio para que la hiciera en las calles de Buenos Aires. Eva vino con ellos. Los artistas, con su modalidad y mentalidad diferentes de las de todos los demás, prestaron su entusiasmo, pero sólo un grupo reducido quedó para organizar el trabajo. Y de ese grupo, la más activa fue esta chica, que me llamó de inmediato la atención. Eva se fue a San Juan por su cuenta, en uno de los aviones de médicos, y desde allí trajo la impresión de lo que pasaba y de cómo se podía ayudar mejor.

Cuando terminó lo del terremoto, le pregunté:

—¿Qué hace usted, hija?

—Trabajo en la radio de [Jaime] Yankelevich —me contestó—. En radio Belgrano. Estoy ahí en una compañía de *rascas*.

Siempre me repetía: "Nosotros no somos artistas, somos *rascas*". La vi tan útil que le pedí que se quedara a trabajar. Ella aceptó, sin sueldo ni condiciones. Le dimos una oficinita en Trabajo y Previsión y desde el comienzo se mostró como un ser excepcional, aun entre los hombres que colaboraban conmigo. Es una de las cosas que he tenido siempre en cuenta para todas las cosas que hice en la vida: poder utilizar a la gente que es utilizable y que vale. En cuanto veo una persona que vale, no me interesa sino eso: qué hacer con lo que vale. Eva era así. Embaló rápido conmigo. Así como fue apta para lo de San Juan, fue apta para todo lo demás. Enseguida empezamos a intimar y a trabajar bien unidos.

El 17 de octubre de 1945, Eva salió a la calle para ayudarme, junto con [el coronel Domingo A.] Mercante y los muchachos que estaban conmigo. Ya para entonces teníamos preparada a la juventud. No podíamos perder ninguna elección. Eso estaba clarísimo. Cuando la noche del 17 de octubre llegué a la Casa de Gobierno, le dije a Farrell: "Vamos, llame de una vez a elecciones, hombre. ¿O quiere que nos arruinen la revolución?".

Eva había contribuido mucho a esa lucha. En la mujer hay que despertar las dos fuerzas extraordinarias que son la base de su intuición: la sensibilidad y la imaginación. Cuando esos atributos se desarrollan, la mujer se convierte en un instrumento maravilloso. Claro, es preciso darle también un poquito de conocimiento.

Eva tuvo una clase especial. Lo que logré con ella no hubiera podido hacerlo con otra persona. Pero lo que ella fue, lo que ella hizo, forma parte, al fin de cuentas, del conjunto del arte de la conducción. El carisma es sólo eso: un producto del proceso técnico de la conducción. Porque como político yo soy apenas un aficionado. En lo que soy un profesional es en la conducción.

No se concibe un conductor que no sea a la vez un humanista y que no haya penetrado en la ciencia de las relaciones humanas. Conducir es un arte y, como tal, ha de estar apoyado sobre la ciencia. Tiene una teoría conformada por una serie de enunciados fijos, pero infinitamente variables en su aplicación. Para ello hay una técnica de la conducción, que sirve para la aplicación racional de tales principios. Es un arte sencillo y todo de ejecución, de acuerdo con un apotegma napoleónico.

Un conductor debe imitar a la naturaleza, o a Dios. Si Dios bajara todos los días a resolver los problemas de los hombres, ya le habríamos perdido el respeto y no faltaría algún tonto que quisiera reemplazarlo. Por eso Dios actúa a través de la Providencia.

Ése fue el papel que cumplió Eva: el de la Providencia.

Primero, el conductor se hace ver: es la base para que lo conozcan; luego se hace conocer: es la base para que lo obedezcan; finalmente se hace obedecer: es la base para que llegue a ser hasta infalible. Esto es tan importante que el Papa, como no es infalible providencialmente, lo ha establecido por decreto.

La acción de Eva fue ante todo social: ésa es la misión de la mujer. En lo político, se redujo a organizar la rama femenina del Partido Peronista. Dentro del movimiento, yo tuve la conducción del conjunto; ella, la de los sectores femenino y social. Le dejé absoluta libertad en ese terreno: era mi conducta con todos los dirigentes.

Decidimos sacarle al Estado todo lo que fuera asistencia social y le encomendamos esa función a los sindicatos. ¿Por qué? Porque el Estado tiende a crear una burocracia, con un ejército de tipos que viven *de* la solidaridad pero no *para* la solidaridad. Lo que hicimos fue construir policlínicas y colonias de vacaciones para los sindicatos: se las regalábamos, pero ellos tenían que mantenerlas. Así, los dueños de su asistencia social eran ellos mismos. Ellos la vigilaban. Cuando un médico no andaba bien, lo echaban y punto. Había un responsable de echarlo. Y ese responsable no era una institución abstracta en manos de burócratas. También decidimos confiar las jubilaciones a los sindicatos, que son los más interesados en que el sistema funcione. Pero aunque se prevean todos los riesgos, siempre hay algunos que aparecen por sorpresa. Viene por ejemplo un tipo que se muere de hambre y que no se puede jubilar porque no ha trabajado. ¿Hay que dejarlo morir como un perro? No. Alguien tiene que ayudarlo. Hay un sinnúmero de problemas sociales que no están atendidos por ninguna institución. La solución de esos imprevistos fue lo que yo le encargué a Eva. Ella creó la Fundación de Ayuda Social: ayuda, no previsión.

Así se organizaron los hogares de ancianos, para los que no podían vivir de una jubilación; los hogares de tránsito, para las familias sin trabajo: allí se instalaba a todos los miembros de la familia mientras se le buscaba trabajo al padre.

La Fundación creó también dieciséis grandes policlínicas, al advertirse que la previsión del Estado era insuficiente y que mucha gente se moría sin asistencia médica. Estos gastos se cubrían con un cincuenta por ciento de lo que daba el hipódromo y un cincuenta por ciento de Lotería y Casinos. Convertíamos el juego en una obra social: lo que yo llamaba el impuesto a los tontos. Eva se encargó de llevar adelante esa tarea, y lo hizo muy bien. Pudo capitalizar todo el bien que tenía entre sus manos.

Si Eva hubiera estado viva el 16 de junio de 1955, quizás hubiera exigido el fusilamiento de los rebeldes. Ella era así, peronista fanática, sectaria. No quería transar con nada que no fuera peronista. Pero había que medir con cuidado esas decisiones: en la tarea política, el sectarismo es negativo porque resta simpatías. El que construye en política es como el albañil. No se pone a pensar de qué está hecho el ladrillo: construye, simplemente. Todo conductor tiene que sumar, empujar hacia adelante lo bueno y lo malo, porque si se conduce sólo lo que es bueno, uno corre el peligro de quedarse con tres o cuatro personas. Y con tres o cuatro no se hace demasiado.

Sin embargo, es preciso que en todo sistema haya quienes sepan dónde está el mal, y luchen contra él. Eva, que era sensible, lo sabía. Con una mujer sensible es posible llegar a cualquier parte. Una mujer fría, en cambio, no sirve para nada, ni para los menesteres.

Para comprender bien lo que Eva hacía siguiendo fielmente las directivas del General, hay que primero ubicarse en la época. La mayor parte de los obreros eran entonces inmigrantes que ni sabían el nombre del barco en el que habían llegado. No podían justificar en ninguna caja de jubilaciones sus años de servicio, porque un día eran panaderos y al día siguiente albañiles. Si se les pedía una lista de lugares en los que se habían empleado, juntaban a lo sumo diez años de trabajo cuando en verdad eran treinta. El otro problema era que muchos de ellos habían dejado el campo y se habían instalado en la ciudad. Llegaban y no tenían viviendas de ninguna especie. Si el gobierno les daba esa vivienda, estaba estimulando la ruina del campo. Entonces tenía que haber una entidad encargada de encontrarles algún empleo en el lugar al que ellos pertenecían. Eva recibía ocho mil cartas por día con pedidos de empleo, y las iba despachando de arriba para abajo, sin preferencia por ninguna.

Uno capitaliza el bien o no lo capitaliza.

Eso es vocación, como yo siempre digo. Una persona se tiene que ocupar de las cosas grandes: el General. Otra se tiene que ocupar de las cosas pequeñas: Eva. Yo me ocupé de la Nación. Eva, de los problemas personales de los habitantes. Con ella, con Eva, lo que hubo fue un trato directo de la gente. Por eso, a lo mejor, algunos la recuerdan más.

Eva, además, aprendió mucho de lo que enseñábamos en las escuelas de Conducción Política, donde yo di cientos de conferencias. Se publicó hasta un libro con la compilación de esas conferencias. Teníamos la Escuela Superior Peronista en Buenos Aires y una filial en cada provincia. Alguien que también ha llegado lejos con el aprendizaje es mi nueva mujer, Isabelita.[21] Un día, cuando nombraron hijo ilustre de Arévalo[22] a mi amigo Emilio Romero, él habló de mí en su discurso y de lo que mi gobierno había hecho por España en un momento difícil. Isabelita se emocionó y se puso a llorar. Le sacaron una fotografía con expresión de llanto que tengo arriba de mi escritorio. En esa sensibilidad está la base de la acción de toda mujer.

Pienso en la nación y en el continente como en una persona. La política y los sentimientos van unidos. Si alguien viene a conversar con el General pensando en que mañana podrá sacar algún provecho, ser ministro o algo así, esa persona pierde el tiempo y nos lo hace perder a nosotros, porque acá vemos eso. Vemos el corazón de la gente como si lo tuviéramos al trasluz.

---

21. María Estela Martínez Cartas adoptó el nombre de Isabel durante una gira por el Caribe con la compañía de baile de un tal Joe Herald. Perón la conoció en Panamá en 1956 y la llevó consigo a Caracas. Se casó con ella en 1962. Isabel integró la fórmula presidencial con su marido, en 1973, y lo sustituyó como presidente de la Argentina cuando él murió, el 1º de julio de 1974.
22. Ciudad de origen medieval, situada a 130 kilómetros al norte de Madrid, sobre una colina, en la carretera a La Coruña.

12. Los jóvenes idealistas

Los que realmente hicieron el movimiento del '45 fueron los jóvenes: los *descamisados*, como los llamaba *La Nación*. Es cierto que los estudiantes universitarios estaban en su mayoría contra nosotros. Ocurría que muchos de ellos estaban dirigidos por gente de extrema izquierda. Otros eran de procedencia oligárquica. Casi no había allí gente del pueblo. Entonces me dije: "Hay que organizar a la juventud popular". Y emprendimos esa tarea en todos los sindicatos. De vez en cuando la FUBA [Federación Universitaria de Buenos Aires] nos hacía una manifestación frente a la Secretaría de Trabajo. Hasta que un día vinieron los muchachos del gremio de la carne, armados con cachiporras, y los enfrentaron en la calle Florida. Entonces se acabó: no vino más la FUBA.

Lo que sucedió en 1945 fue lo que después inventaron los franceses en mayo de 1968. Ellos pusieron en marcha nuestras mismas ideas, emplearon las mismas palabras: "Somos guerrilleros contra los que nos quieren vender la muerte climatizada con el título de porvenir", "La sociedad de consumo debe morir de muerte violenta", "La imaginación al poder". Todo eso ya había sido dicho por nosotros veinte años antes.

Dicen que el Che Guevara estuvo entre los que nos combatían. No es así. El Che fue un hombre de nuestra posición. Su historia es muy simple: él era un infractor a la ley de enrolamiento. Si caía en manos de la policía, iba a ser incorporado cuatro años a la Marina o dos años al Ejército. Cuando lo estaban por agarrar, nosotros mismos le pasamos el santo.[23] En-

23. En el cuestionario que le envié a Perón en 1970, le pedía que aclarara ese dato. ¿Cómo era posible que él, presidente de la República y a la vez general de la Nación, hubiera protegido a un desertor del servicio militar? Me parecía raro y se lo hice notar en mi carta. Perón no respondió a csa pregunta. Con una línea de tinta, eliminó del borrador de las Memorias la referencia al Che. El relato sobrevivió sin embargo en las cintas grabadas, de donde se transcriben ahora textualmente.

tonces compró la motocicleta y se fue a Chile. El Che era un revolucionario, como nosotros. La que no estaba con nosotros era la madre. La madre fue la culpable de todo lo que le pasó al pobre.

El Che no se fue del país porque lo persiguiéramos. Nunca lo perseguimos. En esa época, él no era nadie. Era apenas un muchacho con inquietudes. ¿Acaso perseguimos a los muchachos de la FUBA? No. Ellos también eran revolucionarios. Qué nos importaba que anduvieran con un signo u otro. A lo que estábamos enfrentando nosotros era a la reacción, aunque lo hacíamos incruentamente, porque estábamos en un gobierno constitucional, que nos permitía adoctrinar al pueblo argentino.

Las fuerzas de izquierda han sido siempre perseguidas por todos los gobiernos, menos por el mío. Yo jamás perseguí a un hombre de izquierda, aunque la policía hizo de las suyas algunas veces. La orientación de mi gobierno era pacífica. Lo primero que hicimos fue permitir que volvieran al país los hombres que se habían exiliado por sus ideologías. Victorio Codovilla vivió feliz y tranquilo durante mi gobierno. Nadie le dijo nada. Los comunistas intervinieron en política y pudieron votar por sus listas. Nosotros les sacamos la clientela, pero se la sacamos lealmente, no a palos. De las picardías de la policía me enteré cuando ya era tarde.[24]

El otro día me desayuné acá de algunas de esas cositas. Claro. Son cositas que nunca le llegan al estadista. Suponga usted que el

24. Durante el primer gobierno de Perón, la Sección Especial de la Policía Federal fue denunciada por más de un centenar de tormentos. Las víctimas notables fueron cuarenta y dos menores de dieciocho años, miembros de la Federación Juvenil Comunista, arrestados en el Dock Sur a fines de 1947; la desaparición del estudiante de química Ernesto Mario Bravo, sometido a feroces golpizas y torturas eléctricas desde el 17 de mayo al 13 de junio de 1951, cuando apareció detenido en la comisaría 45ª "por atentado a la autoridad y abuso de armas"; y los cuatro días de torturas del escribano radical Juan Ovidio Zavala, en agosto de 1951.

jardinero rompe una manguera acá en Puerta de Hierro. Se entera López Rega, porque se lo cuenta la chica del servicio. Pero López no me va a traer a mí ese problema. Cuando en la casa ocurre un desastre pequeño, el dueño no se entera. Eso no fue propio del gobierno de Perón, sino de todos los gobiernos del mundo.

Demasiado grande es la Argentina para ocuparse de las cosas pequeñas. Si uno se ocupa de ellas, acaba por no ocuparse de las grandes. En nuestro país, la gente está enferma de pequeñas cosas. Por eso no se hacen las grandes.

Ahora llegó el momento en que los argentinos deben ponerse de acuerdo. El camino de la unidad es siempre el más difícil, así como el de las armas el más fácil.

Tenemos que ponernos de acuerdo, porque la disyuntiva es la guerra civil. Si permanecí aparentemente impasible durante quince años ante el retroceso nacional es porque no creo en la violencia ni en la destrucción de las obras realizadas, porque lo que ya está hecho puede prosperar.

Tuve varios ofrecimientos importantes de armas y de tropas, pero me negué porque no quería entregar el alma al diablo ni provocar derramamientos de sangre.

13. Unidos o liberados

Nuestro país, cuando trabaja, equilibra en seis meses lo estructural y en dos años resuelve todos los problemas económicos. En economía no hay milagros. En lo económico, la misión fundamental de todo gobierno es dar posibilidad a la gente de que se realice. Para eso hace falta grandeza, olvido de las pasiones. Yo ya estoy más allá del bien y del mal. Fui todo lo que se puede ser en mi país, y por eso puedo hablar descarnadamente.

En la liberación de nuestros pueblos gravita más la integración continental que el problema nacional. Nosotros fuimos libres durante diez años. ¿Y? ¿Pudimos consolidar la libe-

ración? Yo vengo luchando por la integración continental desde 1948. Cuando llegué al gobierno, me puse de acuerdo con
[el presidente Carlos] Ibáñez [del Campo], de Chile, y con Ge-
tulio Vargas, de Brasil, para establecer en el sur de América
una alianza de este tipo. Mi actitud era compartida por [Gus-
tavo] Rojas Pinilla en Colombia, por Marcos Pérez Jiménez en
Venezuela y por Leónidas Trujillo en Santo Domingo. La
prueba es que todos se adhirieron a los tratados de comple-
mentación económica, que no eran sino un tratado de integración continental. Si a pesar de eso nos desmontaron, fue
porque nuestros pueblos no estaban todavía preparados. Los
pueblos iban detrás de la bandera que les mostraran. No tenían una idea propia.

Nadie metió las narices en nuestro país sin recibir su merecido. Pero en 1955, los vientos cambiaron. Nos aplastó la sinarquía internacional, de la que forman parte el capitalismo, el
sionismo, el comunismo, la masonería y el clero tradicional,
apoyados por los cipayos. Pude haber resistido, provocando así
la muerte de un millón de compatriotas. Teníamos cómo hacerlo. Nos bastaba con entregar las armas al pueblo. Para mí el
asunto era muy simple: decretaba la movilización general, formaba una división en Buenos Aires (para lo cual contaba con
las armas necesarias), marchaba sobre Córdoba y fusilaba a todos los que intervinieron en el golpe. Para mí, un general, todo
eso era muy simple.

¿Pero qué resolvíamos haciéndolo? La sinarquía internacional se nos iba a echar encima furiosamente. Quizá nos iban
a enviar a los *marines*. ¿Qué favor le hacíamos al país? ¿Liberá-
bamos así al continente? Nos iban a aplastar de una manera u
otra, sacrificando al pueblo y destruyendo lo que habíamos
hecho durante diez años: setenta y seis mil obras sólo en el primer Plan Quinquenal, once grandes diques, un gasoducto desde Comodoro Rivadavia a Buenos Aires, todos los aeropuertos
que hay en la Argentina, una red de caminos, ocho mil escuelas, medio millón de viviendas. Todo eso se iba a destruir. Por

eso resolví irme.[25] Pero me quedó una enorme enseñanza: ningún país latinoamericano se puede liberar por completo si, al mismo tiempo, no se libera el continente, y si luego el continente no se integra para consolidar su liberación. Liberarse es fácil. Consolidar esa liberación es lo difícil. ¿Por qué? Porque si todo el poder sigue quedando en manos de la sinarquía, lo que se conquista se pierde muy rápido.

14. La tercera posición

Ahora veamos cómo situar a la sinarquía en el juego de los dos imperialismos. Al terminar la Segunda Guerra, se reúnen en Yalta el imperio ruso y el imperio americano. Trazan una línea divisoria en el mapa y se reparten el mundo. Eso lo resuelven de palabra, pero después, cuando se reúnen en Potsdam, firman tratados internacionales que anula de antemano cualquier conflicto de jurisdicciones en esa línea divisoria. Eso explica que, cuando los *marines* americanos invaden Santo Domingo, cuenten con el *okay* ruso, y que cuando los rusos lancen las tropas del Pacto de Varsovia sobre Checoslovaquia, ya se hayan asegurado el *okay* americano. Eso es el producto de Potsdam, y yo lo sabía muy bien. El reparto del mundo no era un secreto para nadie.

Estados Unidos ha hecho un estudio a través de sus institutos tecnológicos. Ellos han determinado que el problema del mundo está en el año 2000. Si ahora, con los cuatro mil millones de habitantes que tiene el planeta, la mitad no tiene qué comer, cómo serán las cosas cuando el impacto demográfico aumente la población a seis mil millones. La superpoblación no depende sólo del número de habitantes, sino del número de habitantes y los medios de subsistencia. Ya hay en el mundo experiencia de esos problemas. ¿Qué soluciones se

25. Véase Documento 19.

han buscado? Básicamente dos: la supresión biológica, guerras, hambres, pestes; y luego, el reordenamiento geopolítico. En el año 2000 será necesario llegar a un reordenamiento geopolítico, en el que las integraciones nacionales van a desempeñar un papel muy importante. Si eso no se resuelve, y si no hay una mayor producción y una mejor distribución de los medios de subsistencia, habrá que apelar a la supresión biológica. A veces pienso que la bomba de cien megatones, a la que tanto teme el mundo, quizás acabe por ser una fuente de solución en el año 2000, si la insensatez del hombre no resuelve el problema por otros caminos.

Con ese panorama en la mente, los Estados Unidos han comenzado a tomar ya previsiones para ocupar las grandes zonas de reserva de los elementos críticos. En un mundo superpoblado y superindustrializado, ¿cuáles son esos elementos? Muy simple: la comida y la materia prima. Comenzaron con ese proyecto de ocupación colonial en Potsdam, sustituyendo a los antiguos imperios europeos. Ahí está el caso de Vietnam. Los americanos esperaron a que se fueran los franceses para meterse ellos. Y con Cuba no han hecho una cuestión de vida o muerte porque no se trata de una zona de reserva fundamental.

¿Y en nuestro país? Con nosotros hicieron un desastre. Yo nunca permití que la Argentina se hiciera socia del Fondo Monetario Internacional, porque sabía que ahí, en el Fondo, está el verdadero gobierno del mundo. La historia del Fondo es muy simple. Cuando los ingleses perdieron el oro, en la Primera Guerra, y el oro pasó a Fort Knox, el área esterlina, por la que se regía el comercio, se convirtió en el área dólar. Los ingleses trataron de defenderse creando bancos centrales respaldados por el imperio inglés, pero cuando los americanos dijeron que al que se presentara con un dólar le darían el equivalente en oro, la teoría de los bancos centrales se vino abajo.

Después de la Segunda Guerra, los economistas americanos se reunieron en Bretton Woods para evitar que les pasara a ellos lo que les había pasado a los ingleses.[26] El área monetaria dólar se estableció entonces con el consenso de naciones que necesitaban tener respaldo en una moneda fuerte. Ese servicio, que se presta a los países con pocas reservas, no es gratis, por supuesto. Cuesta un veinticinco por ciento.

Ya en ese momento Winston Churchill había liquidado el imperio inglés, lo que a mi juicio fue su único mérito. Neville Chamberlain lo quiso salvar. Churchill lo perdió.

En 1955, cuando caí, dejé a la Argentina sin deuda externa. Aramburu, en dos años, nos endeudó en dos mil millones. [Arturo] Frondizi, en otros dos, acumuló dos mil millones más. Cuando asumió Arturo Illia, la deuda externa era de cuatro mil seiscientos millones de dólares. El crédito de la República estaba muy deteriorado. Por falta de imaginación para resolver la crisis, hicieron al país socio del Fondo Monetario. Y en esa operación, se nos robó la mitad. ¿Cómo? Cada vez que pedimos un préstamo, la sobrevaloración del dólar con relación al oro nos hace perder un veinticinco por ciento. Quiero decir que, cuando nos prestan cien millones, recibimos sólo setenta y cinco, pero tenemos que devolver cien más los intereses. Otro cinco por ciento se pierde al transportar la mercadería en barcos norteamericanos, porque la mayoría de los préstamos no son en dinero sino en especies que deben ser compradas en los Estados Unidos. Como la licitación allí no es posible y hay que atenerse a los precios de catálogo, se pierde en eso otro quince por ciento. Un cinco por ciento más se nos

26. La conferencia de Bretton Woods, en New Hampshire, se efectuó del 1º al 22 de julio de 1944. Asistieron expertos de 44 países, incluida la Unión Soviética, con el objeto de analizar los problemas financieros que crearía la previsible derrota de Alemania y Japón. Durante su desarrollo se proyectó la creación del Banco Internacional de Reconstrucción y Fomento y la del Fondo Monetario Internacional. El objetivo de este último, que se fundó en 1946 y comenzó a operar dos años después, era financiar los desequilibrios a corto plazo en los pagos internacionales, para estabilizar las tasas de cambio.

va en los seguros de embarque. Entre una cosa y otra nos roban la mitad. Desde que yo me fui, la Argentina fue gobernada por el Fondo Monetario Internacional.

Todos los líderes populares de América Latina estamos conectados ahora para forjar una revolución que abarque todo el continente. Estamos trabajando en preparar al pueblo para cuando llegue ese gran momento: nuestro primer objetivo es sublevar a los pueblos, embarcarnos en una guerra revolucionaria. Cuando yo vivía en Caracas, me pusieron una bomba para sacarme de en medio y matar el movimiento de raíz. ¿Quiénes? La sinarquía internacional y la embajada argentina.[27] Fracasaron. Pero aunque hubieran tenido éxito, ya la semilla de la revolución continental estaba plantada. Ahora no es cuestión de suprimir a un hombre o a dos, sino a pueblos enteros que empiezan a tomar conciencia de su fuerza.

Aquí, en estas palabras sabias, está el quid de todos los estudios políticos que se pueden hacer hoy en día. Argentina, Brasil y los países limítrofes son la fuente de reserva del mundo. Nos asignan ahora el papel de esclavos para que los abastezcamos de comida, mientras nosotros morimos. Cuando desaparezcamos todos nosotros, ellos, los imperios, van a ocupar esas tierras. Lo dice el General, lo digo yo. ¿No es así?

Así es, López. Es lo que yo siempre digo. Son los hechos los que demuestran estas verdades, no las palabras.

Los curas del Tercer Mundo, que tanto han predicado estas cosas, son importantes en este esquema pero no son tan decisivos como se cree, precisamente porque son hombres de dicción, no de acción.

Ahí está el caso de Helder Cámara, al que de tanto en tanto le pegan un levante en el Vaticano y le prohíben meterse en política. Si los argentinos entendieran que el problema no es político sino ideológico, y no regional sino continental, hace rato que nos habrían mandado a llamar.

27. Véase el capítulo "La tumba sin sosiego".

15. Teoría de los anticuerpos

La clase trabajadora, en cambio, es otra cosa. Mientras estuvo organizada, fue un factor de poder determinante. De ahí el empeño de los gobiernos que me sucedieron en desorganizarla. No lo pudieron conseguir, porque nosotros estuvimos dándole poder. Claro que, dentro de la clase trabajadora y del movimiento peronista, terminaron por aparecer algunos traidores. Pero cuando los dirigentes vienen a pedirme la cabeza de esos hombres, les contesto que no hagan nada. Esos hombres son útiles. En las organizaciones institucionales sucede lo que en el cuerpo humano: se salvan gracias a las autodefensas.

Como ya dije, siempre dejé plena libertad a los hombres dentro de mi movimiento. Nunca intervine en las discusiones políticas, ni siquiera cuando quisieron llevarme de vuelta a la Argentina sin medir bien las consecuencias.[28] Siempre tuve un Consejo Superior del Partido al que lo dejé decidir. Como era obvio, los hombres de ese Consejo me consultaban, pero manejaban a su arbitrio las tres grandes ramas del movimiento: el partido peronista masculino, el partido peronista femenino y la Confederación General del Trabajo. Más de una vez se cita el caso del coronel Domingo A. Mercante como un acto de censura mía. No fue así. Se fue de la gobernación de Buenos Aires cuando terminó su mandato, y si después desapareció de la escena política fue porque cometió varios errores.

Todos pensaban entonces que, después del viejito [Jazmín Hortensio] Quijano, el vicepresidente iba a ser Mercante, que me había acompañado el 17 de octubre de 1945. Pero Mercante desaprovechó la oportunidad e hizo una mala política. Empezó por llevar al gobierno a mucha gente de su familia. A los de la familia Mercante los llamaban entonces "la Flota Mercante". Era justo que él tuviera más confianza en sus parientes que en nadie, pero desgraciadamente hay cosas que en el go-

28. Véase Documento 20.

bierno no se pueden hacer. En política, del error se vuelve, pero del ridículo no se puede volver.

Por lo demás, Mercante es un hombre magnífico, siempre fiel. Yo siento un gran cariño por él. Luchó mucho. Luchó bien. No se prestigió con el gobierno y, sin embargo, no se puede decir que hizo un mal gobierno. Pasó algo parecido con el mayor Vicente Aloé. A él también lo atacaron con argumentos parecidos. Y, sin embargo, Aloé arregló la economía de la provincia de Buenos Aires y, cuando cayó, dejó tres mil millones de pesos en las arcas. En la historia de esa provincia, nunca se dio otra administración tan eficaz.

En todo esto hay que darse cuenta de que el conductor político no puede actuar como los demás. Es fácil conducir el orden. Pero en política no existe el orden. A lo que hay que acostumbrarse es a manejar el desorden. Y un objetivo político no se puede manejar si el cuerpo sobre el cual se actúa es rígido, no flexible.

Los militares, cuando actuamos, ponemos una división de ejército con cuatro regimientos; cada regimiento tiene cuatro batallones, cada batallón cuatro compañías, y así. Trabajamos con una articulación formal, ideal. Pero en el campo político, eso no existe. Hay que ir a una organización real. En primer lugar, porque no hay un general con sus entorchados cuya función es mandar. No. Ahí sale a mandar el que tiene condiciones. La articulación del movimiento, por lo tanto, se va trenzando alrededor de los hombres que surgen y que son capaces.

Es el caso de Raimundo Ongaro, por ejemplo. Él vino a Madrid, habló conmigo, y me propuso crear un ala combativa en el movimiento. Yo le dije: "Ongaro, metalé". Era algo que me hacía falta. Pero también yo necesito el ala orgánica, compleja, que está trabajando en el centro, con Jorge Daniel Paladino al frente, a través del cual manejo las 62 Organizaciones. Y más a la izquierda de Ongaro todavía están los sectores intelectuales, los universitarios, los grupos radicalizados. Ahí tengo gente combativa de primera como [Antonio] Caparrós.[29]

A mí ya no me interesa que sean peronistas puros o no. Me interesa que luchen. Todo el que lucha por la liberación del país es un compañero. El peronismo es lo más heterodoxo que hay: cabe de todo. Por eso no es de extrañar que, dentro del movimiento, algunos hayan creído que podían volar con alas propias. No es de extrañar que me hayan salido verdaderos traidores. Cuando aparece uno, los demás dirigentes vienen a verme y me apuran para que lo expulse y le corte la cabeza. Yo siempre digo: "No, señor. Quédese quieto. Ese traidor es útil. Nos sirve".

¿Por qué? Porque en la organización institucional sucede lo mismo que sucede en el cuerpo humano. Si el organismo humano careciera de autodefensas, habría desaparecido de la Tierra hace miles de años. Cuando entra un microbio, produce sus propios anticuerpos, y esos anticuerpos son los que salen a combatirlo. Las organizaciones demasiado rígidas como el comunismo no los dejan actuar, y así se debilitan.

Cada vez que defecciona un dirigente sindical, en el país entero se oye el griterío que lo acusa. Quieren echarlo enseguida. ¿Quién lo va a echar? ¿Yo? No. Lo echa su propia organización; es decir, las autodefensas que hemos creado. Esos anticuerpos no advertirían el mal si al mal no se lo dejara actuar.

Ahí está el caso de Augusto Vandor. Ese hombre, pobre, tenía que terminar mal. Era hábil e inteligente, y solía consultarme lo que hacía. Yo le decía: "Tenga cuidado, Vandor. No saque los pies del plato, porque la organización puede tomar medidas". No es por mí. ¡Yo perdono a todos! Yo jamás tomé

29. Caparrós había nacido en Madrid en 1928. Hijo de republicanos, emigró a Buenos Aires en 1947. Médico psiquiatra, rompió con el Partido Comunista en 1962, apoyó la guerrilla del Che Guevara y se acercó a Perón en 1967. En 1976 se exilió en Madrid, donde murió ocho años después.

medidas contra nadie, porque no creo que sean necesarias. Las medidas las toman las organizaciones. Cuando alguien empieza a delinquir desde su puesto, miles de ojos lo están observando. Y lo hacen porque, en primer lugar, eso repugna a los espíritus, y luego porque no falta quien lo quiera reemplazar. Ése que está sentado detrás es el que va a pegar la patada en el momento oportuno.

La muerte de Vandor es tema para pensar. En 1968, él pidió una entrevista conmigo. Me trasladé entonces a Irún, cerca de la frontera con Francia. Allí, en una reunión, aclaramos bien los errores que él había cometido. Vandor me confesó que tenía conexiones con gente del gobierno militar y de la embajada norteamericana. Estaba muy comprometido. "Tenga cuidado, Vandor", le dije. "Eso es muy peligroso. Si continúa en ese tren, sus propios compañeros lo van a destruir. Y si ellos no lo hacen, la CIA y el gobierno lo van a mirar con malas intenciones el día que usted les falle." Vandor volvió a Buenos Aires, se abrió de esos compromisos, se incorporó a las 62 Organizaciones, y paf, se la dieron. Nosotros sabemos quién lo asesinó. Yo no sé quién le pegó los tiros, pero sé quién los mandó pegar. No fueron sus enemigos dentro del campo sindical. A Vandor lo asesinaron la CIA y el gobierno argentino.[30] En todo esto hubo, claro, dinero e intereses sucios de por medio. Aquí, en este crimen, hay una hermenéutica. Aquí hay que interpretar los hechos.

Nosotros perdonamos a los traidores. Otra gente, los de arriba, no los perdonan jamás.

30. Cuando Perón dictó sus Memorias, ninguna organización había reivindicado el asesinato de Augusto Timoteo Vandor, en junio de 1969. En 1972, fue atribuido a una pequeña fracción de Montoneros, el Ejército Nacional Revolucionario, cuya conducción asumió Dardo Cabo. Según una investigación de Horacio Verbitsky, dada a conocer en abril de 1995, el escritor Rodolfo Walsh habría participado en la preparación y la logística del atentado. Tanto Walsh como Cabo eran insospechables de colaboración con el gobierno de los Estados Unidos o con cualquiera de sus organizaciones.

16. El ciclo económico

Ahora [1970], el país se mueve a costa de la salud y de la vida de sus habitantes. Las obras públicas se financian a base de una deuda externa de más de cuatro mil quinientos millones de dólares, con servicios financieros que superan los mil millones anuales. El pueblo argentino trabaja sólo para pagar eso. Como no alcanzan los medios le están gravando hasta la respiración, y la gente se muere de hambre. La represa de El Chocón, el túnel subfluvial, todo se hace con préstamos que aumentan la deuda externa hasta un extremo que ya nos ha enajenado el futuro.

Las inversiones extranjeras son un cuento chino. Imagínense: llevo una fábrica que me ha costado cien mil dólares, y con ese aval le pido otros cien mil dólares al Banco de la Nación. A fin de año, giro al exterior los beneficios que he obtenido sobre doscientos mil dólares, no sobre los cien que arriesgué originalmente.

Todo libre de impuestos, porque la Argentina protege más las inversiones extranjeras que las propias.

Así se ha descapitalizado al país, asegurándole al inversor un servicio financiero anual, que se lo debe entregar en divisas. Cuando yo llegué al gobierno, el servicio financiero era de mil doscientos millones de dólares al año. Cuando caí, no alcanzaba a noventa millones. Todos estaban mejor bajo mi gobierno. Hasta los terratenientes ganaban más, mucho más. Los pobres eran menos pobres y los ricos eran más ricos.

El proceso nuestro era bien simple. Nosotros no dirigíamos la economía, como se ha dicho. Lo que hay que controlar es el ciclo económico, compuesto por la producción, la transformación, o sea la industria, la distribución, o sea el comercio, y el consumo. Cuando esos cuatro factores se mantienen en equilibrio, la economía sube sola. Cuando nosotros llegamos, el país no tenía ni un centavo. A través de la ley bancaria, no dejábamos que salieran las divisas. ¿Por qué? ¡Porque nos robaban todo!

En ese entonces, habíamos dado créditos al exterior: setecientos millones a Inglaterra y ochocientos a Norteamérica, en concepto de abastecimientos durante la guerra. Cuando nos presentamos a cobrarlos, nos dijeron que no podían pagarlos, que estaban transformando la industria de guerra en industria de paz. "Dentro de dos años empezamos a pagar con bienes de capital y con equipos", nos prometieron. Ese cuento ya nos lo habían hecho en la Primera Guerra y nos robaron todo.

La cuestión es simple: cuando una guerra termina, viene la etapa brava: hay que pagarla. Se paga desvalorizando la moneda y revalorizando la manufactura. Ésa es la diferencia que nos roban. Así, de aquellos mil quinientos millones de dólares nos hubieran pagado el quince por ciento. Les dijimos: no señor, usted los descuenta de la deuda externa porque, si no, los roban y eso es peor. Así comenzamos a repatriar toda la deuda. Luego tomamos la exportación. En la exportación, Dreyfuss y Bunge & Born —todos ésos— nos robaban la mitad de las divisas. Como son compañías internacionales, lo que vendía Bunge & Born de Buenos Aires lo compraba Bunge & Born de Pakistán, por ejemplo. Y así. A los precios los marcaban a la mitad, dándole unos pesos al cónsul para que los certificara. Hicimos la ley nacional de cambios, para controlarlos. Entonces, ¿sabe lo que hacían? ¡Contrabando de exportación! Fletaban barcos de Bahía Blanca a Rosario, se iban a Montevideo, y allí fletaban cargamentos de trigo, de maíz y de otros productos.

Creamos entonces el IAPI, Instituto Argentino de Promoción de Intercambio. En el año '47 ya estábamos llenos de plata, no sabíamos qué hacer. Claro: al colador le habíamos tapado los agujeros y la plata se había juntado. Con ese dinero que juntamos, hicimos nuestra obra. A los ferrocarriles, por ejemplo, los compramos casi gratis, o si usted quiere, ganamos plata encima. Al año siguiente de estar nosotros en el gobierno, vencía la ley y los ingleses tenían que entregar los ferrocarriles. Pero nos hubieran entregado las máquinas y los vagones viejos, ya amortizados, no la tierra que ellos tenían y que valía el doble de los ferrocarriles: ¡una legua a cada lado de la vía! ¡Había pueblos enteros en poder de ellos! En Buenos Aires, toda la calle Florida, desde Lavalle hasta Viamonte, de un lado, era toda de los ferrocarriles. Tenían veintitrés mil propiedades raíces. Si hubiéramos esperado a que la ley venciera, se hubieran quedado con todo eso, entregándonos los fierros viejos. Nosotros los obligamos a vender, y en el contrato les pusimos "bienes directos e indirectos", y por dos mil veintinueve millones compramos todos los ferrocarriles, con todas sus propiedades. Después nosotros vendimos un puchito de esas propiedades y salvamos la inversión.

¡Cómo nos robarían que compramos teléfonos, gas, corporación de transportes Ciudad de Buenos Aires, seguros, reaseguros, todo lo compramos con los mil doscientos millones de dólares que tendríamos que haber girado en divisas en 1947!

17. Los perros y los gatos

Observemos ahora lo que está pasando en 1970. El gobierno de [el general Juan Carlos] Onganía pretende solucionar los problemas y no sabe cómo. Onganía dijo: ¿Por qué, si Perón se pudo hacer con el pueblo, no nos podemos hacer nosotros? El asunto es simple: mientras no libere al país, no podrá resolver el problema económico, porque nos roban. Mientras no resuelva el problema económico, no podrá resolver el problema social, porque nadie puede dar lo que no tiene. Y mientras no resuelva el problema social, el pueblo no lo va a apoyar, porque no es imbécil.

De lo económico proviene lo afectivo, porque la víscera más sensible del hombre es el bolsillo, no el corazón. Hay que meterse bien en la cabeza que los pueblos están formados por un diez por ciento de idealistas y un noventa por ciento de materialistas. Los idealistas son como el perro, reaccionan por instinto. Al perro le pegan una patada e igual se le echa a usted encima. Los otros son como el gato; si le tiran una patada, no lo alcanzan. Si lo encierran para pegarle, el gato se tira bajo los muebles y después intenta subir por la pared. Cuando se da cuenta de que ya nada de eso es posible, se pone en guardia, ¡y péguele entonces al gato! Reacciona por desesperación, como todo materialista.

Ese noventa por ciento empieza a reaccionar ahora [1970], porque lo tienen aplastado y jodido: es como el gato. Está buscando cómo puede salir, pero cuando se dé cuenta de que no se puede, se pondrá en guardia. Poner en marcha un país que está detenido es como poner en marcha una locomotora: lo primero es romper la inercia. Como está fría hay que levantar la presión hasta las veinte atmósferas; si no, no corre. Pero cuando está en marcha, con sólo cinco atmósferas se puede aumentar la velocidad. El combustible ahí no es carbón, es plata. Lo primero que hay que hacer, entonces, es juntar la plata.

Cuando lanzamos el primer Plan Quinquenal, había ochocientos mil desocupados. En tres meses se ocuparon todos, y los salarios empezaron a subir. Cuando subieron, la economía popular se tonificó enormemente, y el consumo pegó un estirón para arriba. En cuanto subió el consumo, eso tonificó al comercio, el comercio obligó a la industria a transformar para vender, y la industria pidió a la producción. Eso cerró el ciclo, y pasamos de una economía de miseria a una economía de abundancia. Eso se mantuvo diez años. Durante nuestro gobierno, a nadie le faltó cien pesos en el bolsillo, porque había para producir. Y la gente no se dedicaba a asaltar bancos: ¡era más cómodo trabajar!

A todos los que llegan al poder se les presenta una disyuntiva muy grave, que se debe resolver de inmediato: o se apoya a las fuerzas que ya existen, en cuyo caso se marcha por una carretera amplia, de dos direcciones, al fin de la cual se distingue el monumento que le van a construir. En ese caso hay un problema: si elige ese camino, usted no duerme de noche, porque sobre su conciencia tiene el hambre y la conciencia de su pueblo. La otra opción es la selva, en la cual hay que entrar a machete limpio, donde todo son acechanzas. Pero usted duerme tranquilo, porque sabe que está trabajando para ayudar a los que tienen miseria y dolor. Dentro de esa elección inevitable, hay otra disyuntiva también terrible. Los hombres que suben al gobierno tienen dos misiones muy claras: hacer la felicidad de su pueblo y labrar la grandeza de la Nación. Muchos, por labrar la grandeza de la Nación, sacrifican a su pueblo. Otros, por excederse en los beneficios de la demagogia, sacrifican a la Nación. El secreto está en equilibrar las dos misiones.

18. El Ejército y la Historia

El que no me comprendió fue el Ejército. No me comprendió por miedo. Todavía tiene miedo de que, si recuperamos el poder, le quitemos la pitanza. Al Ejército yo lo conozco bien. Se compone de un cinco por ciento de idealistas y un noventa y cinco por ciento de pancistas. Por eso ellos apoyan a estos malos gobiernos que tenemos. Los gobiernos cambian, pero ellos no. Son una guardia pretoriana, sin ideología. Se llaman profesionales, pero son profesionales de la pitanza, del vivir bien y del sacar ventaja.

Cuando yo entré al Colegio Militar, el Ejército era otro. Lo componían oficiales que provenían de familias con medios económicos. En la época nuestra, entraron preferentemente los hijos de obreros. Después que yo me fui, todo eso se liquidó, aunque todavía quedan algunas camadas que defienden el acceso de todas las clases sociales al Ejército.

Lo grave del Ejército es que no ha entendido su papel dentro de la historia argentina: es un papel que se remonta a los orígenes mismos de la Nación, y que yo he estudiado profundamente.

Dentro de nuestra historia hubo dos líneas muy claras: la que obedece al imperialismo británico, y la nacional, la línea hispánica. Cuando se liberan los países de América, ya los ingleses están comenzando a montar su imperio sobre los despojos del imperio español. Todas las colonias españolas estaban azuzadas por los ingleses para que se sublevaran, a tal punto que oficiales como [Carlos María de] Alvear y [José de] San Martín son enviados a pelear en América por los ingleses. Viajan en barcos ingleses. La que orquestó nuestra independencia fue la masonería.

En el movimiento de Mayo están muy bien planteadas las dos líneas. Todos los gobiernos que en nuestro país se escalonaron, desde [el de Bernardino] Rivadavia en adelante, fueron gobiernos de la masonería, gobiernos de la línea anglosajona. A San Martín lo mandaron a Tucumán para que se hiciera cargo del ejército auxiliar del Perú, que había sido derrotado en Vilcapugio y Ayohuma. En ese momento era director supremo Gervasio Posadas, tío de Alvear. Cuando lo enviaron a San Martín para allá, quedó Alvear y reemplazó a Posadas.

Todos obedecen a la logia, al rito celeste escocés: es la línea anglosajona. Pero después, con los federales, va a cristalizar por primera vez algo fuerte: ya no son las logias masónicas, sino la línea nacional, la línea hispánica, porque siempre hubo una resistencia contra Inglaterra. En ella militaron [Juan Manuel de] Rosas, Yrigoyen y yo.

Lo curioso es que los españoles nunca apoyaron a los que alzamos esa bandera. Cuando en 1947 las Naciones Unidas ordenaron el bloqueo contra España, yo convoqué a una reunión urgente de gabinete para discutir el tema. Mi canciller era el doctor Atilio Bramuglia, de extracción socialista, que no simpatizaba con España. Pero yo dije que, si nosotros sosteníamos la línea hispánica, debíamos apoyar a ese país, fuera cual fuese su gobierno: Franco o cualquier otro. Yo sabía que quien iba a sufrir el hambre no era Franco sino el pueblo español.

Yo, con el voto argentino, rompí la unanimidad que se necesitaba para el aislamiento diplomático, y evité el bloqueo. En cambio los españoles cada vez que han podido me han vuelto la espalda.

No me arrepiento del itinerario que seguí en la vida, porque siempre pude dormir sin remordimientos. Así como no nace el hombre que escape a su destino, no debiera nacer el hombre que no tenga una causa por la cual luchar: una causa que justifique al menos su paso por la Tierra. Hay mucha gente extraordinaria que pasa por la vida sin que nadie se dé cuenta, porque sólo se sirvió a sí misma. Otros son normales como cualquier bicho que camina, y sin embargo llegan a tener una cierta aureola, porque sirvieron a una causa.

Yo aprendí a responder sólo a mi conciencia, y lo que dijeron de mí los demás me tuvo siempre sin cuidado.

DOCUMENTOS

Documento 1

Juan Domingo Perón nació en Lobos, cien kilómetros al sudoeste de la ciudad de Buenos Aires, el 8 de octubre de 1895. Sus padres no estaban casados, pero enmendaron en 1901 la ilegitimidad de la relación. El certificado de nacimiento de Perón no figura en su legajo militar, y en una fe de bautismo que se dio a conocer después de 1955 figura como "hijo natural", pero ese documento tiene tantas huellas de tachaduras y raspones que sólo puede ser invocado con reservas. La única prueba plena del origen ilegítimo de Perón —que iba a marcarlo con un ilevantable resentimiento contra la madre— es el acta de casamiento que se transcribe a continuación y cuya copia notariada está en mis archivos.

MATRIMONIOS: PERÓN MARIO TOMÁS CON JUANA SOSA

ACTA NÚMERO SEISCIENTOS CUATRO. — En la Capital de la República, a veinte y cinco de Setiembre de mil novecientos uno, a la una de la tarde comparecieron ante mí, Jefe de la Quinta Sección del Registro: Mario Tomás Perón, de treinta y tres años, soltero, argentino, nacido en la capital, empleado, domiciliado Azcuénaga doscientos catorce, hijo de Tomás Perón, argentino, fallecido, y de Dominga Dutey, oriental, rentista, domiciliada Cuyo mil doscientos cincuenta y uno, y Juana Sosa, de veinte y seis años, soltera, argentina, nacida en Lobos (Provincia de Buenos Aires), quehaceres domésticos, domiciliada Azcuénaga doscientos catorce, hija de Juan

Sosa, argentino, fallecido, y de Mercedes Toledo, argentina, domiciliada en Lobos; y me manifestaron que querían desposarse en presencia de los testigos: Antonio Segundo Petrocchi, de veinte y ocho años, soltero, empleado, domiciliado Cuyo mil doscientos cincuenta y uno, y Emidio Thiers Posse, de veinte y tres años, casado, comerciante, domiciliado Anchorena trescientos treinta y ocho; quienes declararon que respondían de la identidad de los futuros esposos y los creían hábiles para contraer matrimonio.

No habiéndose producido oposición y previo consentimiento prestado en forma por los contrayentes, declaré en nombre de la Ley, que Mario Tomás Perón y Juana Sosa quedaban unidos en matrimonio. En este acto, los esposos reconocieron como hijos suyos a Avelino Mario [sic] y Juan Domingo, nacidos en Lobos, el treinta de Noviembre de mil ochocientos noventa y uno, y ocho de Octubre de mil ochocientos noventa y cinco.

Leída el acta, la firmaron conmigo los esposos y los testigos en ella indicados:

MARIO T. PERÓN / JUANA SOSA / EMIDIO THIERS POSSE / A. S. PETROCCHI / ULTIMA FIRMA ILEGIBLE, SOBRE SELLO DE "REGISTRO CIVIL DE LA CAPITAL, REPÚBLICA ARGENTINA, SECCIÓN 5ª".

(Fotocopia autenticada el 8 de mayo de 1972, firma Hernán H. Rubio, oficial público, Registro del Estado Civil.)

Documento 2

Testimonio de Dardo Rasquety, primo hermano de Perón. En Lobos, el 12 de noviembre de 1971:

Todos los Sosa y los Toledo nacimos por allá atrás, en las quintas. Una vez me dijo mi tía Juana: Juancito nació allá, en la quinta atrás de las vías. Es verdad que durante algún tiempo vivió en la casa de la calle Buenos Aires, que ahora es el museo natal, pero la casa donde nació era de piso de tierra, una ventanita, dos puertas, una sola pieza. Había un aljibe y unos ranchos alrededor. Mi tía Juana era mujer de mucho espíritu. Todavía a los ochenta años montaba a caballo. Tiempo antes de que ella muriera la vi en Veinticinco de Mayo y seguía fuerte, como un roble.

Documento 3

Chankaike es un campo de unas doce leguas cuadradas, situado a noventa kilómetros de Río Gallegos, cerca del lugar donde el brazo sur del río Coyle se bifurca en dos chorrillos, Los Vascos y Magán, junto a la estancia Los Vascos.

Según don Guillermo Clifton, vecino antiguo de la región, a quien entrevisté el 6 de febrero de 1973, los Perón vivían en una casa de chapa, revestida en el interior de madera machimbrada. El mismo informante dice que un tal Peter Ross trabajó como ovejero de don Mario, luego fue su capataz, y finalmente lo reemplazó como administrador. Ross le contó que desde Chankaike salió don Mario a llevar a Juan al colegio, en Buenos Aires, y que desde entonces el hijo no regresó.

Según los archivos del Consejo Agrario Provincial de Santa Cruz, el campo cubre los lotes 51 y 73 de la zona de Río Gallegos y fue escriturado por primera vez el 12 de noviembre de 1896 a nombre de Luis Linck; luego, en 1939, fue escriturado por la S.A. Reynard Domangé.

Hacia 1902, el padre de Perón llevó un diario de sus actividades en una Guía Cooper: allí hay sólo referencias al tiempo, a la situación de las ovejas, a las visitas a los campos vecinos (como al de Rodolfo Suárez, propietario de Los Vascos). Las ovejas comían coirón y el pasto de las vegas. La estancia está situada en un mallín, sin árboles, pero con mucha leña, en una región de barrancas altas (la del río). Todos los ríos patagónicos tienen esas barrancas altas, hondonadas.

Documento 4

Informe de Eusebia de Moreno sobre Sierra Cuadrada, en la meseta basáltica del Chubut (entrevista del 9 de febrero de 1973, en Comodoro Rivadavia):

Allí hay bastante leña. Es una vasta meseta, con las sierras a lo lejos. Tierra agreste, ripiosa, escasez de agua.
Doña Juana cavó una zanja de legua y media desde una agua-da lejana e hizo una quinta con árboles frutales. Al principio, el campo era de unas cuatro leguas, tomadas de las tierras fiscales; hoy es de aproximadamente diecisiete leguas.
Cuando venía del Colegio Militar a pasar sus vacaciones, Perón solía bajar del barco en Camarones o en Malaspina, y desde allí viajaba a caballo.

En Sierra Cuadrada se instaló Mario Avelino, el hermano mayor del General. Allí nacieron los cuatro hijos que tuvo con Eufemia Jáuregui, en estas fechas: 14 de agosto de 1916, Eufemia Mercedes; 14 de julio de 1919, Tomás Domingo; 3 de agosto de 1921, María Juana; y 5 de agosto de 1923, Mario Alberto.

Documento 5

En noviembre de 1972, cuando investigué la infancia del General en Camarones, el único de los amigos que sobrevivía era Alberto J. Robert, nacido en 1899, quien había llegado al pueblo en 1904 con su padre. En aquel Camarones de comienzos de siglo sólo había un hotel, un almacén de ramos generales, el correo, y unas pocas casas precarias, de chapa, no más de diez.

Robert me contó:

Cuando vinieron los Perón, estos campos eran despoblados. Es-tarían ellos, don Rómulo Escudero y la gente de La Maciega. Mi pa-dre llegó arreando hacienda desde la provincia de Buenos Aires y

*tardó un año en la travesía. En Camarones había ovejas, vacas y ye-
guarizos. Pero los Perón trajeron solamente ovejas. Mejor dicho, al
venir de Santa Cruz, el viejo compró las ovejas acá, a los vecinos. Habrá empezado con unos quinientos animales y llegó a tener dos mil.*

*Al principio, ellos se instalaron en El Porvenir. La casa ahí era
una choza de adobe, con una puerta bajita a pesar de que todos los
Perón eran altos. Tenían que pasar agachados. Había una ventanita de medio metro por medio metro, cerrada con madera. Andaban
siempre en vagones de cuatro ruedas, tirados por caballos. Uno de
los caballos se llamaba Churrinche, era un zaino. Tenían tres zainos
ellos. La casa donde vivían estaba mal hecha, con las paredes y las
puertas torcidas, era nada más que un reparo para el momento.*

*La comida era galleta, yerba y fideo, pero hasta el fideo era ra-
ro. Se comía carne, salada, y a veces algún puchero, y nada más. En
esos tiempos, desde Patagones a San Antonio no había nada; tampoco había nada desde San Antonio a Trelew. Se precisaban tres o
cuatro meses para una travesía de ésas.*

*Don Mario sabía venir con doña Juana a mi casa, en un vagón
tirado por tres caballos, desde una distancia como de treinta kilómetros. Se quedaban con nosotros tres a cuatro días, de paseo. Así
fue hasta enero o febrero de 1914, cuando se fueron a vivir a la Sierra Cuadrada.*

*En sus primeros tiempos como juez de paz, don Mario venía en
sulky desde El Porvenir para atender a la gente. Al principio, el juzgado estaba en una piecita de chapas, metida en un zanjón. Después puso un peón en El Porvenir y se vino a vivir a Camarones, a
una casa de chapas donde estaba también el juzgado. Mario se quedó con doña Juana en el campo. No podía estudiar, por culpa de
una enfermedad en los bronquios. No llegó más que a sexto grado.*

*Juan, cada vez que estaba aquí, no hacía más que andar a ca-
ballo. Se levantaba a eso de las cuatro con los peones, y salía a corre-
tear guanacos y avestruces. En casa había un mallín, un arbusto,
lleno de pechos colorados. Los cazábamos a la tardecita con un
alambre largo que se tira como una boleadora.*

*Don Mario tenía la frente ancha, que subía hacia atrás como
una ladera de montaña, cejas levantadas, ojos celestes y encapota-*

dos, orejas grandes, el mentón corto. Doña Juana declaró ser hija de santiagueños.

Una vez cayó un turco que se llamaba José Amado. Venía muy mal, con la culebrilla. Lo curó doña Juana. En esos tiempos el turco era muy rico. Se apareció con tres vagones cargados de mercadería hasta la jeta. El turco era muy bueno y ayudaba siempre al pobrerío. Tanto ayudó que al morir no dejó ni plata con qué comprarle el cajón. Era de Rawson y allí murió. Les llevaba la mercadería a los presos, tuvieran plata o no tuvieran. Caía uno de la zona y enseguida estaba el turco al lado de él, tratando de aliviarlo.

A don Mario le gustaba que los hijos fueran muy machos. Pero él, quién sabe. Por acá se decía que la mujer no le hacía caso.

En los inviernos, don Mario trabajaba mucho haciendo sogas con cueros de lagarto. Era muy fino para trabajar el lagarto. Hacía bozales, cabestros, riendas; era de admirarlo tranzando barqueros, plumas o bombas, como se llaman esos trabajos según el dibujo que vayan haciendo.

Doña Juana en aquellos tiempos era la única mujer que atendía los partos.

Cierta vez, Perón volvía desde Buenos Aires en barco con Reinaldo Romero. Atracaban a un kilómetro y de ahí tomaban los lanchones. Reinaldo se las daba de diablo pero verdaderamente era muy tonto. Eso le molestaba a Juan. Para molestarlo, Juan le decía: 'Callate, idiota'. Reinaldo se quejó al capitán, y éste le llamó la atención a Juan. Entonces, Juan le dijo a Reinaldo: 'No voy a decirte más idiota, pero cada vez que pases delante de mí voy a levantar un dedo y eso querrá decir que sos un idiota'. ¡Era fatal de travieso!

Uno de los peones que trajeron los Perón fue Pancho Villafañe, que tendría cuando llegó no más de dieciséis años. Le tocó hacer el servicio militar en Trelew, y siguió con los Perón en Sierra Cuadrada, hasta que murió don Mario. La Maciega acabó convirtiéndose después, cuando cambió de mano, en una de las estancias más perras que se conocieron, porque hasta la galleta mandaban a hacerla tan dura que no la rompían ni con una maza; de las presas del puchero ya no había más que una para cada uno. Empezaron a levantar a los peones a las dos de la mañana. Los obligaban a trabajar *hasta las diez de la noche. En el invierno los hacían salir desde mucho antes del amanecer con un farol a tirar ovejas al baño, con un frío que pelaba.*

Doña Juana cocinaba sola para toda la peonada. No existían mujeres en el campo en esa zona. Además de doña Juana, estaba doña Valladares, que había llegado en 1908, y nadie más. Una tarde, sería en 1911 más o menos, cuando estaba don Mario en su oficina de juez de paz, volvimos con Juan de cazar guanacos: él se cayó del caballo y tuvimos que regresar antes a la casa. Al buscar a doña Juana la encontramos acostada con un peón que se llamaba Marcelino. Ella nos dijo que estaba dándole unas friegas para el catarro, pero a mí no me pareció. Juan no dijo nada pero al día siguiente ya se quiso volver con la abuela a Buenos Aires.

En esos años no había ni sendas. Los caminos eran huellas de carro. Lo que sí había era cualquier cantidad de pumas. Por eso teníamos que vivir metidos con las ovejas. Apenas nos levantábamos, salíamos al campo con las ovejas, porque hasta en pleno día las atacaban. La mayoría de los pumas aquí son bayos, pero también había algunos barcinos feroces. Los tres meses que Juan pasaba aquí, en las vacaciones, andaba arriba del caballo nomás, y con los peones. Contaba chistes con ellos. Usted sabe cómo es de bromista el criollo.

Documento 6

El paso de los Perón por Camarones parece haber sido más largo de lo que el General recuerda. Mario Tomás, el padre, fue allí juez de paz desde 1908 hasta 1912. El primer registro que firmó como juez suplente, con su clásico ocho acostado en forma de rúbrica, es el acta número 14 de 1910, fechada el 1º de agosto, en la que consigna el nacimiento de Armando Elías Romero, ocurrido el 19 de julio. La última es el acta 26 de 1912; corresponde al 15 de octubre de ese año. Allí registra el nacimiento de Rosa María Linieyro, ocurrido ese mismo día: hija de un español y una holandesa que pasaban accidentalmente por el pueblo.

En el juzgado de paz de Camarones aún podía verse, en 1973, el escritorio en el que había trabajado el padre de Perón: cinco cajones falsos, con chapas de bronce en las cerraduras. Era de caoba, con hendiduras provocadas por pinchos y lapiceras. La tapa debió ser de paño; entonces era plastificada.

Documento 7

El General acudió desde 1904 a la escuela San Nicolás Elemental de Niñas Nº 2, de Catedral al Norte, cuya directora era Vicenta Martirena, la hermanastra mayor, por el lado materno, de Mario Tomás Perón. Hacia 1900, la escuela se mudó a la calle San Martín 458. Poco después pasó a llamarse "Escuela Nº 7 del Distrito Escolar Segundo" y se implantó la enseñanza religiosa, que debía ser dictada por "ministros del culto", antes o después del horario escolar. Una resolución de 1904 autorizó el ingreso de "varones de hasta diez años".

Perón asistía al turno mañana, de 7.30 a 11.30. Vivía con su abuela Dominga, con la tía Vicenta y con sus primos María Amelia y Julio Perón en el solar reservado para la directora, arriba del colegio.

Ingresó a primer grado en 1904. Su maestra fue Agustina Boggero, de veinte años, quien lo aprobó con sobresaliente.

En 1905 estudió el segundo grado con la maestra Asunción Daroqui, de veinticuatro años. Aprobó con suficiente.

El nombre de Perón ya no figura en los registros escolares de 1906.

Documento 8

De los tres relatos sobre la vida de Perón en la casa de su abuela —el breve y rencoroso relato de su primo Julio y el de la maestra Elvira Barilatti, que he preferido omitir aquí—, hay uno que resume y perfecciona los otros: es el que María Amelia Perón de Frene compuso durante dos entrevistas en su casa de la calle Yerbal al 2800, Buenos Aires, a comienzos de marzo de 1972. Ésta fue su historia:

Juan Domingo llegó a la escuela con su hermano Mario Avelino a principios de 1904. Sería en febrero o a más tardar a comienzos de marzo. Hacía mucho calor. Mario se quedó en la casa de mi abuela más o menos un año. Después se enfermó de los bronquios. Lo mandaron al sur y allí se compuso. Había en la casa otra pupila, María Vicenta, que era sobrina de mi abuela: su padre era hermano de mi abuela. Se llamaba por lo tanto, María Vicenta Dutey.

Mi abuela Dominga Dutey era viuda de un señor Martirena cuando conoció al doctor Tomás L. Perón. Se enamoraron y se casaron. De su primer matrimonio, ella tenía dos hijas: Vicenta y Baldomera. Del segundo nacieron tres varones: Mario (que fue el padre de Mario Avelino y Juan Domingo); Tomás y Alberto. Alberto era militar, murió joven, pobrecito. Tomás, mi padre, tuvo dos hijos: María Amelia, es decir yo, y Julio.

La directora de la escuela Catedral al Norte era Vicenta Martirena, mi tía. Con ella vivíamos en la parte de adelante; la de atrás, también de dos pisos, era la escuela.

Éramos muchos en esa casa: mi abuela Dominga con sus dos hijas, Vicenta y Baldomera, y los chicos. Los voy a enumerar siguiendo los años de nacimiento: Julio era de 1896, Juan Domingo de 1895, María Amelia de 1894, María Vicenta Dutey de 1892, y Mario Avelino, el mayor, era de 1891. Julio y yo estábamos con la tía Vicenta desde muy chicos. Papá había muerto, mamá se volvió a casar y nos dejó a cargo de Vicenta: ella fue para mí una madre tan querida como la que me dio el ser. Me crió, me educó y era buenísima.

Hacía poco que estábamos viviendo en la escuela de San Martín 458 cuando lo trajeron a Juan para que comenzara a estudiar. Sus padres vivían en Chubut y él iba a verlos sólo en las vacaciones de verano.

Mario Avelino era serio y callado. Juan Domingo, en cambio, era conversador, amigo de todos, travieso, muy entretenido. A veces jugábamos en el patio grande de atrás, el patio de los recreos. Una noche, mientras tratábamos de tomar agua en las canillas del patio, Juan Domingo le dio un empujón a Mario Avelino y le rompió un diente. Fue la casualidad: él era así, un demonio.

En la casa vivían también dos muchachas: la famosa Gabriela Medina, de la que Juan habló tanto, y otra chica Rosalía, que se quedó poco tiempo con nosotros. Gabriela no, ella era muy fiel. A Juan lo adoraba, le fue fiel, y todavía le es fiel, porque está viva. Tiene 94 años. Creo que cuando Juan fue presidente se la llevó a vivir con él y con Eva. Ahora [1972] se ayuda con lo poco que le pagan de jubilación y con lo que le damos Julio y yo.

A Juan le divertía hacerla enojar. Sus rabietas más grandes eran con la calavera. No sé si usted sabe que mi abuelo Tomás murió de contagio. Uno de sus enfermos le contagió la tuberculosis. Fue ese mismo, creo, el que le regaló la calavera de Juan Moreira. Mi abuela Dominga la conservó, no sé por qué. La tenía en el cuarto de Gabriela Medina. Juan y Julio asustaban a Gabriela poniendo velitas en el cráneo. Prendían y apagaban las velas cuando ella se acercaba.

Los varones hacían tanto lío que decidieron ponerlos pupilos. A mí y a mi prima María Vicenta nos hacían estudiar piano. Por eso odio ahora el piano. A mí lo que me encantaba era jugar con las muñecas. Juan y Julio, con sus juegos de varones, estaban siempre juntos. Después, Julio quedó muy dolido. Ya no quiere saber nada de Juan. Tal vez tenga razón. Cuando entró en la política, no lo quiso atender más. Se le subieron los humos a la cabeza.

Y pensar que de chicos éramos inseparables. Los tres juntos, Julio, Juan y yo fuimos al velorio del general Bartolomé Mitre. Y ahí firmamos. La firma está en el libro de la funeraria. Como estábamos a sólo una cuadra de la casa mortuoria, fuimos solos. Los niños, con la curiosidad de la muerte, van a ver la muerte como si fuera un paseo.

También nos gustaba mucho ir al cine. La abuela solía retarnos por eso. "Se pasan el día en el biógrafo", decía. O "no hacen otra cosa que jugar". Vicenta nos defendía: "Dejelós que se diviertan sanamente, mamá", la tranquilizaba.

Yo me casé en julio de 1927, y Juan dos años después. Lo veía muy de vez en cuando. La última vez fue cuando le di el pésame por *la muerte de Potota. Mire la mala suerte que tuvo. Se casó dos veces y las dos esposas se le murieron de cáncer. Ahora dicen que se ha casado otra vez. Ojalá que esta vez Dios se lo perdone.*

Documento 9

De una entrevista al abogado Luis Ratto, condiscípulo del General en el Colegio Politécnico, el 12 de marzo de 1975. Ratto tenía su estudio en la calle Paraguay al 2400. Padecía de una leve sordera:

Fui compañero de Perón en el Colegio Politécnico Internacional que estaba en la calle Cangallo al 2000, entre Azcuénaga y Ombú. Coincidimos en los años 1908 y 1909, en cuarto y quinto grado. Más de una vez Perón dijo que nuestro colegio era el Politécnico de Olivos. No es así. El Colegio Internacional de la calle Cangallo perteneció hasta 1908 a un señor Porchietti, quien lo vendió ese año a Raimundo Douce. Porchietti inauguró entonces otra escuela de nombre parecido, la Internacional de Olivos, pero Juan Perón no estudió ahí. Juan estudió siempre en el Internacional de la calle Cangallo.

El Cangallo estaba en una casona habilitada para colegio. Era muy amplio, con varios dormitorios donde vivían los pupilos. Tenía un zaguán de entrada y tres o cuatro grandes patios.

Ni bien uno entraba, no recuerdo si a la derecha o a la izquierda, estaba la Dirección. El zaguán desembocaba en un primer patio y éste en un segundo. El primer patio se usaba para recepción, el segundo, ¡ah, el segundo!, para los recreos. En 1910 se trasladó a Caballito, a la esquina de Hidalgo y Rivadavia. Ese año yo entré al Colegio Nacional. Vivía en Floresta y cuando pasaba por ahí lo miraba desde afuera con un poco de nostalgia. Después lo perdí de vista, no sé si cerró. Sé que Douce murió y creo que nadie se hizo cargo del colegio.

Del aula que teníamos recuerdo poco. Sé que estaba profusamente adornada con láminas de ciencias naturales, de zoología. Me parece ver el gran pizarrón y el estrado donde dictaban las clases los profesores. Todo estaba siempre muy ordenado.

La fama del cuerpo docente era inmejorable. Puedo nombrar a Laplana, que era profesor de aritmética; a Andrés Bassart, de contabilidad, que tenía una pierna de palo; a la celadora Enriqueta Douce, sobrina del director. Nos enseñaban con libros de textos y nos dictaban clases de las que tomábamos apuntes.

En 1909, cuando cursábamos con Perón el quinto grado, hicimos un curso preparatorio que nos permitió saltar el sexto grado e ingresar directamente al Colegio Nacional. Perón y Julio, su primo, estaban como pupilos: salían sólo los fines de semana. Nos divertíamos jugando con inocencia: a las carreras, a la pelota pared, a la payana.

Me acuerdo como si fuese ahora de la primera vez que vi a Perón. Estaba parado en el patio, con pantalón corto, saco y un cuello de esos grandes, redondos y almidonados, con un moño. Era mayor que nosotros: debía tener entonces trece o catorce años, y los demás ocho o nueve. Era corpulento, de buen físico, con un carácter enérgico. Quisiera dar una imagen verdadera y lo primero que se me ocurre decir es que era dominante y mandón.

Volví a verlo sólo una vez, en 1945, en el Ministerio de Guerra. Ya ni recuerdo para qué había ido. Hablamos de política, pero a los saltos. Cada dos o tres palabras nos interrumpía el teléfono o se abría la puerta y oíamos las voces de todos los que estaban en la antesala. En un momento dado, Perón se levantó y me dijo: 'Mejor nos vemos otro día. Mirá cómo me tienen. Estoy loco, no doy más'. Le ordenó al coronel Vivas que concertara otra entrevista para mí, porque tenía ganas de que siguiéramos hablando, pero nadie me llamó nunca y yo tampoco nunca lo quise ver.

Documento 10

En mayo de 1972, uno de los últimos sobrevivientes de la promoción del General en el Colegio Militar era el teniente coronel Saúl S. Pardo, quien vivía en la calle Amenedo, de Burzaco. Allí contó esta historia:

Yo soy de infantería, como Perón. Cuando nos incorporamos como cadetes, nos dieron un uniforme nuevo. Apenas quise acordarme, me habían quitado la gorra. "Póngase esta otra", me ordenó un cadete del curso superior, entregándome una gorra vieja y rota. "¡Qué bien le queda!", se burló después. Caminé un poco más, y me quitaron la blusa garibaldina, dándome una rota. "Vaya para el otro lado", ordenaron, y me sacaron los pantalones. En un abrir y cerrar de ojos, quedé convertido en un cadete con uniforme viejo.

A los pocos días nos mantearon a todos. Esperaron un día muy helado para hacernos sufrir más. Para mantearnos, los cadetes más antiguos se ponían en un corredor, del patio de tierra al patio de mosaico, y nos cagaban a trompadas y a lonjazos. Cuando llegábamos a la otra punta, estábamos todos maltrechos. Era una brutalidad lo que hacían con nosotros. A Perón lo montó en pelo un cadete grandote que se llamaba Pascal o Pascual, ya no me acuerdo. Tendría que haber visto el estropicio que le hicieron. El campito de San Martín estaba helado. Se veía la escarcha hasta el horizonte. Tan helado estaba, que nos hicieron guantes con las mantas para que pudiéramos manejar el fusil.

Y no se imagina lo que fueron las maniobras finales, dos años después. Cuando llegamos a Concordia, éramos un hospital. Nomás los "Ay" se sentían. Llegamos tirando los fusiles, las mochilas y todo por el camino, abrazados los unos con los otros. Creo que Perón fue uno de los que no pudo llegar. Se quedó sin aliento en la travesía, como tantos otros.

Documento 11

A mediados de 1970 envié al General algunos recortes de prensa en los que se narraban las maniobras finales de su promoción, cerca de Concordia, y la ceremonia en la que se graduó como subteniente. Aquí transcribo esos recortes:

PARTIDA DEL COLEGIO MILITAR
El Colegio Militar levantó su campamento del Ayui. Esta madrugada se puso en marcha la sección infantería, la que seguirá a pie con el fin de vivaquear en la costa del Yuquén Chico, de donde continuará la marcha hasta la estación Jubileo a fin de tomar allá el tren. Los cadetes gozan de perfecta salud y han desarrollado un fecundo período de instrucción.

La Prensa
Jueves 4 de diciembre de 1913, p. 13

Los cadetes, durante el mes que han permanecido en los campos del señor Soler en los alrededores de Concordia, hicieron vida de campamento y desarrollaron un programa de ejercicios y tiro de combate completo bajo la dirección de sus profesores, ejercicios terminados con una marcha hasta la estación Jubileo, donde se embarcaron para esta capital. En la corriente semana se remitirán al Ministerio las clasificaciones de fin de curso para su aprobación.

La Prensa
Miércoles 10 de diciembre de 1913, p. 11

LA FIESTA DE HOY
En el tren que sale de la estación Retiro a las 9 de la mañana, partirá hoy para San Martín el ministro de Guerra, para asistir a la fiesta de despedida de los cadetes que egresan del Colegio Militar y a la distribución de los premios a los dos mejores cadetes del año.
El director del colegio, coronel Gutiérrez, estuvo ayer en el Ministerio; e invitó especialmente al general Vélez, lo que se ha hecho también con un grupo de familias y las autoridades militares.
Una delegación de la Comisión Central de la Asociación Pro Patria se trasladará también al referido instituto para hacer entrega al cadete más sobresaliente del año, Eduardo Pasqués Malmierca, de una medalla de oro y un diploma, en cuyo acto, en nombre de la misma, hará uso de la palabra la señorita Mercedes Pujato Crespo.
Por su parte, el ministro de Guerra hará entrega de un reloj de oro al cadete Schwiezer, el más aplicado y de mejor conducta del año.

Como en este año el decreto de promoción de los alumnos egresados se ha anticipado a la fiesta de despedida tradicional de la casa, los cadetes, de común acuerdo, han resuelto presentarse con su traje de alumno y no con el de oficial, con el propósito de tomar parte en las formaciones y ejercicios militares con sus compañeros, lo que no podrían hacer con su uniforme de subtenientes.

Después de la entrega de los premios, el director del colegio pronunciará un discurso despidiendo a los alumnos que han terminado sus estudios y se retiran del colegio. A continuación se desarrollará un programa de formaciones, ejercicios militares y físicos y desfile, con lo que terminará la fiesta militar.

La concurrencia pasará entonces al salón comedor, donde la dirección del colegio la obsequiará con un lunch.

La Prensa
Jueves 18 de diciembre de 1913, p. 9

Fiesta anual
del Colegio Militar de San Martín
El mismo brillo, o tal vez mayor que en años anteriores, alcanzó la fiesta celebrada esta mañana en el Colegio Militar de la Nación, con motivo de la entrega de los premios a los cadetes egresados este año con las más altas calificaciones.

En nuestra edición anterior dimos noticia de la recepción hecha en honor del ministro de Guerra y de la Asociación Pro Patria, portadora de uno de los premios. El desfile que con ese motivo realizaron los cadetes fue la iniciación de la simpática ceremonia que se efectuó enseguida, pues cuando cesó el redoble de los tambores y tras un breve silencio, la señorita Mercedes Pujato Crespo, presidenta de la Asociación Pro Patria, hizo uso de la palabra, en términos altamente conceptuosos para el Ejército argentino, prendiendo luego sobre la chaquetilla del cadete Eduardo Pasqués Malmierca, el alumno más sobresaliente del año, la significativa medalla de oro, y depositando en sus manos el diploma que acredita el mérito del nuevo oficial.

Cuando la señorita Pujato Crespo descendió de la tribuna improvisada, entre los aplausos de todos los presentes, el general Vélez, *a su vez, leyó un breve discurso y entregó el reloj de oro, premio del Ministerio de Guerra al alumno más aplicado y de mejor conducta durante el año, el cadete Schwiezer.*

Breves momentos después, el primero de los cadetes premiados, Pasqués Malmierca, dio cuatro pasos al frente, hizo el saludo militar y pronunció palabras de agradecimiento. Cuando hubo terminado, volvió a las filas de sus compañeros y el cadete Schoviezer [sic] se adelantó a su vez y agradeció la distinción de que era objeto.

Clausuró la serie de discursos el director del Colegio Militar, coronel Cornelio Gutiérrez, quien tuvo elocuentes palabras de despedida para los nuevos oficiales, que van a incorporarse al ejército, llevando el recuerdo del colegio donde pasaron gratas horas de compañerismo.

El coronel Gutiérrez fue largamente aplaudido por todos aquellos que presenciaron la sencilla ceremonia.

Momentos después las tres secciones del colegio, al mando de sus jefes habituales, se dirigieron al campamento, situado a espaldas del edificio y allí hicieron evoluciones en conjunto las secciones de infantería, artillería y caballería. Esta última realizó magistrales ejercicios de lanza y sable.

Los cadetes, una vez que dejaron sus armas, se dirigieron al gimnasio, donde ejecutaron una interesante serie de ejercicios.

A las 12 la concurrencia se trasladó al salón de oficiales, donde se había preparado un buen lunch.

En las primeras horas de la tarde, y después de felicitar al coronel Gutiérrez por el adelanto de la escuela, se retiraron el ministro de Guerra y demás concurrencia.

La Razón
Jueves 18 de diciembre de 1913

Documento 12

En diciembre de 1974 pedí a dos reporteros del Canal 13 de Buenos Aires —cuyos nombres perdí irreparablemente en alguna mudanza del exilio— que entrevistaran a siete u ocho ex empleados de los obrajes de La Forestal. Cuatro de esos empleados habían conocido a Perón en 1918 y lo recordaban. Las entrevistas se realizaron en Villa Guillermina, al norte de Santa Fe, y en Tartagal, al nordeste de Salta.

Las huelgas comenzaron en 1918 y alcanzaron su punto más alto en 1921 con la muerte del gerente Bianchini; éste fue reemplazado por el gerente Bovet, quien nos eliminó a todos. Nos echó a toditos salvo a unos cincuenta tipos. Teníamos la contra de la gendarmería, del ejército y de unos colorados a los que les decíamos "los cardenales". Era gente muy brava y ahí se vino el lío con los obreros. Cada semana mataban a un comisario. También caían obreros.

En esa época contaban que en Tartagal los obreros estaban alerta en el monte, por la huelga. Fue entonces cuando se presentaron veinte hombres del ejército con Perón al mando. Perón se separó de su tropa para no armar batifondo y les pidió a los muchachos que se quedaran calmos. Les dijo que sólo quería hablar con ellos.

Parece que poco a poco los convenció de que nada valía hacer tanto lío. Lo que ellos reclamaban era lo justo, les dijo, pero mejor era pedirlo de buena manera. Mi amigo el finado Peralta estaba en ese grupo y se acuerda de Perón por la audacia que tuvo.

También se contaba en aquella época que una vez se armó lío en la Casa de Baile, lugar de esparcimiento donde concurrían soldados y gente del pueblo. Perón fue a calmar los ánimos. El lío fue porque un soldado sacó a bailar a la mujer de un capataz. Perón estaba a unos doscientos metros del lugar comiendo con gente de La Forestal, y cuando escuchó ruidos salió a ver qué pasaba. Dicen que les habló a todos y prometió poner preso al que se hiciera el loco.

Acá se hacía huelga cada cinco minutos. El principal centro del lío era Tartagal, pero acá las cosas también estaban bravas. La huelga era en Villa Guillermina, Villa Ana, Tartagal, Basail, La Armonía, Golondrina y La Gallareta. Tal vez Perón anduvo por todos esos lugares, pero no pisó Villa Guillermina. El que diga lo contrario miente. Que se enfrente conmigo.

Yo tuve el libro de visitas de La Forestal en mis manos porque en 1930 me designaron para hacer el inventario. Luego se lo devolví

a un tal mister Harper, que llegó de Buenos Aires. Yo vi el libro y estaba la firma del príncipe de Gales, pero no la de Perón.
ARÍSTIDES BOSISIO, 74 años.
*Encargado del almacén de La Forestal
en Villa Guillermina*

Yo estaba de encargado del almacén y sabía todos los chimentos. Perón vino a Tartagal precisamente para apaciguar y tomar medidas. Los obreros estaban muy exaltados porque querían trabajar sólo ocho horas por día y exigían que les pagaran las horas extra. Imagínese qué desastre iba a ser eso. La costumbre era que los obreros trabajaran doce a quince horas y se les pagara simple.

Perón conversó con todos los huelguistas. Una vez vino solito al almacén donde estaban reunidos unos cincuenta y les dijo que se quedaran tranquilos y no cometieran desmanes.

Los obreros no vivían tan mal, francamente. Sólo vivían mal los que eran malas personas. Pocas compañías tuvieron tan bien atendida a su gente como La Forestal, tanto en los obrajes como en los pueblos.

Trabajé treinta y siete años en La Forestal. Cuando la empresa cerró, vendió las casas casi regaladas a los empleados que se habían portado bien. Yo compré mi casa en 1953. La compañía no si fijaba si en aquella época era barato vender. Sólo quería liquidar todo esto.
JUAN RAMÓN SOSA, 79 años.
*Encargado del almacén de La Forestal
Desde 1916 hasta 1953 en Tartagal*

Perón estuvo aquí pero muy de paso. Yo era señorita y no me acuerdo bien, pero toda la gente decía que había venido un teniente que estaba a favor de los trabajadores y después de muchos años recordaron que era él.

Cuando escucho el cuento de que en las huelgas de 1918 murió mucha gente, yo me río. Hubo muertes, pero no tantas como dicen. El gran lío se armó cuando mataron a Bianchini, el gerente. Vinieron los trotskistas, los anarquistas como les llamaban en aquella época, y la cosa se puso fea. Yo vi cómo mataron a un policía a tiros cuando quiso llevar presos a unos muchachos que estaban entrando de noche a un galpón de La Forestal.

Acá se hacía lo que quería La Forestal. Yo nunca trabajé porque ayudaba a mi madre a hacer la casa, pero mi papá me decía que todo era de La Forestal. Usted no podía tener nada particular. Todo era de ellos, hasta la población.

Claro que no nos faltaba absolutamente nada y se vivía bien.
ANA ARAYA DE SOSA, 70 años
Ama de casa

El conflicto en La Forestal empezó en 1917, cuando los trabajadores empezaron a pedir que la empresa dotara al pueblo de agua potable. También exigían más plata. Yo era aserrador de la fábrica y recuerdo que los agitadores eran unos cincuenta de casi tres mil que trabajábamos.

Nunca estuve en una reunión con Perón, pero sé que vino a Villa Guillermina y se alojó en la casa de las visitas. Desde ahí pidió hablar con los huelguistas. Les dijo que el ejército no haría nada contra nadie. Sólo iba a garantizar el orden y a proceder con ecuanimidad.

Yo sé todo esto porque me lo contó el finado Fretes. Una vez estaba cerrado el almacén porque decían que iba a venir el lío y yo me acuerdo que Perón dio orden para que se abra y se atienda a la gente.

Se sabe que el procedimiento de Perón fue correcto. Yo nunca oí a nadie que lo mencionara, pero después que empezó a surgir en la política comenzaron a recordarlo.

La gente no tenía la intención de hacer barbaridades. Por dar un ejemplo: nunca se quemaron las pilas de rollizo. Si hubieran hecho eso no habría quien pudiera apagar el incendio: ni antes ni ahora.

En esta zona se vivía bien porque el patrón era el que mejor pagaba. Pero a medida que avanzaba el tiempo, la gente quería cosas que no podían ser. Por ejemplo, se insistía en que debíamos trabajar ocho horas.

En 1920 yo ganaba para comprar tres o cuatro kilos de carne por día y encima me quedaban vales en el sueldo. Eso de los vales, que tantos veían como una canallada de la compañía, era simplemente una especie de control. Estaba bien, porque todo era de ellos.

La gran huelga, esa en que intervino Perón, se hizo en 1917, cuando la gente quería que la empresa dotara de agua potable al pueblo. Antes había un pozo aquí y otro allá, y eso era antihigiénico. Aparte, poco después de esa huelga vino un brote de viruela y morían hasta seis personas por día. La gente estaba como enloquecida y se la agarraba con La Forestal.

José Barbas, 74 años
Trabajó en La Forestal,
Villa Guillermina, desde 1918

Documento 13

Testimonio del mayor Vicente Carlos Aloé, el 9 de marzo de 1972, en Rojas, Buenos Aires:

Cuando ingresé a la Escuela de Suboficiales, la disciplina militar y la moral militar eran algo casi religioso. Sólo a los dos años de estar ahí conocí a un general, y eso me erizó la piel.

Al terminar mi primer año de estudios, el teniente Perón escribió la siguiente calificación sobre mí (no recuerdo sus términos exactos, pero sí el concepto en líneas generales): "Algo nervioso. Debe moderar su temperamento. Hombre de gran porvenir". Perón tenía ya entonces una gran visión de hasta dónde podían llegar los hombres si practicaban las enseñanzas morales que él impartía.

El teniente primero Perón era un militar íntegro, sin tacha. Físicamente apuesto, de gran prestancia, imponente, varonil y cautivante por sus formas apolíneas, sobre todo por el culto que él hacía de su propio físico. En 1919, al declararse el estado de sitio en la Capital Federal a raíz de los sucesos de la fábrica Vasena, que después se conocieron como la Semana Trágica, Perón estaba en el arsenal Esteban de Luca y no tuvo otro remedio que salir. Según las referen-

cias de que dispongo, el movimiento de 1919 fue netamente comunista y anarquista. La participación de Perón consistió únicamente en reprimir y mantener el orden. Si bien es cierto que él nunca compartió la ideología de aquel movimiento (como tampoco yo), había motivos de sobra para justificarlo, porque los obreros no ganaban para vestirse ni para comer. El arsenal De Luca fue de los primeros y de los más activos en intervenir, porque estaba cerca de la fábrica Vasena, en Parque Patricios.

Cuando conocí a Perón, lo primero que nos impresionó de él fue su capacidad para el dominio de los hombres. Ya en ese momento era un caudillo, el mejor hombre de toda la compañía. Si había que hacer un ejercicio físico, era el primero en ejecutarlo, y con toda corrección. Enseñaba con el ejemplo. Si daba orden cerrado, los mejores movimientos eran los suyos. Si se trataba de hacer un giro, de manejar un arma o de dar una media vuelta (en aquella época existía la media vuelta), él era el mejor.

Todas las tardes, durante la formación que es tradicional en el ejército y en la que habla el oficial de semana o el comandante de la compañía, él nos dirigía las arengas: cada una era una verdadera lección de orden moral. Ya en 1923, cuando no se mencionaba todavía ninguna forma de previsión social, él comenzaba a hacerlo.

En 1920, el teniente Perón organizó un equipo de gimnastas y ganó una competencia organizada por la Municipalidad de Buenos Aires. Yo formé luego parte de ese equipo, en la especialidad salto en alto, debido a mi físico muy delgado. Fue también Perón quien introdujo el básquet en la Escuela.

Hay un hecho importante en la vida de Perón que pocos conocen: fue profesor de Cultura Física, recibido en la Young Men, una asociación a la que concurría diariamente apenas llegó de Santa Fe, en 1918. Así como de aquella Primera Compañía salieron embajadores y ministros, también salieron artistas de circo: un muchacho de apellido Videla (no recuerdo el nombre) fue domador de leones en un circo muy grande, uno de los mejores domadores de la Argentina. Era un mendocino.

Nuestra compañía era de infantes, y los infantes (al menos entonces) caminaban. En 1923, hicimos maniobras en la estancia La

Montonera, de Pilar, a unos cuarenta kilómetros de Campo de Mayo. Creo que ahora hay allí un convento. El teniente primero sabía que con una buena preparación física no hacían falta las marchas previas a las maniobras. Así, llegamos en vehículos a La Montonera, acampamos, nos quedamos unos quince días y, al regreso, cada unidad empleó sus propios medios para llegar a la Escuela. Nosotros, con el teniente primero Perón a la cabeza, iniciamos la marcha a pie a las cinco de la tarde, y estuvimos a la una y media de la mañana en Campo de Mayo sin parar: ¡cuarenta kilómetros a pie! Perón quiso demostrar de cuánto es capaz el hombre si se mantiene en buen estado físico.

En el aspecto militar era un profesional muy rígido. En ninguna circunstancia se podía hablar con él sin cumplir con las exigencias reglamentarias: cuadrarse, saludar, pedir permiso con apostura. En todo momento estábamos en instrucción. Los sábados salían los que se habían anotado para salir de franco, con la aprobación del comandante de Compañía. En la nuestra habría unos ciento diez o ciento once aspirantes; para salir se anotaban unos sesenta. Después de excluir a los que quedaban de servicio, Perón llamaba a los otros para preguntarles por qué no salían. Algunos se lo decían, otros no. Pero la razón fundamental de casi todos era la falta de dinero. Entonces Perón iba sacando de su bolsillo diez pesos, cinco pesos, diez pesos, mientras repetía: "No quiero verlos en el cuartel los días de franco". Y luego, a todos: "Me devuelven este préstamo cuando cobren o cuando puedan". Así era él.

A los que de todos modos no queríamos salir de franco, Perón nos invitaba a comer un asadito en Campo de Mayo. Nos proveíamos de carne y galleta, Perón hacía el asado y corría, jugaba, boxeaba a la par nuestra. Era un gran boxeador. Tenía una trompada bárbara. En la Escuela de Suboficiales fue célebre el combate que tuvo en 1924 con mi hermano Antonio, menor que yo. Antonio era también muy bueno: en el ring saltó mucha sangre. Pelearon bien, pero hubo un momento en que debimos separarlos.

Perón fumaba muy poco, creo que su preferida era una de las escasas marcas de cigarrillos rubios que había por aquella época: Caftan o Camel.

En 1926 dejó la Compañía y comenzó a estudiar en la Escuela Superior de Guerra. Desde entonces lo vi sólo de vez en cuando. Yo mismo tuve que irme de la Escuela de Suboficiales, trasladado a la Escuela de Comunicaciones, en El Palomar.

Por aquella época, Perón vivía en la calle Godoy Cruz. Uno de los cines a los que concurría con frecuencia era el Park, en Santa Fe y Thames, demolido en 1969.

Volvimos a encontrarnos el 6 de setiembre de 1930. Eran como las doce de la noche. Hacía un poco de fresco. Los dos estábamos con capotes, parados junto a un carro de asalto, frente a la Casa de Gobierno, en la calle Balcarce. Ya la agitación se había calmado y el general Uriburu se había hecho cargo del gobierno. Estábamos conversando, cuando nos interrumpió un señor muy nervioso, que le dijo a Perón: "Vea, oficial, le ruego que me proteja. Van a quemarme la casa". Perón le dijo que no se preocupara, porque iba a mandarle un pelotón de soldados para que le cuidara la casa. Así lo hizo. Aquel hombre era Diego Luis Molinari, un notorio yrigoyenista.

Después de 1930, y mientras se desempeñaba como secretario del ministro de Guerra Francisco Medina, Perón cayó —según dicen— en desgracia. A Bartolomé Descalzo, que era uno de sus más íntimos amigos, lo menoscabaron nombrándolo jefe de distrito en Formosa, a raíz de algunas desavenencias con los comandos militares. Esto sucedió tres meses después de la revolución del 6 de setiembre, y provocó un fuerte impacto, porque Descalzo era hombre muy considerado en el Ejército. También a Perón trataron de sacarlo de la primera fila, dándole una misión de reconocimiento de las fronteras en el Norte. Con dos ayudantes y un baqueano, Perón hizo todo el viaje en mula desde Salta hasta Formosa. La misión duró entre tres y cuatro meses.

En 1930, Uriburu reabrió la Escuela de Administración. Yo era sargento primero. En 1932 aprobé el examen y me convertí en oficial de intendencia. Perón me animó mucho, y me ayudó. Me clasifiqué con medalla de oro.

Cuando a Perón lo designaron para ir a Italia, yo era ya teniente primero y estaba destinado en el Instituto Geográfico Militar. Nos encontramos un día, poco antes del viaje, y él me planteó el *problema de su automóvil Packard. "¿Qué hago, Aloé?", me dijo. "¿Lo vendo, lo llevo?" Yo le dije que llevar un coche a Europa me parecía demasiado. "Vendaló, mejor." "Sí", me dijo. "Lo tendría que vender. ¡Pero quiero tanto a este cachivache!" En aquella época, tener un Packard era más que un lujo, y Perón terminó quedándose con el auto. Pasó el tiempo. Cuando lo eligieron presidente, se hizo muy amigo de don Alberto Dodero, el armador de barcos. Era tan amigo que don Alberto pasaba temporadas de dos a tres meses en la residencia. A Perón y a la señora Eva los colmaba de atenciones y regalos. Se prestó a vivir como secretario de la señora Eva cuando ella viajó a Europa. Un día, por su cuenta, sin decir nada, encargó un Rolls Royce blindado y se lo regaló a Perón. El presidente se lo aceptó por deferencia, y lo conservó cuatro a cinco meses, hasta que se animó a decir: "Vea don Alberto, ¿por qué no le dice a la fábrica que me lo cambie? Este coche es muy pesado para mí. Que me manden un Rolls Royce, pero estándar". Como señal de amistad, Perón le regaló a Dodero uno de los bienes que él más apreciaba: aquel Packard que retenía desde 1937. El Rolls Royce blindado fue a parar a manos del rey Faruk.*

Volví a ver a Perón el 4 de junio de 1943. Yo estaba en Campo de Mayo, en la Escuela de Infantería, y marché con las tropas hacia la Casa de Gobierno. Allí lo encontré: él era uno de los jefes de la revolución. Desde entonces, no me separé de su lado. Ahora mismo, aunque está en el exilio, mantenemos abundante correspondencia.

Documento 14

Testimonio de Benita Escudero de Toledo, casada con José Artemio Toledo, primo hermano de Perón por el lado materno. Entrevista del 8 de febrero de 1973:

Perón era excelente persona, un amoroso. Lo conocí cuando era soltera, en 1925, porque vivía en la misma cuadra de casa, Lobos esquina San Pedrito, en Flores sur. Los chicos del barrio lo querían tanto que hicieron un club, y le pusieron Club Juan Domingo Pe-

rón, allá por el año 1926 ó 1927. Jugaban al fútbol. Perón les compraba las medias, los zapatos, y guantes de boxeo. Para los carnavales, los llevaba a la casa y les pintaba la cara y los disfrazaba. Cuando ganaban al fútbol, mi tía Juana, la madre de Perón, hacía empanadas para los chicos. Pero tenían que ganar.

Cuando don Mario estuvo mal, el padre, la familia se fue del Chubut y se vino para acá. Don Mario murió en noviembre de 1928. Ya no podía caminar y estaba en silla de ruedas.

Perón era soltero todavía. Cuando se casó, a los pocos meses del fallecimiento, doña Juana se quedó algún tiempo en Flores sur, pero para no descuidar la hacienda volvió a Sierra Cuadrada en 1930.

Yo estaba ya de novia con José Artemio, primo hermano de Perón. Eramos muy pobres él y yo. Le voy a contar la verdad porque ser pobre no es deshonra —la honradez ante todo—: cuando estábamos de novios, José Artemio no tenía trabajo. Llegaba el domingo, y Perón nos daba plata para que fuéramos al cine. Como mi papá no me dejaba salir sola, nos poníamos de acuerdo: él iba con la Potota y decía que íbamos a la casa de los padres de ella.

Yo me casé en 1931, cuando la tía Juana ya se había ido. Después, en el Chubut, conoció a Marcelino Canosa, y hacia el año '36 o '37 se casó con él porque se veía muy sola allá: figúrese que desde donde estaban ellos a Comodoro Rivadavia hay cuarenta leguas y no hay sino montaña y piedras y nada más. Canosa era como veinte años menor que ella —si hubiera sido un hombre de ciudad, ése no se casa—, pero se vieron los dos solos, él por joven, y ella por haber perdido las esperanzas. A Perón no le gustó nada y estuvo un largo tiempo disgustado con doña Juana, pero jamás le dijimos una palabra ni habló del tema.

Toda su vida Perón fue un hombre ejemplar. Después, la desgracia fue la camarilla que tuvo alrededor. Sea usted mañana presidente y avívese de los que tiene alrededor, porque son los que más muerden.

Documento 15

Éste es el texto de las tarjetas con las que se anunció el primer matrimonio de Perón a los parientes y amigos íntimos:

El Capitán Juan Perón participa a Ud. su casamiento con la Señorita Aurelia Tizón que se efectuará el 5 de Enero.
Buenos Aires, 1929.

Cipriano Tizón y Tomasa Erostarbe de Tizón participan a Ud. el casamiento de su hija Aurelia con el Capitán Juan Perón que se efectuará el 5 de Enero.
Buenos Aires, 1929.

* * *

Testimonio escrito de María Tizón, hermana de Aurelia, el 9 de setiembre de 1971:

Mi hermana Potota poseía un tacto superior a los veinte años que tenía cuando se casó con Perón, y ya estaba preparada para ser la esposa de un hombre tan estudioso y lleno de ideales como él.
Tenía una vocación por la pintura y por las artes. En sus incursiones por los trabajos en óleos, el retrato de su marido fue su obra mejor. Perón lo tenía en su despacho de profesor de la Escuela de Guerra, y por mucho que lo hemos buscado, no sabemos qué ha sido de ese cuadro tan bonito.
Esta hermana de alegría tan contagiosa era sin embargo muy débil ante las pérdidas de la vida. En agosto de 1931, desesperada porque no quedaba gruesa a pesar de sus cuidados, se sometió a un riguroso examen médico en el que se comprobó su excelente estado de salud y su aptitud física para la maternidad. Nuestra madre le sugirió que le pidiera a su marido someterse a exámenes similares, a lo que Potota se negó terminantemente. Verse condenada a no tener hijos fue algo que la entristeció mucho.

Pero lo que acabó por romperla en pedazos fue la muerte de nuestra madre, en 1936. Potota la sobrevivió sólo dos años. La cruel dolencia que se la llevó duró sólo dos meses, y ella afrontó la certeza de su partida con gran valentía, recibiendo diariamente la comunión. Murió en Buenos Aires. Perón sufrió su muerte muy de veras, y en la familia siempre hemos pensado que Potota fue su gran amor.

Documento 16

A fines de 1937, Perón fue reemplazado como agregado militar de la embajada argentina en Chile por el mayor Eduardo Lonardi: el mismo que, dieciocho años después, encabezaría el golpe militar que iba a derrocarlo. Parte del trabajo rutinario de los agregados militares era obtener, robar o comprar información, documentos y planos secretos del país al que estaban destinados. Perón organizó una red de espionaje que se comprometió en la compra de unos planes ofensivos y defensivos elaborados por el Ministerio de Guerra chileno. Al marcharse de Santiago, dejó el trabajo inconcluso en manos de su sucesor. Por razones de política interna, el gobierno chileno —que conocía perfectamente las actividades de Perón— decidió esperar a que el agregado más antiguo regresara a Buenos Aires y tender una trampa a Lonardi, que era más novato.

El 20 de junio de 1974 entrevisté a su viuda, Mercedes Villada Achával, quien me dio la siguiente versión de los hechos: ·

En 1937, mi marido debía ir en gira de estudios a Alemania, para ejercer luego como profesor de la Escuela Superior de Guerra, pero a última hora alguien con más influencia lo sustituyó. Así fue como llegamos a Chile.

Perón y su esposa Potota nos esperaron en la estación Mapocho. Yo venía de un mal viaje. Mi hija menor, Silvia, de un año, había perdido el chupete durante el cruce de la cordillera y desde entonces no paró de llorar. Perón se quedó en Santiago dos o tres meses más. *Del departamento donde vivía se trasladó a un residencial modesto, el Lerner, frente a la Plaza de Armas, para estar cerca de nosotros. Los Perón no tenían personal de servicio. Potota cocinaba y arreglaba la casa. Ya en esa época Potota empezó a sentirse mal, y Perón la hizo ver con todos los médicos chilenos. Era buen marido. Ella, muy celosa y enamorada, me previno sobre la efusividad peligrosa de las chilenas. Un día en que nuestros dos maridos caminaban delante, y nosotras detrás, Potota me dijo: "Míralos, Mecha, qué buenos mozos son".*

En Chile, Perón cambió de automóvil. Se compró un Packard de lujo y aconsejó a Lonardi que hiciera la misma operación de compraventa, porque resultaba ventajosa y el auto salía casi gratis.

Perón mantenía a todo el personal de la embajada bajo su control. ¿Sabe cómo lo conseguía? Enterándose de los secretos de los demás. Conquistó a una mucama y logró que ella le entregara todos los días los papeles arrojados a los cestos.

El gobierno chileno quería provocar un incidente fronterizo con la Argentina, que derivara en una movilización de tropas. Se pretendía obtener, con esa argucia, un acuerdo parlamentario para la compra de armamentos. Los servicios de inteligencia chilenos, para forzar el enfrentamiento, trataron de que los planes de movilización de tropas llegaran a manos del Estado Mayor argentino. Fabricaron una supuesta entrega de documentos secretos al agregado militar. Perón se tragó el anzuelo. Comunicó al Estado Mayor la oportunidad que se le presentaba y, con autorización del ministro de Guerra, puso en marcha un plan para fotografiar los documentos. Apenas mi marido llegó a Chile, Perón le dio instrucciones de que finiquitara la operación. Le dijo más o menos esto: "Yo le dejo todo listo para que usted abra las manos y los documentos le caigan como una breva pelada". Insistió en que los documentos no debían ser fotografiados en una sede diplomática, y le sugirió que empleara civiles en el trabajo de fotografía.

Aunque mi marido desconfió desde el principio de la seriedad de la operación, no se insubordinó ni desechó la misión porque no quería que en Buenos Aires se creyera que tenía miedo.

Eligió el pasaje Matte como lugar adecuado para la entrega.

Para fotografiar los planos, contrató a un argentino llamado Arzeno, de la compañía Artistas Unidos.

El pasaje Matte es una galería comercial ubicada frente a la Plaza de Armas de Santiago, similar a las muchas que existen en la ciudad; pero es quizá la más grande de todas. Tiene cuatro entradas principales que dan a calles importantes del centro: Compañía, Estado, Huérfanos y Ahumada.

Mi marido y Arzeno fueron sorprendidos por fuerzas del ejército chileno mientras estaban en pleno trabajo fotográfico. A Arzeno se lo llevaron preso y se originó el incidente internacional que los chilenos buscaban. La responsabilidad cayó no sobre Perón sino sobre Lonardi.

Dos días después del incidente, las fuerzas de seguridad chilenas allanaron nuestro departamento. Se presentaron con la señora de Arzeno y me exigieron que entregara la llave de la caja de hierro. Yo me negué, pero Marta, una de mis hijas, dijo que el duplicado de la llave estaba arriba de un armario y no hubo modo de seguir ocultándolo. Los chilenos se llevaron alrededor de quince mil pesos argentinos.

Desesperada, fui a ver a nuestro embajador, Federico Máximo Quintana, y le pedí que hiciera algo para sacar a mi marido de la trampa. ¿Sabe lo que me dijo cuando le conté lo del allanamiento? Que yo había soñado ese episodio. Me lo subrayó: "¿No será todo imaginación suya, Mecha? Piénselo bien". Es que el allanamiento significaba avasallar la jurisdicción territorial argentina, y Quintana debió haber protestado por eso. Pero no quiso arriesgar el puesto.

El incidente amenazó la carrera de mi marido. En un último intento por salvarlo, fui a ver a Perón, que vivía entonces en la calle Arredondo, ya en Buenos Aires. Llovía mucho. Me atendió con una robe de chambre a lunares. Yo ardía de nervios; él estaba impasible. Le rogué que se presentara al Estado Mayor y compartiera con mi marido la responsabilidad que le correspondía. Perón me contestó que Eduardo no había cumplido con las instrucciones. No debió acompañar a Arzeno, me dijo, ni tampoco hacer las fotos en una oficina del pasaje Matte sino en un refugio diplomático. Yo le recordé que las instrucciones no habían sido ésas, y que yo lo sabía muy bien porque las oí. Muy suelto de cuerpo, Perón me dijo entonces

que las mujeres no debían estar presentes cuando se resuelven cues-
tiones de Estado, porque siempre lo confunden todo.

Después me dijo que estaba muy ocupado y me cerró la puerta
en la cara.

Nancy Villaloreto frecuentó a los Perón cuando vivieron
en Santiago. Esto fue lo que recordó durante una entrevista, en
agosto de 1977:

El general Perón vivía en el barrio residencial de Providencia,
y no, como se dice, en el barrio de Ñuñoa. Su casa estaba ubicada
sobre la calle Diego de Almagro. Concurría al Club Ñuñoa, cerca de
su casa. Los recuerdo con mucha simpatía: a él y a Potota. En el ve-
rano de 1937 los acompañé varias veces a la pileta del club.

María Teresa Quintana, hija del embajador argentino en
Chile durante los meses en que Perón fue agregado militar, dio la
siguiente versión sobre el incidente del espionaje:

En el mes de julio o agosto de 1937, Perón comenzó a reunirse
con un grupo de personas en el cuarto piso de un edificio ubicado en
el pasaje Matte. Ese grupo estaba comandado por Carlos Leopoldo
Añez, de nacionalidad chilena, quien proporcionó a Perón una can-
tidad de elementos militares que tenía en su poder y otros que, a pe-
dido de Perón, se fueron consiguiendo.

Perón era muy simpático y se había ganado el afecto de papá,
con el que se reunía por lo menos dos veces a la semana en la resi-
dencia de la embajada. Era muy divertido y sumamente refinado
en sus modales. Creo que, de todo el personal de la embajada, era la
persona más cercana a mi familia. Había llegado a Santiago al po-
co tiempo de enviudar de su primera esposa [sic], a la que recorda-
ba permanentemente. Por aquellos años, se desarrollaba en Chile el
Congreso Eucarístico, y Perón demostró ser un hombre de profun-
das convicciones religiosas. Cuando se fue, es decir, cuando terminó

sus funciones de agregado militar y aeronáutico, se le brindó una excepcional despedida en la embajada, a la que concurrieron representantes del gobierno de Arturo Alessandri, entre ellos el canciller —amigo personal de Perón— Miguel Gurruchaga Tocornal.

Tiempo más tarde, ya en 1938, llegó el nuevo agregado militar, el entonces mayor Eduardo Lonardi, quien venía acompañado de su esposa. No era tan brillante como Perón, y el recuerdo que tengo de él es un poco vago. Al poco tiempo de estar en Chile, se vio envuelto en un problema realmente grave que, además, comprometía a toda la delegación argentina. En el edificio del pasaje Matte fue sorprendido tomando fotografías. Se comprobó que estaba realizando una labor de espionaje. Recuerdo que el presidente Alessandri le dio veinticuatro horas para abandonar el país, declarándolo persona no grata.

Fue entonces cuando llegó a Chile, procedente de Córdoba, el señor Clemente Villada Achával, un periodista que era cuñado del mayor Lonardi. Éste se encontraba angustiado por la situación, ya que representaba el triste y desdoroso papel de un militar arruinado en su carrera. Por otro lado, la situación de mi padre como embajador era muy difícil. Durante ese tiempo se lo veía nervioso y muy preocupado, ya que por un lado debía proteger a su agregado militar y, por el otro, resolver la situación con la mayor dignidad posible.

Documento 17

En julio de 1974 entrevisté en Tucumán al teniente coronel retirado Augusto Maidana, quien había convivido con Perón durante el viaje a Italia y había servido junto con él en la Inspección de Tropas de Montaña, tanto en Mendoza como en Buenos Aires. Éste fue su testimonio:

Conocí a Perón en su casa de Merano, cuando él estaba incorporado al Cuarto Cuerpo de Ejército, del que era comandante el príncipe Umberto, a quien nunca se veía por allí. Me alojé en su casa. Llegué un mes después que él. Se puso a preguntarme cosas de la patria. Él había ido a estudiar la conducción operativa alpina; yo, la de las tropas de ingenieros de montaña. Yo era capitán. Cuando abrí mi equipaje, Perón se puso a curiosear. Al sacar de mis borceguíes las polainas andinas, saltó un poco de polvo. Me disculpé. Perón, acercándose, tocó las polainas: "Así", dijo, "veo un poco de tierra de la patria".

Merano es una ciudad tirolesa. La casa tenía tres habitaciones, un living, un balcón que daba a un piazzale. Aquel día me contó historias de su reciente paso por Chile: dijo que ponía arena en la terraza de su departamento para oír los pasos de quienes venían a vigilarlo. Sus materiales secretos iban en una doble valija. Cierta vez, envió por vía diplomática una carta en la que decía incendios del comandante en jefe del Ejército chileno y notó que éste, que hasta aquel momento había sido cordial, se ponía adusto y solemne con él. En una recepción, Perón lo encaró: "Lo que yo decía de usted en la valija eran mentiras. La verdad estaba en otra valija. Sólo quería descubrir si me la abrían". Tenía una foto de Potota en el velador.

Quien me eligió para el viaje fue el general Márquez, ministro de Guerra. Al despedirme, dijo: "Este viaje es un premio. Diviértase y no haga sufrir a su familia. Vea la guerra que se viene como un entretenimiento y cumpla con la misión que le han asignado". De todos modos, tuve que escribir un informe sobre el viaje. Antes de terminarlo, caí rendido. Perón completó la última parte, añadiendo una traducción de manuales y reglamentos italianos. Cuando le di las gracias, me dijo que no tenía importancia; que lo hacía para distraerse durante sus insomnios.

Perón se había rodeado de amigos en Merano. Tenía, como los oficiales italianos, un uniforme de seda blanca para el verano. A mí me entregaron pronto una casa en Bassano del Grappa, al pie del monte Grappa. Eran dos dormitorios. Allí nos encontrábamos los delegados argentinos todas las tardes, con el café o el poco de yerba que podían enviarnos desde Buenos Aires. A Perón le gustaba mucho un licor, el apricot, por el regusto a pepita de damasco. Nos reíamos de las ridiculeces del fascismo. Perón era muy trabajador. Los carabinieri le llamaban la atención porque dejaba la luz del cuarto encendida hasta altas horas.

Después, cuando él se trasladó a Aosta, nos visitaba a menudo en Bassano. Salíamos a pasear en bicicleta por los pueblitos vecinos.

Esa calma duró poco. En marzo o abril de 1939 hicimos una visita de rutina a Roma, para recibir nuevas instrucciones. Ya se empezaba a sentir el clima de hostilidad contra Francia. Perón tenía un gran amigo en la embajada, el coronel Virgilio Zucal, entonces agregado militar. Iba a las reuniones vestido con ropa de golf, con unos pantalones largos abrochados en el tobillo. Zucal explicó que Perón se vestía así porque era confundido con un inglés y podía obtener mejores informaciones de la situación. En ese viaje iba a recibirnos el Duce, pero no pudo ser. Quien nos concedió una entrevista, en cambio, fue el conde Ciano. La conversación fue insustancial, de mera cortesía. En aquel momento supe que iban a mandarme a Pavia, a una escuela para oficiales del arma de Ingenieros. Perón, en cambio, fue a Chieti.

Desde que empezó la guerra, y durante un buen tiempo, comimos con estampillas de racionamiento. A los argentinos nos daban dobles juegos de estampillas. Ya en abril de 1939, Italia había invadido Albania. Perón no escatimaba sus opiniones sobre ese paso en falso aun ante oficiales italianos. Cuando Italia fue rechazada, Perón les señaló a varios coroneles y a un par de generales que era un error haberse expuesto a la guerra de guerrillas en las montañas de Albania. Me consta que los italianos sentían admiración y respeto por sus juicios.

A mediados de diciembre de 1940, el Estado Mayor nos ordenó que volviéramos, para no arriesgarnos en la guerra que ya se había desatado. La salida de Italia se presentaba difícil. No sabíamos si iríamos directamente de Roma a Barcelona en barco o por tren. Había que gestionar el paso del ferrocarril por la zona italiana de Liguri, y luego por la Costa Azul, para terminar en los Pirineos a la altura de Port Bou y poder entrar en Barcelona. Perón trabajó mucho en la elaboración de los itinerarios posibles. Nos ayudó a encontrar un itinerario por tierra. Por fin llegamos a Barcelona, y allí cada uno eligió su hotel, a la espera de nuestros equipajes, que venían en un barco contratado en Roma.

Cuando por fin fuimos a descargar los equipajes, lo hicimos en pareja. A mí me tocó hacerlo con Perón. Era una tarea larga. Tratábamos de divisar el barco a lo lejos, que aún no había llegado.

Me llamó la atención que Perón fuera el primero en leer el nombre del barco a simple vista, mientras los demás debíamos ayudarnos con anteojos. Cuando empezó la descarga, Perón iba reconociendo los equipajes en el aire, mientras la grúa los iba descargando. Él fue el más práctico de todos nosotros: se marchó de Italia con poco equipaje.

En Barcelona, la vestimenta de Perón cambió de inmediato. De la ropa de golf pasó al traje de calle, siempre con elegancia. Tenía la habilidad de conseguir cigarrillos donde no los había. Hicimos un viaje por tren a Madrid, pasando por Zaragoza. Cada cual tuvo libertad de acción para moverse desde allí a Lisboa, donde permanecimos casi cuatro meses en espera del barco que iba a llevarnos a la Argentina: el único que pudimos agarrar fue un pequeño barco de la compañía portuguesa de navegación, que se llamaba Zerpa Pinto.

En ese viaje de regreso hubo tres días de tormenta antes de llegar a las islas Madeira. Hasta los músicos enfermaron de nuevo y se silenció la orquesta. Sólo al llegar a Madeira nos animamos a salir a la cubierta, ojerosos y desmañados. Perón apareció vestido de fiesta, impecable. Todos nos reímos al verlo. Uno, que se llamaba Pérez Aquilino, le preguntó: "¿Cómo te fue con el mareo?". Él contestó: "¿Qué mareo? No sé nada de eso. Estuve trabajando estos días muy intensamente". Luego averiguamos en la enfermería que durante lo peor del viaje habían tenido que atenderlo igual que a los demás.

Al llegar a Río de Janeiro nos perdimos de vista. Él aprovechó la escala para trabar amistad con las mayores personalidades del ejército brasileño, tanto que hasta el secretario del ministro de Guerra lo fue a despedir.

Volvimos a encontrarnos cuando fui destinado a la Agrupación de Montaña Cuyo, en Mendoza, de la que él era jefe. Perón conocía todos los pasos de la Cordillera y los valles transversales que unen un paso con otro, no sólo del lado argentino sino también del chileno. Había hecho el viaje varias veces, en 1932 y 1933. Su esposa Potota lo había acompañado varias veces en esas excursiones. Creo que ella hasta ofició de correo diplomático en el avión que hacía el recorrido Santiago-Mendoza. Perón tomaba entonces la pre-

caución de entregarle la valija diplomática sobre la escalerilla misma, en el momento de subir al avión.

Cierta vez que estaba dándonos directivas en Mendoza, dijo que iba a hacerle un planteo al comandante de la Agrupación de Montaña Cuyo, lo que ahora es la Octava Brigada. Ese comandante era Humberto Sosa Molina. Mientras lo decía, sonó el teléfono y atendió él. Lo oí decir: "Sí, mi general; no, mi general". Después, cuando creyó que no lo veíamos, apretó una de las horquillas del teléfono y dijo: "Sí, mi general, pero usted ya me tiene cansado. Puede irse al carajo".

En 1942 nos trasladaron a Buenos Aires. Perón ya era viudo y tuve que acompañarlo varias noches al cabaret Tibidabo, en la calle Cangallo. A veces íbamos también al Follies de Suipacha. Como él era muy amigo del dueño del Tibidabo, elegía allí a la amiga que iba a acompañarlo ese mes. Tenía la mala costumbre de no dejar pagar, y con eso nos tenía sometidos. Una vez quise pagar y no me dejó. Me ofendí y no volví más al Tibidabo. Trabajábamos juntos en la Inspección de Tropas de Montaña, en la calle Santa Fe al tres mil cien. Llegábamos siempre diez minutos antes de la hora de entrada, para charlar.

Si tuviera que definirlo con una sola palabra diría que era un simulador. Se jactó de haber ido al frente de guerra, pero la única guerra que vio fue desde la embajada argentina, donde fue asistente del agregado militar, en Roma, desde junio a octubre de 1940. Nunca conocí a nadie que supiera manejar los sentimientos como él. Los dibujaba genialmente con su cara. Sabía cómo eran los sentimientos, pero no los tenía.

Documento 18

El teniente primero Pedro Lucero fue ayudante de Perón cuando llegó al Centro de Instrucción de Montaña, en Mendoza, a comienzos de 1941. Luego lo sirvió como secretario privado en 1944, en el Ministerio de Guerra. En junio de 1972, Lucero seguía viviendo en Mendoza. Era ya un coronel retirado. Éste fue su testimonio:

Perón venía de Italia, donde había actuado en el Comando de Tropas Alpinas. Reemplazó al coronel Edelmiro Farrell como director del Centro de Instrucción de Montaña. Bajo su mando, las tropas de montaña adquirieron gran empuje. Enseñó a la tropa a vivir en condiciones hostiles.

Por lo menos una vez a la semana organizaba marchas con mochila, ejercicios de esquí y andinismo. Como eximio esquiador, su mayor satisfacción la constituían las marchas de esquí, que solía realizar con su grupo cubriendo hasta sesenta kilómetros en algunas jornadas. Su recorrido preferido era el de Puente del Inca hasta el Refugio Matienzo.

El invierno de 1941 fue uno de los más crudos. Una avalancha destruyó el ferrocarril y toda la población de Puente del Inca quedó aislada durante casi dos semanas. Diariamente hacíamos marchas de esquí con Perón hasta Polvaredas, a más de veinte kilómetros, para buscar víveres.

Lo aprecié mucho como jefe. Cuando yo llegaba a su despacho en Mendoza, a eso de la siete menos diez de la mañana, él ya estaba en su escritorio y había leído tanto el diario Los Andes de ese día como La Nación del día anterior. Devoraba las crónicas deportivas y todos teníamos que estar al tanto de la trayectoria de los equipos para poder discutir con él. No sólo estaba enterado de los deportes; también los vivía intensamente.

Había alquilado un chalet en Martínez de Rosas y Agustín Álvarez. Los vecinos observaban si llevaba o no chicas a ese lugar, porque era viudo y varias jóvenes de la alta sociedad se consideraban sus novias.

En esa época el paseo obligatorio, de moda, era El Rosedal, en el Parque General San Martín, y allí solía vérselo algunos domingos por la mañana. También tenía su restaurante preferido, el Torchio, que funcionaba en Entre Ríos a pocos metros de la avenida San Martín, donde acostumbraba pedir platos de ranas.

Iba raramente a fiestas. Mostraba, eso sí, especial preocupación por la pulcritud de la vestimenta, que siempre lucía impecable. Otro tanto ocurría con la puntualidad y con su lenguaje. Era tan exagerado en eso que lo llamábamos "el correcto de porquería".

Nunca dejamos de cartearnos. Una carta que recibí hace poco, en diciembre de 1969, dice: "¡Cuánto daría por estar en Mendoza, recordando los viejos tiempos! En especial esas caminatas con mochila...".

Documento 19

Desde el 8 de agosto de 1956 hasta el 23 de enero de 1958, Perón vivió en Caracas, bajo la protección del dictador Marcos Pérez Jiménez. Cuando éste fue derrocado por una coalición de partidos democráticos, varios vespertinos sensacionalistas lo identificaron como "enemigo del pueblo" y las turbas amenazaron con asaltar su casa. Perón, Isabel (que aún no era su esposa) y un escaso séquito de colaboradores se refugiaron en la embajada de la República Dominicana, mientras Roberto Galán, un argentino que luego organizaría casamientos por televisión, se ocupaba de empacar sus ropas y sus libros. Con el apuro, Galán dejó olvidadas decenas de cartas que Perón había escrito a dictadores latinoamericanos durante su exilio, proponiéndoles formar una coalición contra el comunismo. Esa colección de cartas, rescatada por periodistas del diario *El Nacional*, fue primero entregada al archivo del diario y, luego, confiada al archivo personal de uno de sus dueños, el novelista venezolano Miguel Otero Silva. Otero Silva me leyó algunas enviadas a Perón por el peruano Manuel Odría y el paraguayo Alfredo Stroessner, en las que la coalición anticomunista era el tema dominante. En la colección había, también, dos o tres cartas originales firmadas por el General, que seguían en su poder ya fuera porque los emisarios no las habían entregado o porque Perón había decidido no mandarlas. Otero Silva me regaló tres de esas piezas, y los originales están ahora en mis archivos. Dos de ellas llevan el escudo de la República Dominicana y la firma de su hombre fuerte, el generalísimo Rafael Leónidas Trujillo Molina, a cuyo amparo iba a vivir Perón hasta fines de 1959, cuando se trasladó a España. La tercera es una carta del propio General a Trujillo.

Ciudad Trujillo, D.N., 9 de abril de 1957

General
Juan Perón,
Caracas

Mi querido amigo:
Nuestro mutuo amigo González Torrado me ha hecho entrega de su apreciable carta y de la lista de personas que dirigen, en distintos lugares del Hemisferio, la acción contra los elementos que se han asociado al comunismo para combatir los Gobiernos y personalidades que mejor representan al interés nacional en cada país americano.

He leído con interés los comentarios hechos en las columnas de O Mundo contra [el periodista norteamericano Jules] Dubois, a quien ya es justo que se le apliquen, con la energía con que acaba de hacerlo el Gobierno dominicano al disponer que las puertas del país permanecerán cerradas en lo sucesivo para ese aventurero internacional, las sanciones a que se ha hecho merecedor por su capciosa labor subversiva contra los Gobiernos opuestos a las ideas comunizantes que ese sujeto personifica dentro de la Sociedad Interamericana de Prensa.

He transmitido instrucciones al Embajador nuestro en Río de Janeiro para que se ponga en contacto con el Dr. Geraldo Rocha y coordinen la campaña que convenga realizar contra nuestros enemigos comunes.

Estimo muy útil la lista de personalidades que dirigen en los diferentes países del Continente la acción del peronismo, y he dictado ya las providencias de lugar para que nuestros agentes diplomáticos se pongan en contacto con ellas y estudien el plan que debe seguirse para frustrar resueltamente los propósitos del comunismo y de sus asociados contra las instituciones dominicanas.

Acerca del Ingeniero Maggi y de otras personas a quienes usted alude en su estimable carta, he tenido ya oportunidad de cambiar impresiones con González Torrado, quien podrá darle de viva voz los informes correspondientes.

Celebro que la situación argentina tienda a cambiar en un sentido favorable y espero que los acontecimientos se desenvuelvan en forma cada vez más satisfactoria.

Aprovecho la ocasión para renovarle las seguridades de mi más sincera amistad personal y de mi cordial afecto.

Firma: RAFAEL LEÓNIDAS TRUJILLO

Caracas, 18 de mayo de 1957

Generalísimo
Rafael L. Trujillo
Benefactor de la Patria
Ciudad Trujillo

Mi querido amigo:
Aprovecho el viaje del amigo González Torrado, que tendrá el privilegio de entrevistarle, para hacerle llegar mi más afectuoso saludo. Aprovecho asimismo la ocasión para agradecerle la amabilidad con que usted se sirve atender mis gestiones a través del mencionado amigo que, gozando de mi confianza, como usted lo ha interpretado, le ha dispensado la suya, tan apreciable para nosotros.

No deseo tampoco dejar pasar la oportunidad de hacerle llegar mi gratitud, por el nombramiento que usted se ha dignado hacer al Ingeniero Maggi, quien me ha escrito con regocijo para comunicarme la buena nueva. Así como Maggi ha sido un viejo servidor de mi país, espero que lo sea de esa Patria Dominicana, con la que cada día estamos más identificados, a través de su insigne Benefactor.

Enterado de la reelección del Presidente, su ilustre hermano, y de la elección de Vicepresidente en la persona del Dr. Bolognez, le hago llegar mis sinceras felicitaciones y el augurio de felicidad y prosperidad para la República Dominicana, que tanto deberá siempre a la dirección sabia y prudente con que la conducen.

Recibo a menudo informaciones sobre las gestiones que se rea-

lizan en defensa de los hombres que, efectivamente, trabajan contra los elementos comunistas coaligados en todas partes. Éstas marchan lentamente pero bien. He recibido ya informes sobre contactos establecidos y trabajos en común que me llenan de satisfacción. Mi representante en España, Dr. D. Ildefonso Cavagna Martínez, me informa que ha tomado contacto, si bien aún no le han llegado las instrucciones por fallas de la correspondencia, tan insegura en estos tiempos. Ya he subsanado este asunto y le pido disculpas.

Le agradezco mucho y acepto su valioso ofrecimiento, referente a las gestiones en los Estados Unidos. Allí, indudablemente, se mueven grupos muy distintos y es difícil actuar, sin posiciones tomadas. Los grupos periodísticos constituyen realmente un peligro porque los imagino (algo conozco) muy influenciados por la acción de los rojos.

Le remito un Memorándum Confidencial sobre la situación argentina, por si eso pueda servir de información fehaciente y objetiva. El acápite que se refiere al Comunismo es una síntesis de la realidad que se vive. El "Gobierno Provisional", más por incapacidad —ya que no puede aceptarse que un General comulgue con el Comunismo—, se ha dejado copar por elementos rojos infiltrados en los puestos claves de su administración. Atormentado por la resistencia popular, no ha trepidado en echar mano a los comunistas, imaginando que éstos pudieran salvarlo de la difícil situación creada por los obreros, sin percatarse que los más interesados en propagar el desorden son precisamente esos ocasionales aliados.

Así, sin darse cuenta, ha pasado a ser un instrumento de los dirigentes marxistas y, cuando quiso reaccionar, el dominio de éstos era tal, que le obligaron a dar atrás en toda medida tomada de represión de las actividades comunistas. Con ello, se ha llegado a que, mientras el Peronismo —movimiento anticomunista— se encuentra fuera de la ley, el comunismo internacional goza de las mismas prerrogativas de los demás partidos políticos permitidos por la dictadura. Sin embargo, las agencias y los diarios americanos siguen batiendo el parche por la dictadura militar argentina. Estos americanos son realmente desconcertantes...

En estos días espero la visita del Dr. D. Hipólito Jesús Paz, que fue Embajador de Argentina en los Estados Unidos y que reside en

Washington, a quien daré instrucciones para que se ponga a las órdenes de su Embajador allí, a los fines que puedan interesar.

Nuestra situación mejora "en todos los frentes" y día a día vamos alcanzando la organización y preparación necesarias para una acción decisiva que no ha de tardar en producirse.

Reiterándole mis agradecimientos por todo, le ruego quiera aceptar, con mi saludo, mis mejores deseos y mi afectuoso abrazo.

Firma: JUAN PERÓN

Ciudad Trujillo, D.N., 28 de septiembre, 1957

General
Juan D. Perón
Caracas, Venezuela

Mi querido amigo:
Me refiero con el mayor gusto a su muy atenta carta del 16 de septiembre en curso, en la cual me hace especiales recomendaciones sobre el Dr. Eleodoro Ventocilla y me expresa que se ha enterado, por distintas vías, del descabellado propósito del Gobierno del Uruguay de plantear, en la próxima Asamblea General de las Naciones Unidas, un asunto que ha sido recientemente explotado por el comunismo internacional contra la República Dominicana y sus instituciones.

Como habrá usted podido comprobar por los cables de las agencias noticiosas internacionales, la delegación del Uruguay, como era de esperarse, se abstuvo de plantear el caso aludido y se limitó a señalarlo como uno de los tantos hechos que ocurren en los Estados Unidos y en todos los países del mundo y que competen a la jurisdicción exclusiva de las autoridades judiciales. Estábamos preparados, sin embargo, para responder enérgicamente a cualquier alusión ofensiva a nuestro país en el seno de las Naciones Unidas y para requerir el cumplimiento de las disposiciones de la Carta de San Francisco que consagran la intangibilidad del principio de no intervención y el de las soberanías nacionales.

Me ha sido grato conocer al Dr. Eleodoro Ventocilla y ofrecerle las facilidades que me ha solicitado para la realización de un interesante trabajo de investigación en América Central y en otros países latinoamericanos. Agradézcole sus valiosas informaciones y reiteradas protestas de simpatía hacia la República Dominicana y le saluda con el cordial afecto de siempre,

Firma: RAFAEL LEÓNIDAS TRUJILLO

Documento 20

El 1º de diciembre de 1964, Perón intentó regresar a la Argentina desde su exilio madrileño en el vuelo 991 de la línea Iberia. Los responsables de lo que se dio en llamar "Operación Retorno" eran Delia Degliuomini de Parodi, Jorge Antonio, Alberto Iturbe, Carlos Lascano y los dirigentes sindicales Andrés Framini y Augusto Vandor. Este último, que ambicionaba quedarse al frente del movimiento peronista mientras Perón siguiera en el exilio fue, paradójicamente, quien organizó todos los detalles de la "Operación". El objetivo del grupo era bajar en Montevideo y, desde allí, tomar un vuelo chárter a Asunción del Paraguay, donde el General pensaba establecerse hasta que un alzamiento popular en la Argentina anulara la oposición militar y forzara su regreso.

Perón salió de la quinta "17 de Octubre" de Madrid escondido en el baúl de un automóvil Mercedes Benz y abordó el avión en Barajas a la una de la madrugada del 2 de diciembre. Cuando aterrizó en el aeropuerto de Río de Janeiro a la mañana siguiente, el gobierno del Brasil —respondiendo a una solicitud diplomática del gobierno constitucional argentino— le impidió seguir viaje y lo obligó a volver a España esa misma noche, en el mismo avión de Iberia.

Un testigo privilegiado de esa historia fue José Manuel Algarbe, quien era entonces secretario privado de Perón y mantenía una feroz lucha doméstica con José Cresto, padrino y protector de María Estela Martínez de Perón. Entrevisté a José

Manuel Algarbe en Caracas, donde ambos vivíamos exiliados, el 9, el 11 y el 15 de marzo de 1977. Lo que sigue es un resumen de lo que dijo:

Conocí a Perón acá, en Caracas, en 1955. Yo vivía en Venezuela desde 1942. Fui a visitarlo al hotel Tamanaco, donde paró dos días. No llegó entonces a Nicaragua, como proyectaba, porque le informaron que su amigo [Anastasio] Somoza corría peligro. Y así fue: al poco tiempo lo mataron. Perón me dio admiración y ternura cuando lo vi arreglar su ropita en la valija.

Después, cuando él se instaló en Panamá, nos mandaba cartas a mí y a otros amigos diciéndonos que el clima panameño le hacía un daño terrible. Empezamos entonces a gestionar con alguna gente del gobierno su entrada a Venezuela. Vimos a [Laureano] Vallenilla Lanz, ministro del Interior, y tuvimos éxito. Yo organicé el recibimiento en el aeropuerto de Maiquetía, y conseguí que lo esperaran más de cincuenta argentinos.

Esa vez vino ya con Estelita, a la que yo conocía porque había sido profesora de piano de mi hija, en Buenos Aires. Estelita se había ido de gira por América con un ballet y, una vez que estuvo afuera, se borró de su familia. Tenía tres hermanos: Horacio, Dardo y uno más chico que se llamaba Carlitos. La mamá era una santa pero ella no quería saber nada. Cuando le preguntaban por la madre decía que estaba muerta. No quería saber nada con los que conocían su pasado. "No tengo a nadie en el mundo", decía. "Mi único pariente es Perón".

En la panadería y en la peluquería, donde se oyen todos los chismes de barrio, mi vieja se enteró de que las cuñadas de Estelita hablaban muy mal de ella porque se había juntado con Perón. Aunque a mí siempre me trató bien, era una mujer fría, que sólo se dejaba seducir por los ocultistas y los brujos.

La mujer de Cresto era una curandera a la que iban a ver de todas partes. Se llamaba Isabel y fue por ella que Estelita adoptó ese nombre. En Madrid tenía una foto de esa mujer, a la que recordaba como "mamá". Esa Isabel murió en 1958, cuando Perón y ella estaban en Ciudad Trujillo. La noticia desesperó a Estelita, que se acor-

116

daba todo el día de Cresto. Tanta compasión sentía que lo hizo viajar a Río de Janeiro y allí se encontró con él, para reconfortarlo. Lo
presentaba a todo el mundo como su "padrastro".

Perón aceptó que se lo llevara por fin a Madrid, para tener él
más libertad de movimiento. Cresto apareció poco después de que
operaran al General de la próstata, el 20 de enero de 1964. Desde entonces, Estelita tomó la costumbre de encerrarse con Cresto en los
cuartos de arriba de la quinta todos los días, a las ocho menos cinco
de la noche. Yo me preguntaba de qué hablarían, si Cresto era el hombre más ignorante del mundo. Un día no aguanté más y se lo pregunté a Perón. Él me dijo: "No les dé bola, Algarbe. Hablan de brujería".

Cresto no sabía ni pronunciar las palabras. Decía "¡Agarbe, lo
llaman por queléfano!". O también: "relajamiento de sangre", "mujer estéril" en vez de mujer histérica o "casado en estado de tromo-
ción". Perón me comentaba: "Este viejo es más bruto que huevo de
yegua" y, sin embargo, lo presentaba a todos los que llegaban.

Todos piensan que Perón quería volver a la Argentina, pero yo
sé que no quería. Un hombre que en 1962 empieza a construirse una
quinta en Madrid para quedarse toda la vida es un hombre que no
sueña con volver. El 13 de diciembre de 1963, cuando cumplió medio siglo de oficio militar, recibió una carta de un compañero de promoción, aviador. En la carta, el compañero le decía algo así como
"Ojalá que las pasiones se calmen el año que viene y puedas regresar
a la patria". Perón le contestó: "El año que viene regresaré al país, estén o no dadas las condiciones". Una vez que escribió la frase, se ena-
moró de ella y la repitió, como acostumbraba, en todas sus cartas.

Ante una afirmación tan terminante, los dirigentes gremiales
empezaron a movilizarse. Perón se sintió presionado por esas movilizaciones y no sabía qué hacer. En noviembre de 1964, me mandó a Chile para que indagara si el gobierno de ese país le permitiría
quedarse treinta o cuarenta días y para que, en el peor de los casos,
no lo entregaran a un gobierno argentino hostil. No tuve tiempo de
hablar con nadie: llegué el miércoles 11 de noviembre, y al otro día
me echaron. El decreto de expulsión ordenaba que tomara el primer avión. Así abordé el avión de Lufthansa que salía a las 7 de la
mañana del viernes; conmigo viajó la hija del presidente [Eduar-

do] Frei, que había ido para la asunción de su padre. En Río de Janeiro me entrevisté con un sobrino del general [Humberto] Castelo Branco, que era embajador de Brasil en Washington. Ese hombre me dijo: "Nosotros no podemos y no queremos dejar pasar a Perón por aquí".

Para esa misión a Chile, Perón anunció que enviaría como emisario al único hombre que iba a decirle la verdad. Los miembros de la Operación Retorno creían que yo era uno de ellos y que le pintaría al General una realidad color de rosa. Sabiendo que decir la verdad sólo me crearía enemigos, pedí hablar con Perón a solas cuando llegué a Madrid. Isabel estaba abajo, en el subsuelo, en la despensa.

Por el frente de la quinta 17 de Octubre se entraba a la planta baja; por detrás, al subsuelo, donde estaban las piezas de las mucamas, el garaje y la despensa. En ese tiempo, Isabel había ordenado a Cresto que no nos dejara a Perón y a mí solos. Él nos seguía a muerte. Cresto llegó al colmo de poner una silla en la puerta del escritorio y sentarse allí mientras Perón y yo hablábamos, sin que Perón se animara a decirle "retírese".

Fue así que, al volver de Chile, me encerré con el General en el dormitorio, mientras Cresto corría en busca de Isabel. "Mi general", le dije, "a usted no lo van a dejar ni volar por arriba de nuestro continente". Sentí que Perón estaba convencido de que yo le decía la verdad. Recuerdo que estaba con un saco blanco.

Lo noté muy achatado. Tenía un problema grave con los que esperaban abajo, presionándolo para el retorno. Le dije: "No se violente, mi general. Quédese aquí arriba y yo me arreglo con los que están abajo". Yo tenía todo previsto: iba a hablarles a los guardias y a ordenarles que cargaran a los visitantes en el jeep y se los llevaran. En eso apareció Isabel agitadísima, en bata y chancletas. Cuando la vio Perón, quiso agrandarse, como todo viejo que tiene una mujer joven. Ella lo agarró del brazo, lo sacudió y le dijo: "¡Qué miedo te tienen, Perón!", para provocar su orgullo machista. De hombre amilanado, Perón se transformó en valeroso. Me dijo: "Mire, Algarbe, si yo alguna vez hubiera dudado en volver, esa duda se hubiera disipado con lo que usted acaba de decirme". Debí contestarle: "¿Por *qué no se va a la mierda?", pero me desanimé y bajé las escaleras con el alma a la rastra.*

Los jefes de la Operación Retorno embaucaron a Isabel diciéndole que al volver ella sería más grande que Eva. Días más tarde, el 22 de noviembre, caminábamos con Perón, Cresto y los dos custodios españoles cerca de una fuente que había detrás de la quinta. Perón se detuvo y me dijo: "¿Se acuerda cuando fuimos a Talavera de la Reina (en el verano anterior) y vimos esos grandes cántaros que los españoles traían llenos de oro desde el Perú? El próximo verano vamos a traer algunos para aquí". Entonces pensé: una persona que está proyectando marcharse para siempre no se traza esos planes.

En los días previos al retorno, Perón le dijo a Vandor que un coronel de su absoluta confianza, que sólo mantenía contacto con él, sin intermediarios (un coronel al que todos sabíamos inexistente), le había informado que ése no era aún el momento de regresar, y que se debía esperar dos o tres meses más. Lo decía para salvarse. Delia Parodi le saltó entonces encima, como una gata. "Ah, no", le dijo. "Sin usted no vamos a Buenos Aires. Nos matan."

Siguiéndole el juego, Vandor lo amenazó con que al llegar a la Argentina los gremios publicarían una solicitada y denunciarían la advertencia de ese supuesto coronel. Perón se comportaba como un paquete. Decía: "Yo tengo ahí mi valija preparada para cuando ustedes ordenen". No hablaba como un jefe.

El proyecto del grupo consistía en llegar al Paraguay y establecerse en Asunción. Si se suscitaba el levantamiento popular que anunciaban tanto Vandor como las 62 Organizaciones, los jefes militares no iban a tolerar ese rebrote peronista e iban a reprimir. Tan dispuestos estaban, que si Illia se les oponía, pensaban derrocarlo. El plan del Retorno iba a tener esta secuencia: Perón, desde Paraguay, suscitaba alzamientos en la Argentina; los alzamientos eran reprimidos; el gobierno argentino pedía a Stroessner que expulsara a Perón; una vez más Stroessner debía ceder; Perón regresaba a Madrid luego de haber violado el asilo y esta vez Franco le negaba la residencia. El único lugar de refugio que le quedaba entonces era La Habana.

Se sabía que Stroessner estaba obligado a darle asilo, porque Perón era ciudadano y general del ejército paraguayo. En La Haba-

na, Perón quedaría anulado, víctima del aislamiento y marcado como indeseable por las derechas argentinas. Se convertiría en un símbolo de la izquierda, no de la unidad.

En los días previos al retorno yo seguí yendo a la quinta, pero no hablaba con nadie, y con Perón muy poco. La tarde anterior, el 1º de diciembre, tomamos el té, él y yo solos. Durante todo el tiempo, no me miró a la cara. Sin querer, yo me había convertido en un testigo de sus debilidades y, por lo tanto, en su acusador. ¿Qué podía hacer yo? No me quedaba otra cosa que irme, ¿no?

Entre los custodios de afuera se había hecho correr la voz de que Perón estaba engripado. Pero yo lo vi en perfecto estado de salud: con la valija preparada al lado de la cama y el revólver arriba de la mesa. Cuando salí de la quinta, dos de los custodios, que eran amigos míos, me pidieron que los llevara en auto al centro. Hicimos parte del viaje en silencio. En una de ésas, les pregunté: "¿A ustedes les afectaría la carrera si Perón se les escapa?". "Por supuesto", me dijeron. "Entonces vuélvanse a la quinta", les dije. "Se les puede rajar esta misma noche." Ahí mismo, los dos policías me pidieron bajar y regresaron a la quinta 17 de Octubre en un taxi. Advirtieron que el televisor en el cuarto de Perón estaba prendido, con el volumen muy alto. Había luz.

El jefe de los custodios, que era un hombre de mucha experiencia, llegó como a las once de la noche y se extrañó de que el General no hubiera bajado en persona a decirles "Hasta mañana". Le dijeron que era normal, porque estaba en la cama, con gripe. Al ver la lista de visitas, descubrió que por la quinta habían pasado Jorge Antonio y Delia Parodi. "¿El General los acompañó hasta el porche?", preguntó. "No", le dijeron. "¿No ve que está enfermo?" El jefe se dio entonces un manotazo en la frente y exclamó: "¡Coño, se nos ha ido!". Sin investigar siquiera si tenía o no razón, salió en su auto a toda velocidad hacia Barajas. Después se supo que Perón se había fugado en el baúl de su propio Mercedes. Yo me dije: si Vacarezza llega a enterarse de esta historia, qué sainete se mandaría.

Cuando Perón llegó al aeropuerto de Barajas, hasta la televisión inglesa estaba esperándolo. Hacía ya días que los servicios de inteligencia norteamericanos sabían todo, incluyendo el número de asiento que Perón iba a ocupar en la primera clase. Pero Jorge Antonio logró que el auto de Perón fuera hasta la escalerilla misma del avión, y así no lo pudieron filmar. Todos, sin embargo, sabían que él estaba allí.

Todo eso sucedió el 1º de diciembre de 1964. El 2 de diciembre, por la tarde, fui a la quinta. Ya los diarios anunciaban que el avión de Iberia había sido detenido en Río y que el avión de regreso sería obligado a aterrizar en Sevilla, con Perón a bordo.

En la entrada de la quinta me encontré con Estelita o Isabel. Le dije: "Qué bien que la hicieron, ¿no? Ahí viene su General de vuelta". Ella me contestó: "Sí. Y viene completamente entregado".

Al llegar esa tarde, yo había ido al garaje de la quinta. Le ordené al chofer que metiera en mi auto una goma mía de auxilio que andaba por ahí y que sacara, en cambio, un respaldar de paja para el asiento que era de Isabel. Había decidido irme.

Le dije: "Señora, a ustedes no les voy a pisar más la casa". Ella me contestó: "No le puede hacer eso al General, Algarbe". Yo le dije: "Él era el que no tenía derecho a hacerme lo que me hizo anoche, cuando me despedí. Fui el hombre más leal que tuvo en toda su vida. No necesitaba mentirme".

Ella, sin cambiar de expresión, me invitó a tomar el té. Tomamos una taza casi en silencio, le tendí la mano y le dije adiós.

Fue Delia Parodi la que embaucó a Isabel con el Operativo Retorno. Fue también ella la que le enseñó a usar toda su influencia personal sobre Perón. Ahí nació la Isabel política. Hasta entonces, no se había metido en nada. Esa aventura la llenó de ambiciones y sueños.

Hasta entonces, no conocía la ambición. Pero Vandor, Iturbe y Framini no dejaron de estimulársela. Ellos mismos se reían a solas de la habilidad con que, sabiéndola inferior, la habían convencido de que llegaría a ser tan grande como Eva.

PERÓN Y SUS NOVELAS

Escribí el capítulo que sigue entre 1988 y 1994 para responder a una pregunta insistente: ¿por qué, pese a disponer de todos los datos necesarios para componer una biografía, convertí la vida de Perón en una novela? Aunque algunas de las reflexiones sobre el tema fueron enunciadas en seminarios y conferencias, la intención inicial de todas ellas era aclarar ante mí mismo un proyecto que había ido desplazándose de su lugar original casi por su propia fuerza de gravedad: desde los apuntes periodísticos originales al proyecto de biografía y, finalmente, a La novela de Perón. *Si incluyo ahora y aquí esas reflexiones es porque sirven mejor a las verdades de este libro que a mi ficción publicada en 1985.*

En 1979 intenté conjugar en una sola efusión de voz el periodismo y la literatura en un conjunto de relatos que se llamó *Lugar común la muerte*. Algunos de esos relatos habían sido publicados en diarios y revistas y no habían suscitado la menor desconfianza: el lector los asumía como verdades. Sin embargo, había en ellos elementos fantásticos tan explícitos, tan visibles, que nadie podía llamarse a confusión. Escritores que, mientras hablaban, se desvanecían en el aire, caudillos políticos resucitados por gurúes y magos: ¿cómo pensar que esas imágenes correspondían a la realidad? Pero nadie dudó: los medios donde esos textos fueron publicados avalaban su verosimilitud. El medio sustituía a la realidad; el medio *era* la realidad.

A mediados de 1985 publiqué otro libro, *La novela de Perón*, en el que las aguas de la historia se mezclaban con las aguas de la ficción y las del periodismo. La obra se difundió primero como folletín, en una revista semanal de noticias, y a pesar de la advertencia incluida en el mismo título del texto —*ésta es una novela*—, los otros artículos de la revista impregnaban mi ficción de verosimilitud. Descubrí entonces lo que podríamos llamar "efecto de contigüidad": en un delta donde todas son verdades pasan inadvertidos los pequeños ríos de ficción. La verdad circula por ósmosis, impregnándolo todo.

Pero el propio título del libro sembraba ya el desconcierto, al fundir en un solo significado una palabra que es sinónimo de invención, de fábula —la palabra novela—, con otra palabra que los argentinos no pueden despegar de su peso histórico y, por lo tanto, de su valor como realidad: la palabra Perón.

Ese desconcierto se debió también a las dificultades para situar el texto dentro de algún género literario legitimado por ejemplos anteriores. ¿Qué cosa era esta novela, a qué nervadura de la tradición podía ser incorporada? Los críticos más convencionales supusieron que era un epígono tardío de aquellas biografías noveladas que estuvieron en boga durante las primeras décadas del siglo, y cuyos representantes más notorios fueron Dmitri Merejkovski, Emil Ludwig y el mejor de todos ellos, Stefan Zweig.

¿O *La novela de Perón* sería más bien, tal como conjeturaron otros especialistas, una variante heterodoxa del fenómeno conocido como "nuevo periodismo", que en América Latina dio tempranas señales de vida a través de *Relato de un náufrago* de Gabriel García Márquez? Pero mi libro no era una fábula de no ficción ni una contribución herética al nuevo periodismo, sino lisa y llanamente una novela poblada por personajes históricos, algunos de los cuales estaban todavía vivos.

Vale la pena examinar las diferencias: el nuevo periodismo pone en escena datos de la realidad que la cuestionan pero no la niegan. Puede subrayar algunos acontecimientos nimios por encima de otros acontecimientos resonantes, puede dramatizar detalles triviales, pero siempre es pasivo (o, si se prefiere, siempre es fiel) ante la realidad. Mientras la historia reordena la realidad y al mismo tiempo reflexiona sobre ella, el nuevo periodismo convierte en drama (o en comedia) las notas al pie de página de la historia. En los textos del nuevo periodismo la realidad se estira, se retuerce, pero jamás se convierte en ficción. Lo que allí se pone en duda no son los hechos sino el modo de narrar los hechos. Ahora bien: yo creo que en ese modo de narrar los hechos, en ese *cómo* de la realidad, fluyen resplandores de la verdad que se mantienen ocultos cuando los hechos se cuentan a la manera de —digamos— las agencias de noticias.

A diferencia del periodismo o de la historia, una novela es una afirmación de libertad plena y, por lo tanto, un novelista puede intentar cualquier malabarismo, cualquier irreverencia con la realidad, y también, por supuesto, con la historia. Porque creo en eso, quise que *La novela de Perón* incurriera en la pequeña audacia de convertir el presente en una fábula. Los personajes históricos pueden establecer allí una relación dialéctica con la imaginación, e incluso pueden corrregir la imaginación. Es un texto que sigue escribiéndose en la realidad, una ficción no clausurada.

En *La novela de Perón* se incluyen unas memorias de Perón que son en buena parte inventadas, lo que ha irritado —creo— a unos pocos académicos. Entre 1970 y 1974 publiqué en Buenos Aires y en medio centenar de periódicos de América Latina unas memorias de Perón que el propio Perón sancionó como legítimas y que los historiadores suelen usar como fuente principal para sus investigaciones. Yo había grabado ese conjunto de memorias durante un total de treinta a treinta y dos horas, entre 1966 y 1970. Cuando compaginé las grabaciones, advertí que Perón había omitido hechos importantes y que en algunos casos los había tergiversado, ordenándolos bajo una luz más favorable. Al enviarle la versión final para que la aprobase, adjunté una serie de notas al pie de página en la que dejaba constancia de las omisiones e inexactitudes observadas. Perón me devolvió el texto final de las memorias sin corrección alguna. Quería las memorias que él había dictado, y punto. Mi alternativa era entonces publicar el texto tal como lo exigía, puesto que se trataba de un texto autobiográfico, o arrojar mi investigación adicional a la basura. En aquel momento, cuando aún estaba en el exilio, a Perón le interesaba más forjar su propio monumento (o, para decirlo de un modo más benévolo, establecer su verdad política como verdad última, única, aquella única verdad que para él se confundía con la realidad) antes que resignarse a la verdad histórica.

Lo que sucedió con las memorias de Perón plantea en carne viva la división de aguas entre periodismo, historia y novela. La obligación primordial de un periodista es publicar cuanto antes la información que ha conseguido, luego de establecer su veracidad. Pero las memorias de Perón no pertenecían al periodista: pertenecían a Perón. Eran veraces si el autor de las memorias, Perón, decía que lo eran. Por lo tanto, para publicarlas, resultaba imprescindible aceptar los límites que el propio Perón quisiera imponerles.

El historiador, por su parte, asumirá esas memorias como verdades parciales: las verdades de Perón, y como tales las incorporará a sus investigaciones. Las excelentes biografías de Perón que conozco, las de Joseph Page, Robert Crasweller y Félix Luna, adoptan la información de esas memorias como artículos de fe y no la cuestionan, porque no tuvieron a mano documentos que contrarrestaran la información que el propio Perón dio de sí.

Que la imagen proyectada por las memorias de Perón fuera una imagen falsa, no corregida por el periodismo ni por la historiografía, me movió a probar otro camino: el de la novela. Véanse los hechos una vez más: yo había publicado en la prensa de Buenos Aires unas memorias canónicas, aceptadas por los historiadores como inequívoca verdad. Eran unas memorias que Perón había maquillado, para que le sirviesen como carta de presentación ante la historia. Pese a que en la breve introducción a esas memorias yo había advertido que, en las autobiografías, los hombres suelen mostrarse bajo la luz que les es más favorable, escamoteando sus defectos (con lo cual me arriesgaba a que Perón desautorizara el texto, como solía ser su costumbre); a pesar de esa señal de alarma, las memorias fueron adoptadas como si fuesen la verdad. Yo había publicado ya la versión de Perón, difundiéndola con amplitud. ¿Qué me impedía ahora, como novelista, construir yo también unas memorias que obedecieran a las leyes de la verosimilitud novelesca; es decir: a las leyes de lo que yo entendía como la verdad de un personaje llamado Perón? Al publicar las memorias, había llevado a varios extremos mi fidelidad al "caso Perón": no sólo había transcripto puntualmente su lenguaje y acordado con él el orden en que serían presentados los hechos, sino que también había aceptado (luego de mostrarle documentos que contradecían sus versiones y de sugerir que los publicáramos) todas las distorsiones que Perón había querido imponer al relato de su vida, reservándome una sola advertencia: yo era sólo el compilador, el mediador de la autobiografía.

Pero a partir de entonces se me planteó la necesidad de entablar con Perón lo que yo he dado en llamar un duelo de versiones narrativas. ¿Cómo definir eso? Las luchas entre la escritura y el poder se han librado siempre en el campo de la historia. Es el poder el que escribe la historia, afirma un viejo lugar común. Pero el poder sólo puede escribir la historia cuando ejerce control sobre quien ejecuta la escritura, cuando tiene completa majestad sobre su conciencia.

Sólo lo que está escrito permanece, sólo lo que está escrito *es*: cuando esta posibilidad queda al descubierto, la novela advierte que ella también dispone de un poder incontestable. Lo escrito, fábula o historia, siempre será la versión más fuerte, más persistente de la realidad. Hayden White lo ha expresado mejor. Sostiene que lo narrativo podría ser considerado como una solución, tal vez la mejor, al viejo problema de convertir el conocimiento en lenguaje.

Por comprensiva y vasta que sea, por más avidez de conocimiento que haya en su búsqueda, la historia no puede permitirse las dudas y las ambigüedades que se permite la ficción. Tampoco, ciertamente, se los puede permitir el periodismo, porque la esencia del periodismo es la afirmación: esto ha ocurrido, así fueron las cosas. No bien la historia tropieza con hechos que no son de una sola manera, o que no se ajustan a los códigos del realismo, debe abstenerse de contarlos o dejaría de ser historia.

La ficción se mueve, en cambio, dentro de un territorio donde la realidad nunca es previsible: la realidad no está obligada a ser como hace un instante fue. Todo lo que ahora es así podría ser distinto al volver la página, y sin duda será distinto cuando se lo lea en otro tiempo, tal como sugería Pierre Ménard, el personaje de Borges.

Toda escritura es un pacto con el lector, como se ha dicho tantas veces. En la escritura periodística, el pacto está determinado por el lugar que ocupa esa escritura: ese lugar es el lugar de la verdad. Quien toma un diario o una revista se dispone a leer la verdad. Lo sorprendería que la información fuera otra cosa. En el caso del periodismo y de la historia, entonces, es el medio, el género, lo que decide que allí está la verdad. Para un escritor de ficciones, el lugar de la verdad está en el lugar de la imaginación. Desplaza la verdad hacia donde soplan los vientos de su inteligencia y de sus sentimientos.

¿Cuáles son los conflictos que distinguen a un novelista de un biógrafo o de un redactor de biografías periodísticas? Escribir una biografía es una ceremonia teñida de prudencia. En homenaje a lo visible se suele omitir lo evidente. Muchas verdades que no pueden ser probadas se soslayan precisamente por eso, porque no hay acceso a las pruebas. Aun la mejor de las biografías exhala un cierto aroma de represión. El historiador y el biógrafo están condenados a exponer hechos, datos y fechas, a desentrañar el ser real de un hombre a través de las huellas sociales que ese hombre ha dejado. Se disculpan porque deben reducir la infinitud de una vida a un texto que es limitado y finito. Y se disculpan, sobre todo, porque saben que ningún hecho revela la plenitud de la verdad cuando se convierte en lenguaje.

De allí que los biógrafos y los historiadores añoren la libertad con que trabaja el novelista, la facilidad con que el novelista ilumina los pensamientos más secretos de un personaje y lo desenmascara atribuyéndole una frase definitiva; una frase que rara vez los personajes históricos —en tanto sólo pueden ser conocidos como personajes sociales— pronuncian ante un biógrafo, por alerta que sea.

El punto de partida de un biógrafo es, fatalmente, la aceptación de su fracaso. Ninguna vida puede ser escrita, ni siquiera la propia vida. En uno de sus textos apócrifos, Borges imaginó un imperio de cartógrafos donde el afán por el detalle es tal que se acaba por dibujar un mapa cuyo tamaño es igual al tamaño del imperio: un mapa inútil, que las lluvias y los vientos desgarran y que los años dispersan. No conozco mejor metáfora para demostrar el absurdo de todo signo que pretende repetir con exactitud los laberintos de la realidad.

A tal punto una vida es inabarcable y la escritura de una vida es inexpresable que hasta la más minuciosa búsqueda documental tropezará siempre con zanjas ciegas en la historia del personaje. El lector de novelas es comprensivo con esas zanjas ciegas. No les presta atención. Se supone que el novelista lo sabe todo y, por lo tanto, tiene derecho a omitir aquellas partes del todo que no le parecen pertinentes. Cuenta para ello con la complicidad implícita del lector. Pero en una biografía las zanjas ciegas son intolerables. Que el biógrafo no satisfaga cualquiera de las preguntas que le formula el lector, que pase por alto un detalle o que afirme un hecho sin probarlo transforma toda la investigación en algo sospechoso. El lector tiene derecho a suponer que la búsqueda de tal dato fue insuficiente o perezosa. Y ese dato mal explicado o fundamentado a medias suele convertirse para el lector en el dato crucial del texto entero. Es crucial porque ha sido excluido, porque sobre él pesa la fascinación de lo que desconocemos.

Imagínese lo que hubiera sucedido si *La novela de Perón* fuera una biografía y no lo que es, una novela. No se me hubiera disculpado la omisión de los acontecimientos del 17 de octubre de 1945, cuando una vasta movilización popular sacó a Perón de la cárcel y lo entronizó en el poder; ni tampoco el deliberado silencio que abarca sus dos primeras presidencias. Pero el lector sabe que si he creado un espacio en blanco, una zanja ciega, no es porque no sepa cómo llenarlo sino porque la estructura de mi ficción así lo requiere. El lector acepta el pacto que le propone el novelista. Según ese pacto, no interesa ver al personaje en la plenitud de su poder sino ascendiendo hacia él y cayendo luego. Cuando se lo ve, no está protegido por las corazas de la historia oficial. Si al lector no le interesa el pacto, cierra el libro y lo olvida, con una decepción muy diferente de la defraudación que siente cuando el biógrafo excluye una parte de la historia.

Y si *La novela de Perón* hubiera sido una biografía, ¿qué se podría hacer con los personajes imaginarios, cada uno de los cuales encarna un conflicto, una perversidad, una delación, un frágil acto heroico, una variante de los infinitos fanatismos de la historia argentina reciente? Es por obra y gracia de esos personajes de ficción que la novela refleja la imagen de un país derrotado y pauperizado que está a merced de las aventuras militaristas: un país que ha dejado atrás, sin saberlo todavía, las ilusiones de grandeza europea con que se había vestido durante el centenario de su emancipación, en 1910. En la Argentina de *La novela de Perón* hay astrólogos, presidentas bobas, caudillos decrépitos y bufones, inconcebibles en un país que se ve a sí mismo como cartesiano. Esos personajes de pesadilla son sin embargo el referente histórico más poderoso del texto. Existieron, sobreviven todavía, son la exhalación de la decadencia nacional.

Para narrar esa historia utilicé recursos de los que suele abstenerse el periodismo a secas y también el nuevo periodismo, aunque no veo por qué no podría emplearlos. Apelé a saltos de tiempo que suelen estar situados dentro de un mismo párrafo. El pretérito indefinido se convierte imperceptiblemente en tiempo presente y el presente se va volviendo pretérito perfecto en una sola efusión de voz; los diálogos, los monólogos, los coros de la muchedumbre se leen a menudo sin marcas tipográficas que los diferencien: sin comillas ni guiones, como si fueran las ramas locas de un árbol desorientado.

En su primer borrador, *La novela de Perón* fue un trabajo periodístico. Reconstruía la grabación de las memorias de Perón en su forma original, con mis preguntas y con la voz del secretario, mayordomo y adivino de Perón, José López Rega, corrigiendo los recuerdos del viejo general y a veces reescribiéndolos. Mis notas al pie de página trataban de imponer cierta sensatez —artificial sensatez— al delirio real que yo había vivido. Aquella primera versión reflejaba, muy aproximadamente, lo que habían sido mis encuentros con Perón. Pero no reflejaba a Perón. Por eso desistí.

Una segunda versión ensayó el camino de la biografía y resultó también un fracaso. Cuanto más investigaba, más se me confundían las verdades. Los documentos y, con frecuencia, también los recuerdos de los testigos contradecían a tal punto lo que Perón o los historiadores de Perón habían sancionado como verdad que yo creía estar ante dos personajes distintos.

Establecer las verdades más triviales derivaba en un enredo de falsías, como me sucedió con la historia del capitán Santiago Trafelatti que narro en el prólogo a "Las memorias de Puerta de Hierro". ¿Qué voz o qué tono debía yo asumir, entonces, para contar los sorprendentes hechos que sucedieron cuando murió Perón, con los cuales debía cerrarse aquella hipotética biografía? ¿Cómo referir de modo verosímil la ceremonia en la cual el adivino López Rega había intentado traspasar el alma de Evita, cuya momia yacía en una bohardilla de la casa donde vivía el viudo, al cuerpo de la nueva esposa, Isabel Perón? ¿Cómo narrar los esfuerzos de López Rega por resucitar a Perón invocando sus númenes astrales?

Yo conocía algunos de esos episodios a través de ex ministros de Perón: hombres de cuyo sentido común nadie dudaba. Y sin embargo, la lisa y llana transcripción de tales fenómenos amenazaba con invalidar el rigor histórico del trabajo. Eran verdades novelescas que se infiltraban dentro de las verdades históricas, que las infectaban y las transfiguraban en un folletín indigesto para los paladares serios.

Fue entonces cuando la novela impuso a los documentos y a los testimonios su propia lógica. Para revelar a mis personajes o, yendo más lejos, para develar a Perón y al país que había vivido durante tres décadas bajo su influjo, no podía resignarme, como los biógrafos, a escribir una verdad que yo sentía (y sabía) como una verdad a medias: una de esas verdades latinoamericanas donde lo que está oculto, o lo que ha sido destruido, o lo que está prohibido decir, suele ser mucho más importante que lo que se ve.

Lo que desde el principio enriqueció la escritura de la novela fue que muchos de sus personajes eran seres vivos. Por lo tanto, a las verdades que se iban entrecruzando en el texto y descubriendo así una forma nueva de la verdad, se les añadían las correcciones enunciadas en voz alta por los personajes vivos, mientras los sucesivos capítulos aparecían en folletín. El libro se pobló así de verdades en movimiento, verdades que respiran. Y ésa es una experiencia que no ha cesado todavía.

LA TUMBA SIN SOSIEGO

En abril de 1989, el coronel Héctor Eduardo Cabanillas me concedió tres días de entrevistas grabadas. Narró entonces todo lo que hizo para sacar de la Argentina el cadáver embalsamado de Eva Perón, en 1957, y mantenerlo oculto en Milán durante catorce años. A la vez, confió que también él era el autor del mayor atentado contra la vida de Juan Perón y de otros dos intentos anteriores que fracasaron. Esta crónica reconstruye las conversaciones y el clima de esos días de abril, con un epílogo inesperado, en julio de 1989.

A los 75 años, el coronel conserva su gallardía. Aunque hace pocos meses han debido operarle la hernia de disco que lo atormentaba, camina erguido, marcial, como si encabezara un desfile. Rechaza el café y acepta sólo un vaso de agua. "Cuando era joven", dice, "me retiraba de los placeres por disciplina. Ahora los placeres están retirándose de mí". En la oficina solitaria de la calle Venezuela a la que acude para contar su historia, una ventana da a un jardín de enredaderas en el que llueve sin parar. "La humedad me destroza la espalda", se queja el coronel. La lluvia persiste desde hace dos semanas. Todo en Buenos Aires se ha vuelto líquido y pegajoso.

"Es la primera vez que voy a hablar", repite. Lo he oído decir lo mismo, sin embargo, en una película de Tulio Demichelli, *El misterio Eva Perón*, que se exhibió en Buenos Aires sin

137

pena ni gloria hace dos años, en 1987. La cara de matrona del coronel desentona con la fuerza que exhala su cuerpo: debajo de unos ojillos recelosos, inquisitivos, siempre a la caza de segundas intenciones, cuelgan unas bolsas pesadas, que le rozan los pómulos. La barbilla le ha desaparecido bajo una descomunal papada de batracio. Durante las siete horas que durará la conversación, a lo largo de tres días de abril, en 1989, el coronel no va a sonreír ni una sola vez.

"La mayor frustración de mi vida es no haber llegado a ser general de la nación", se lamenta. "Cumplí con todo lo que se le exige a un oficial de honor para alcanzar ese rango. No pude porque me enredaron en intrigas y envidias. La otra ambición que se me escapó de las manos fue matar a Juan Perón. Tres veces estuve a punto de conseguirlo. Si hubiera tenido suerte, habría salvado a la Argentina de sus desgracias. Todavía lamento ese fracaso. Y vea lo que son las ironías de la vida: la persona que no pudo acabar con Perón es la misma que rescató a Eva de las atrocidades que se estaban haciendo con su cadáver. Tuve la historia de la Argentina en mis manos, pero la historia me ha pasado por encima. Nadie se acuerda, nadie me conoce. Tal vez sea mejor así."

"Podría haber sido secretario de Guerra", dice. En algún momento, hace poco menos de medio siglo, imaginó que llegaría a presidente de la Nación. Ha tenido que contentarse, sin embargo, con dirigir una empresa de seguridad privada. "Se llama Orpi", explica. "Fue la primera de su tipo en el país."

Trata de encontrar en el sofá donde está sentado una posición que alivie su espalda. Le ofrezco unos almohadones y él los rechaza con energía, como si yo estuviera acusándolo de debilidad. Despliega sobre el escritorio algunos recortes de periódicos viejos, irreconocibles, publicados entre 1969 y 1971. "Estos artículos que escribí", me dice, "resumen todo lo que pienso". Leo una frase al azar, esperando encontrar palabras vacías. Pero lo que el coronel fue o era sale a la luz allí, de cuerpo entero: *Las grandes epidemias no se propagan en sus comien-*

zos con espectaculares manifestaciones visibles sino en forma silenciosa y taimada. Así, sin declaraciones, solapadamente, se va extendiendo la infección comunista. "La escribí el mismo día en que decidí revelar al mundo dónde había ocultado yo el cadáver de Eva Perón", dice, orgulloso. "¿No se acuerda de cómo sucedieron los hechos? El 29 de mayo, en 1970, un grupo de muchachones sin conciencia secuestraron al ex presidente Pedro Eugenio Aramburu. Tres días después lo mataron. Oí por radio que sólo entregarían su cuerpo si el gobierno devolvía el cadáver de esa mujer, la Eva. ¿Cómo lo iba a devolver si el único que sabía dónde estaba era yo? Me indignó que los asesinos, al informar sobre el crimen, invocaran a Dios. Que Dios se apiade de su alma, decían en el comunicado. Me pareció una burla. Y escribí lo que escribí porque me di cuenta enseguida de que eran comunistas. El tiempo me dio la razón."

El coronel toma aliento. Un gesto de dolor le ensombrece la cara. ¿Es la columna?, pregunto. "Las vértebras", admite. "Las vértebras y la humedad. No sé qué han hecho los médicos conmigo."

"Pensé en revelarle mi secreto a Onganía,[1] pero hablé con gente del Servicio de Inteligencia del Ejército y me advirtieron que a su gobierno lo estaban por derribar de un momento a otro. Decidí entonces acudir a Lanusse. Le pedí una entrevista reservada y le conté todo lo que yo había hecho: cómo había sacado a la Eva del país, donde la había escondido, todo. Hasta le mostré el título de propiedad de la tumba, que estaba a mi nombre. Tendría que haber visto usted su cara de asombro.

---

1. Juan Carlos Onganía, teniente general del arma de caballería y presidente de facto de la Argentina desde el 29 de junio de 1966. El 8 de junio de 1970, seis días después de que la organización Montoneros informó que había ejecutado al ex presidente militar Pedro Eugenio Aramburu, Onganía fue derrocado por la Junta de Comandantes en Jefe, encabezada por el teniente general Alejandro Agustín Lanusse. El propio Lanusse asumiría a su vez la presidencia en marzo de 1971.

Trataba de mostrarse impasible, pero mi relato lo desencajó. Guarde silencio hasta que yo le avise, me dijo. Por ahora, hablar no sirve de nada. Ya no podemos salvar la vida del pobre Aramburu."

El coronel yergue la cabeza y la papada inmensa tiembla. "Ya sabe usted lo que siguió. Callé. Más de un año después, Lanusse —que para esa época ya era presidente— me ordenó que desenterrara el cadáver y lo devolviera yo mismo a Perón. Cuando fui a la casa de ese hombre, en Madrid, ya no lo miré como a un enemigo. Lo miré como a un derrotado."

1945-1956: Dos atentados

Podría responderle que nada de lo que hizo es heroico, pero el coronel sólo quiere oírse a sí mismo. Lleva años sin oír nada más que su voz monocorde, y ese sonido único lo mantiene vivo. Se llama Héctor Eduardo Cabanillas y su vida ha estado siempre limpia de dudas. Desde que le entregaron el sable de subteniente de infantería, a fines de 1934, no ha tenido otra idea fija que servir al ejército y, a través de él, a la nación. En verdad, no le parece que haya diferencias entre uno y otra. El ejército y la nación son un mismo ser: "como las personas y su imagen en el espejo", dice. ¿Cuál de los dos es la imagen?, le pregunto. "Depende en qué lado se sitúe usted", responde, con una arrogancia que delata cuál es su lado.

Las infinitas conspiraciones que aquejaron a la Argentina durante sus años como oficial subalterno no fueron una amenaza para su carrera. Simpatizaba sin entusiasmo con la causa de los aliados y, aunque la mayoría de los coroneles y generales que tomaron el poder en 1943 eran profascistas, su perfil era entonces tan poco importante que ascendía por la mera inercia del escalafón.

A mediados de 1945 le sucedió lo que ahora siente como "la primera llamada de mi destino". En los casinos, los oficiales jóvenes hablaban con malestar de un coronel que "alentaba el odio de clases y dictaba leyes que protegía a la chusma de las fábricas contra la autoridad de los patrones". Cabanillas detestaba a ese hombre, que había concentrado en sus manos la Secretaría de Trabajo, el Ministerio de Guerra y la vicepresidencia del gobierno de facto: Juan Perón.

El único medio de sacarlo de la historia era lo que ahora llama "un fusilamiento patriótico", dice. "Fui de los primeros en darse cuenta." El coronel está a punto de contar la historia y se detiene. "Apague el grabador", me pide. Luego, se levanta con esfuerzo del sofá y abre la ventana. La lluvia no ha amainado y el viento la lleva y la trae por los arbustos del jardín. Cuando habla, se sitúa de espaldas al grabador, impulsando la voz hacia el otro lado de la ventana, para que me llegue enredada con los demás sonidos.

"Era un martes", empieza el coronel: "el 9 de octubre de 1945. Tres días antes, el general Eduardo Ávalos, comandante de la guarnición de Campo de Mayo, había cometido el error de visitar a Perón en su departamento para exigirle que quitara del gobierno a un cuñado de la Eva. Perón era ministro, no lo olvide, y coronel de la nación. Sin embargo, actuaba con desvergüenza. Le había montado a la Eva una *garçonnière* al lado de su propio domicilio. Cuando Ávalos hizo la visita, la que le abrió la puerta fue esa mujer. Vaya a saber qué insultos le habrá dicho, con sus modales de prostíbulo. Ávalos no tuvo más remedio que retirarse. Imagínese lo que significaba entonces para la dignidad de un oficial superior ser maltratado por una cómica que se le apareció vestida como bataclana, con unas chancletas de tacos altos. El comandante regresó a la guarnición con la cabeza gacha. Esa noche decidimos que la única manera de quitar del medio a Perón era matándolo".

Mientras el coronel habla, yo sé que cada frase se está tatuando en mi memoria. De todos modos, anoto a hurtadillas algunas palabras clave. Esa tarde, apenas se marche, voy a reconstruir su monólogo.

141

"Yo era entonces capitán. Tenía treinta y un años y llevaba dos en mi curso para graduarme como oficial de Estado Mayor, en la Escuela Superior de Guerra. Mi profesor de logística era el teniente coronel Manuel A. Mora, un visionario que ya imaginaba en qué se convertiría la Argentina si Perón llegaba a presidente. Al caer la tarde del lunes 8 de octubre, con el pretexto de un entrenamiento al aire libre, nos llevó a treinta de sus discípulos a una caseta alejada, en Campo de Mayo. Nos advirtió que se trataba de un encuentro de honor en el que conspiraríamos contra Perón. Quien se sintiera incómodo podría marcharse. Nadie se fue. Recuerdo muy bien la expresión de Mora: estaba pálido, demacrado. Nos preguntó si sabíamos qué estaba por suceder en la Escuela al día siguiente. Nada fuera de lo común, dijimos. Sólo el comienzo de un nuevo curso sobre energía atómica. Precisamente, dijo Mora. Ese aprendiz de tirano, Perón, va a venir a inaugurarlo. A dos kilómetros de aquí hay una barrera de ferrocarril. Cuando el auto de Perón se acerque, vamos a bajarla. Diez de ustedes lo capturarán y lo llevarán hasta una fábrica vacía. Allí vamos a juzgarlo y a ejecutarlo. Necesito saber quiénes son los voluntarios. Alcé la mano antes que nadie. Sabía que iba a contar con usted, Cabanillas, me dijo. Le ordeno que dirija el secuestro. Dentro del camión, en la guantera, va a encontrar los datos de la fábrica donde tiene que llevar a ese hombre. Una y otra vez repasamos el plan. Era perfecto. Pero esa noche, el general Ávalos reunió a todos los jefes de Campo de Mayo y les dijo que el ministro de Guerra tenía noticias de que se preparaba una sublevación y estaba dispuesto a reprimir. Existe el peligro de una guerra civil, advirtió Ávalos. Hay que mantenerse quietos. Perón suspendió la visita del día siguiente y la oportunidad única que tuvimos entonces tardó diez años en repetirse."

"Diez años", vuelve a decir. Cierra la ventana y pide más agua. "Hace tres horas que no tomo aspirinas y el dolor de las vértebras me está matando." Se queja como si estuviera haciendo un favor. Contar que sufre es, para él, un acto de condescendencia. Le ofrezco ir en busca de un calmante más fuerte. Al lado de la oficina donde estamos, en la calle Venezuela, hay un médico al que le he pedido ayuda más de una vez. "Lo único que quiero son aspirinas", me detiene. "Todo lo demás es tóxico, mentira."

Llama por teléfono a su casa y avisa que tardará una hora en regresar. La lluvia lo incomoda: la mira caer con tanto encono que tal vez las nubes se abran en cualquier momento. Diez años, le repito. Me decía usted que lo intentaron diez años más tarde.

"Como usted sabe, al tirano lo derrocamos en setiembre de 1955", dice.

A partir de ahora, el coronel aludirá a la historia en primera persona: "Viajamos, conspiramos, luchamos": todos los verbos lo incluyen a él. Los otros personajes quedarán siempre en las sombras, salvo cuando hable de Evita y del último atentado.

"Setiembre, entonces", sigue. "Entramos en Buenos Aires con el general Eduardo Lonardi, jefe triunfante de la revolución, y nos hicimos cargo del gobierno. Yo me puse al frente del Servicio de Informaciones del Ejército, un organismo delicado, que debía limpiar el arma de peronistas infiltrados, a la vez que vigilar al propio tirano, refugiado en Paraguay. Creímos que la derrota lo silenciaría por un tiempo, pero desde que llegó a Asunción, dio declaraciones contra nuestro gobierno. Elevamos una protesta diplomática y logramos que lo confinaran en Villarrica, un pueblo de poco más de veinte mil habitantes, situado 140 kilómetros al sudeste de la capital. Ni aun allí el tirano retuvo su lengua. Decidimos darle su merecido. Sin informar ni una sola palabra a Lonardi —que sin duda iba a oponerse—, me instalé en la ciudad de Posadas y desde allí envié a siete suboficiales, con identificaciones falsas, para que me informaran sobre lo que sucedía en Villarrica. Todos ellos hicieron su papel a la perfección: fingieron ser peones que andaban en busca de trabajo, y se alojaron en ranchos de gente muy pobre, tanto en Borja como en otro pueblito vecino. Lo que hicieron fue muy sacrificado. El tirano iba de un lado a otro de Villarrica, con la pistola al cinto, y a veces hasta andaba en motocicleta. Decidimos secuestrarlo el 22 de octubre durante uno de esos paseos y llevarlo en jeep por caminos de selva hasta Puerto Esperanza, que era el pueblo argentino más cercano. Allí lo ejecutaríamos. Yo me había reservado el derecho de darle el tiro de gracia. Uno de nuestros hombres cometió un error fatal. Tenía un hijito enfermo de difteria y llamó a su casa para saber cómo estaba. Alguien detectó la llamada y nos siguió el rastro. El 21 de octubre, los siete suboficiales fueron detenidos. Jamás se dio a conocer la identidad de ninguno. Al gobierno le costó un mes de trabajo sacarlos de la cárcel."

El coronel mueve la cabeza, sarcástico. "Tal vez haya oído usted algo de lo que estoy contándole", dice. "Rumores. Nunca supo nadie la verdad de lo que tramábamos. Hasta ahora."[2]

Para llegar a Evita

No lo dice, pero el fracaso de Villarrica —si la historia es cierta— le costó al coronel una discusión áspera con Lonardi. El presidente y el jefe de sus espías se distanciaron tanto que el coronel temió ser apartado del Servicio de Informaciones del

2. El 29 de setiembre de 2002, el corresponsal del diario *La Nación* en Misiones, César Sánchez Bonifato, publicó una bien documentada refutación al relato de Cabanillas. Explicó que el gobierno paraguayo montó un cerrado sistema de vigilancia alrededor del alojamiento de Perón, en una zona de serranías boscosas. Es poco verosímil, escribió el corresponsal, que el ex presidente pudiera ser "secuestrado y arrastrado por un grupo comando" a través del monte espeso, "sin caminos transitables hasta conseguir cruzar el Paraná". Sánchez Bonifato apunta que, además, en ninguna de las memorias o investigaciones sobre el asilo de Perón en Paraguay hay la menor referencia al eventual atentado.

Ejército a fines de aquel 1955 y, quizás, obligado al retiro. Pero lo que se imagina como desgracia es, a veces, sólo el comienzo de la salvación. Tres semanas después del incidente en Paraguay, el 13 de noviembre, la pugna que se había entablado entre militares liberales y nacionalistas terminó con la victoria de aquéllos. Lonardi fue sustituido por el general Pedro Eugenio Aramburu. Por su atentado contra Perón, al coronel se lo imaginaba en el bando de los vencedores. En vez de caer, fue ascendido a jefe del Servicio de Informaciones del Estado.

Aunque agradeció la confianza del gobierno, el coronel se preparó para un año de aburrimiento. En el Servicio de Inteligencia del Ejército (SIE) lo reemplazó un coronel astuto, brillante, exacto como un prusiano: Carlos Eugenio de Moori Koenig, experto en la difusión de rumores y en teorías sobre el secreto. A los diez días de asumir, Moori Koenig retiró del segundo piso de la Confederación General del Trabajo el cadáver de Eva Perón, que hasta entonces había estado al cuidado de Pedro Ara, el médico español que la embalsamó. El coronel habría querido que le encomendaran ese trabajo y sintió una envidia que tardaría años en admitir.

Durante meses, nada se supo del cadáver. Algunos de los hombres que estaban bajo su mando trataron de confirmar la veracidad de las versiones que circulaban entre los peronistas: que la habían sepultado en el lecho del río de la Plata, cubriéndola con una losa de cemento, o que la habían incinerado, arrojando sus cenizas en un basural. El coronel pensaba que el cadáver de Eva Perón debía yacer, más bien, en un cementerio despoblado, con un nombre cualquiera.

Como el destino de aquel cuerpo no estaba entre sus deberes, dejó de inquietarse. Lo que le sorprendió fueron las historias que se oían en los casinos de oficiales sobre el SIE. Alguien había visto salir de allí una noche a Moori Koenig, borracho, y subir al camión de una empresa de mudanzas. Se hablaba de luces que subían y bajaban por los pisos altos del edificio, situado en la esquina de Viamonte y Callao, en pleno centro de Buenos Aires. "Allí celebran misas negras", decían. O bien: "En ese lugar se rinde culto al demonio".

El coronel desdeñaba esas suposiciones. La imaginación es atributo de los débiles, se dijo. Suponía, por lo tanto, que los chismes venían de fuera: de peronistas solapados, con certeza. El rumor sobre su reemplazante le parecía el más inverosímil de todos: lo único que bebía aquel hombre era agua.

En julio de 1956, sin embargo, sucedió un hecho inquietante. Uno de los oficiales que estaba a las órdenes de Moori Koenig, el mayor Eduardo Arandía, mató de dos balazos a su esposa Elvira Herrero. La mujer estaba embarazada de dos meses y tenía una hija de un año. Un parte reservado del ejército informó que el mayor guardaba documentos confidenciales en la bohardilla de su casa, de la que nadie tenía llave. Al oír ruidos en la bohardilla, temió que hubiera un ladrón. Subió con sigilo, distinguió un bulto que se movía y disparó a ciegas.

Afuera, en el jardín de la calle Venezuela, el cielo se ha ensombrecido. Se oyen truenos a lo lejos. "Tengo que irme", dice el coronel. "En casa van a empezar a preocuparse." No tendrían por qué, le replico. Usted parece saludable. "No crea", me corrige. "Estoy perdiendo la vista. Y por las noches, a veces me despierto con la lengua dura, como piedra. Quiero hablar y no puedo." Hace el ademán de levantarse pero se detiene. Siente que en la historia hay un punto que debería dejar claro ya mismo. Alza otra vez la quijada orgullosa y dice:

"Dos o tres meses después del incidente de Arandía, el ministro de Guerra, Arturo Ossorio Arana, me citó en su despacho y me pidió que guardara silencio sobre todo lo que estaba por revelar. Me preocupé. Lo he llamado porque el presidente Aramburu quiere que usted regrese al SIE, me dijo. Esta misma tarde tiene que tomar posesión. ¿Y Moori Koenig?, atiné a preguntar. Hemos tenido que ponerlo bajo arresto. Está en la Patagonia, en Comodoro Rivadavia. Me quedé de una pieza. Y eso que aún faltaba por saber lo más importante. Al caer la tarde, Ossorio Arana reunió al personal de Inteligencia y me entregó el

mando. Después del acto nos quedamos a solas. Me hizo una señal de silencio y abrió la puerta de un cuarto que estaba junto al
despacho y que se usaba para guardar papeles. Prepárese para
una sorpresa, me dijo. Vi un ataúd abierto. Allí estaba el cadáver
embalsamado de Eva Perón. Todo lo que atiné a preguntar fue:
¿Qué hago con esto ahora? Nada, me dijo Ossorio Arana. Lo dejo bajo su custodia personal. Pronto vamos a decidir su destino.
Lo acompañé hasta la puerta y me quedé un largo rato mirando
a esa mujer por la que tantas personas habían llorado. Parecía
viva, como si en cualquier momento se fuera a despertar."

El largo viaje

A la tarde siguiente, el coronel regresa con puntualidad a
la oficina de la calle Venezuela. Se quita el impermeable, deja a
un lado las galochas con las que ha protegido sus zapatos im-
pecables, y se pasea de un lado a otro del cuarto. La lluvia le al-
tera el humor, dice. Tiene los nervios de acero pero la humedad que no cesa le quita las ganas de salir a la calle. "He salido
con un esfuerzo enorme", repite. "Pero no quiero que muera
conmigo esta historia que llevo dentro como un fuego."

"Qué sabe uno lo que nos va a pasar", dice. Es abril de
1989. El coronel vivirá casi nueve años más. Irá quedándose
ciego y sin habla hasta que, a fines de enero de 1998, la muerte
le llegará como una bendición.

Tarda un largo rato en volver al sofá. Casi todo lo que
cuenta ahora lo hace de pie, a veces frente a la ventana, sin mi-
rarme, y otras veces apoyándose en la escueta biblioteca que
cubre una de las paredes de la oficina.

Le pregunto si el ataúd donde estaba el cuerpo de Evita
era el mismo, lujoso, ante el que habían desfilado millones de
dolientes, en agosto de 1952. "No", responde. "Era un cajón común, sin chapa ni nada. Hasta poco antes de que yo llegara lo
habían tenido cerrado y de pie, con un letrero que decía: Equi-

pos de radio. Fue por eso que tenía fisuras, heridas en la carne muerta. Yo mismo lo acosté. Fue fácil. Con el tiempo, el cuerpo se había vuelto muy liviano."

Durante los primeros meses, la idea de que el cadáver estaba en el cuarto de al lado no le daba sosiego. La calma vino sólo cuando decidió quedarse a dormir allí. Los hijos lo extrañaban y él extrañaba a los hijos "Uno de ellos", cuenta, "estaba preparándose para el Colegio Militar. Venía por las tardes al SIE y se quedaba en mi despacho, estudiando. Siempre se quejaba del olor raro que había. Yo negaba lo que era evidente: Es tu imaginación, le decía. Es el spray que se usa para limpiar las armas. También a mí me faltaba el aire. También yo sentía aquel olor partiéndome la cabeza".

De vez en cuando, el coronel se lleva las manos a la espaldas, como si fuera allí donde le duele lo que recuerda. La suerte del cadáver, dice, empezó a obsesionarlo. Investigó con celo lo que habían hecho con él desde que lo sacaron del laboratorio de la CGT, donde yacía en piletas que mantenían húmedos y tensos los tejidos. Supo que, cuando lo llevaron al SIE, un oficial vertió vino sobre la mortaja. Supo que, temerosos de que lo secuestraran, lo habían mudado después de un lado a otro, deambulando —dice el coronel— para ocultarlo. "Estuvo en una casa de las barrancas de Belgrano, estuvo en un arsenal, y también en la bohardilla del mayor Arandía. Fue allí donde la esposa entró en sospecha de que se guardaba algo y violentó la entrada, como la mujer de Barba Azul. Fue allí donde Arandía la escarmentó con dos balazos."

Luego, una noche, cuando salía a despedir al hijo, el coronel distinguió, junto a la puerta contigua a su despacho, dos flores silvestres. Parecía que alguien las hubiera dejado caer al azar, pero el incidente lo intrigó: nadie llevaba flores al Servicio de Inteligencia. Estuvo a punto de pedir que se investigara el hecho. No lo hizo. Recogió las flores y decidió esperar. Al día siguiente ya no eran flores, sino una vela encendida. De inmediato salió en busca del ministro Ossorio Arana. Ambos, sin vacilar, pidieron una audiencia de prioridad con el presidente Aramburu y le confiaron su zozobra: "El cadáver de esa mujer ha sido localizado", informó el coronel. "Hay peligro de que el SIE sea infiltrado y copado por partidarios del tirano prófugo. Hay peligro de una acción de fuerza para secuestrarlo." Sentado bajo el busto de la República, el presidente se quedó en silencio, cavilando. Pasaron dos, tres minutos. Entonces dijo: "Hemos obrado mal al retener tanto tiempo a esa muerta. Le ordeno, coronel, darle cristiana sepultura en un lugar anónimo, del que nadie sepa nada. Y guarde usted el secreto hasta el momento en que debamos devolverla a sus legítimos deudos".

Sintió que la solemnidad de aquella orden comprometía su vida, que no tendría descanso hasta cumplirla por completo.

Lo más difícil de resolver era el traslado del cadáver. Tenía que ser fuera de la Argentina, donde estaba expuesto a escrutinios incesantes. Pensó en Uruguay, en México, en Alemania. Un visitante asiduo del SIE, el sacerdote Francisco Rotger, le ofreció la solución: dejar el cuerpo al cuidado de la Iglesia. Rotger pertenecía a la Orden de San Pablo y conocía en detalle todos los movimientos que Perón había hecho para sacar de Alemania a ex nazis peligrosos, como Mengele y Eichmann. "Sin los albergues secretos que ofrecía la Iglesia, esos rescates no habrían sido posibles", les dijo Rotger. "Pusimos esos recursos al servicio de Perón hace diez años. ¿Por qué habríamos de negárselos a ustedes?"

La Orden de San Pablo se encargaría de encontrar una tumba anónima, en cualquier lugar de Italia, y protegería el traslado. "Pero el responsable de la operación tiene que ser usted, Cabanillas", dijo Rotger. El coronel no era hombre de estrategias sofisticadas sino de acciones simples. Si se necesita un pasaporte italiano para la muerta, reflexionó, entonces debo conseguirlo en el consulado sea como fuere.

"¿Se acuerda de un robo que denunció el cónsul italiano en marzo de 1957?", pregunta el coronel, con los ojos brillantes de astucia. No, no lo recuerdo, digo. "Salió en los diarios. Fue un robo con fractura. Se llevaron dos cuadros, máquinas de escribir y pasaportes en blanco. Lo hicimos nosotros. Nos importaban sólo dos de los documentos. Nos apropiamos de todo lo demás para disimular."

Tardaron sólo tres días en fraguar los papeles que se necesitaban para el traslado del cadáver: el pasaporte de la muerta y de su acompañante, el certificado de defunción, el testamento. Luego, acudieron a las oficinas del cónsul para pedir la repatriación de los restos. A la muerta le habían asignado ya el nombre falso con el que afrontaría sin trastornos los catorce años siguientes: María Maggi viuda de Magistris. Los otros papeles se fraguaron para el devoto cuñado que la acompañaría en el viaje: Giovanni Magistris.

En vísperas de la travesía a Italia, y con la ayuda de un solo hombre, el mayor Alberto Hamilton Díaz, sacó el ataúd de su escondite y lo depositó en el camión de una empresa de mudanzas, estacionado a cincuenta metros de su oficina. La tarde antes había dado franco a todo el personal, retirado las guardias y asegurado, con una patrulla de suboficiales que venían de seis provincias y no se conocían entre sí, la absoluta soledad de la calle. Nadie sabía nada. Nadie lo supo nunca, dice, regresando por fin al sofá.

A veces se le escapa uno que otro tic. Guiña involuntariamente el ojo izquierdo, le tiemblan las comisuras de los labios. Pero por lo demás su expresión es impasible. Sólo la papada va y viene, como un oleaje manso. Le ofrezco té. ¿O prefiere un dedo de Jack Daniels, con hielo? El coronel aparta mi oferta con un gesto desdeñoso de las manos. Sólo agua, responde. Nunca bebo otra cosa.

Si el padre Rotger conocía el secreto, le digo, debió informar al superior de la Orden de San Pablo, con lo que ya eran dos más los que sabían. Y el superior, a su vez, debió de confiarle la historia al Papa, con lo que ya eran tres. "Por fortuna, el Santo Padre era entonces Pío XII", informa el coronel. "Estaba muy enfermo y murió al año siguiente. Había sido misericordioso con los alemanes que huían en 1947. ¿Cómo no iba a serlo con una mujer a la que había conocido en vida? Nunca tuve la menor duda de que de esos hombres jamás saldría una sola palabra. Si la Iglesia fuera incapaz de guardar secretos, habría desaparecido hace mucho."

El 23 de abril de 1957, el coronel repatrió los restos de la falsa María Maggi de Magistris en la bodega del transatlántico *Conte Biancamano*. El propio cónsul de Italia estaba en la dársena, sólo para asegurarse de que el ataúd no tuviera tropiezos. Sobre la travesía, el coronel cuenta una historia que los hechos desmienten: "El destino final del barco era Génova. El cajón que conseguimos para el traslado era enorme, y el cuerpo de la Eva demasiado chico. Para que no se bamboleara, tuvimos que rellenarlo con polvo de ladrillo, con la mala suerte de que en el puerto estaban embarcando también el cadáver de un director de orquesta famoso, Arturo Toscanini.[3] Pesaron las dos cajas: la de Toscanini marcó 120 kilos, la de Eva casi 400. Cuando los envíos llegaron a Génova, la diferencia de peso hizo entrar en sospechas a los agentes aduaneros. Pensaron que estábamos contrabandeando armas o alguna otra cosa. Por fortuna, en el puerto estaba esperándonos monseñor Giulio Maturini, superior de la Orden de San Pablo. Fue él quien intervino para que no se abriera el cajón. Les dijo a los agentes aduaneros que cometerían sacrilegio y así los disuadió".

Pocas horas después, el féretro fue trasladado al cementerio Maggiore, en Milán, donde quedó en una tumba provisio-

---

3. Cabanillas insistió en que esa historia, aunque imposible, era verdadera. Toscanini murió en Nueva York el 16 de enero de 1957 y su cuerpo fue trasladado por avión a Italia un mes más tarde. El 18 de febrero, luego de un día de homenajes en la Scala de Milán, fue enterrado en el cementerio Monumental de esa ciudad. Tal vez la confusión se deba a que el *Conte Biancamano*, en uno de sus viajes Buenos Aires-Génova, hizo escala en el puerto de Santos y allí recogió una caja con los objetos personales del director de orquesta que habían quedado en San Pablo, Brasil.

nal, al cuidado de una monja de la Orden de San Pablo llamada Giuseppina Airoldi, quien había servido como misionera en la Argentina cuando Eva era todavía una niña. Con extremo celo y diligencia, la hermana Giuseppina compró un lote en el jardín 41, sector 86 del cementerio, y ordenó abrir allí una tumba revestida de cemento. Encomendó una lápida de granito gris con una cruz de un metro de altura. Sobre la losa, hizo grabar esta inscripción: *María Maggi viuda de Magistris 23-2-51. Requiem.*

Fue una obra maestra de sigilo a la que retrospectivamente podría señalársele un solo error. El título de propiedad de la tumba, válido por treinta años, fue puesto a nombre de alguien que no tenía relación alguna con la difunta: el coronel Héctor Eduardo Cabanillas. Catorce años más tarde, en 1971, ese detalle estuvo a punto de arruinar la trama que con tanta paciencia habían tejido la Iglesia y los militares argentinos.

El coronel sintió que aún le faltaba un último paso: entrevistarse a solas con el presidente Aramburu. Le pidió una entrevista reservada. Dos días después se paseó con él en los jardines de Olivos. Le entregó un sobre lacrado en el que estaban todos los datos de la tumba y un documento notariado por el cual Cabanillas cedía al gobierno argentino la propiedad de la tumba. El presidente rechazó el sobre. "No, coronel", le dijo. "No quiero ver absolutamente nada. Cuanto menos sepa de esta historia será mejor para todos. ¿El cadáver está en un cementerio cristiano?" Sí, mi general, respondió Cabanillas. Todo se hizo como usted ordenó. "Para mí, entonces", dijo el presidente, "este asunto ha terminado".

El coronel depositó los papeles en la caja de seguridad que estaba a su nombre, en el Banco Francés, y dejó de pensar en el cadáver. Tenía ahora una misión más importante, en la que ya había fracasado dos veces: matar a Perón.

Mayo en Caracas

"Usted dirá que la tercera iba a ser la vencida", supone el coronel, sucumbiendo a otro de sus lugares comunes. "También nosotros creímos eso. Jamás planificamos un atentado con tanto esmero. Perón debía morir y nada iba a evitarlo. Olvidábamos algo elemental: el hombre propone, pero el que dispone es Dios."

Cada vez que la lluvia deja de caer, el jardín de la calle Venezuela se inunda de insectos voladores que van y vienen en bandadas compactas, ellos también como una lluvia fina. Hay mariposas blancas y hormigas aladas, de color herrumbre, que a veces se lanzan contra los vidrios de la ventana. "Habrá que ponerle más cuidado a esos rosales", dice el coronel. "Seguro que, si buscan entre las raíces, van a encontrar dos o tres hormigueros. No hay nada tan resistente como las hormigas. A veces pienso que cuando las explosiones atómicas hagan desaparecer el mundo, tres especies saldrán intactas del fondo de la tierra: las cucarachas, las ratas y las hormigas."

A medida que avanza la tarde lo va derrumbando la fatiga. Trata de mantenerse de pie, camina erguido, finge gallardía. Pero a intervalos cada vez más breves, el dolor lo acosa y cae, doblado, en el sofá. En lo que resta de la tarde, va a contar la historia del atentado en Caracas con imprecisiones y lagunas, pero más tarde podré verificar que la sustancia de los hechos es verdadera. Se interrumpe a menudo para tomar aliento. Yo nada digo. Dejo que el relato fluya, porque he leído en los diarios parte de lo que sucedió y, sin embargo, lo que el coronel cuenta ahora es asombroso y nuevo.

"En julio de 1956 supimos que Jorge Antonio, el empresario que siempre se mantuvo fiel al tirano, había conseguido que éste fuera admitido en Venezuela. Perón tuvo que salir de Panamá con extremo apuro, porque no podía estar allí durante la reunión de presidentes americanos, y pasó una temporada corta y feliz en Nicaragua, donde fue huésped privilegiado de los Somoza. Allí se compró un automóvil Opel, que su chofer Isaac Gilaberte llevó hasta el puerto de La Guaira, cerca de Caracas."

El tejido de estos hechos es tan abigarrado, dice el coronel, que conviene ser minucioso. Sobre una hoja de papel escribe a veces signos que no parecen tener significado: flechas, líneas onduladas, indicaciones de cuerpos en movimiento.

"A las nueve de la noche", continúa, "el 8 de agosto, Perón llegó a Caracas. Lo acompañaba Isabel, que se mantenía siempre en un discreto segundo plano. Recuerde que ella y Perón aún vivían amancebados, y que su figura insignificante contrastaba con la de Eva. Supimos que se habían instalado en una residencia modesta de El Bosque, y que el tirano era inagotable escribiendo cartas a sus partidarios".

"Cuando completé con éxito el envío del cadáver de la Eva a Italia, empecé a ocuparme del tirano. En esa época, marzo de 1957, trabajaba conmigo en el SIE un sargento primero de mi más absoluta confianza, un hombre abnegado y muy astuto. Se llamaba Manuel Sorolla. No pude encontrar mejor instrumento para el nuevo atentado. Aunque era más bien un hombre sin posiciones políticas definidas, aceptó hacerse pasar por peronista furioso. Hablaba en los pasillos de los cuarteles a favor del tirano y se agarraba a trompadas con cualquier suboficial que lo contrariara. Como era obvio, terminaron metiéndolo preso por subversivo. Eso era lo que esperábamos. Los únicos que conocíamos la simulación éramos Hamilton Díaz y yo. Sorolla quedó arrestado en los calabozos del SIE, donde tenían la orden de informarme sobre cualquier cambio de conducta, porque el hombre sufría —dije— de serios desarreglos nerviosos. Esa misma madrugada, tal como habíamos previsto, se tomó un frasco de somníferos que eran en verdad pastillas de azúcar y fingió entrar en coma. Me llamaron de emergencia. 'Hay que enviar a Sorolla inmediatamente al hospital', ordené. Como parecía inconsciente, le pusimos sólo una persona de custodia en la ambulancia. Apenas el vehículo arrancó, no le costó nada incorporarse y derribar a su guardián de un golpe. Escapó sin problemas. Hamilton Díaz estaba a doscientos metros, esperándolo en un automóvil, y lo llevó hasta el puerto, donde Sorolla tomó un vapor que iba a Montevideo. La farsa estuvo tan bien armada que enseguida corrió la voz entre los peronistas. Para ellos, Sorolla se convirtió en un héroe, y pronto le llegaron al tirano noticias de la fuga."

En ninguno de los infinitos documentos de la resistencia peronista he leído esa historia, y me parece extraño que nadie haya hablado de ella. Se lo digo al coronel. "Todo sucedió como se lo cuento. Pregúnteselo a Sorolla, si quiere." Se lo pregunto dos días más tarde, cuando nos encontramos en un café de San Telmo. Es un hombre alto, canoso, bien parecido, al que creo haber visto en algunas fotos. "No puede haberme visto", se incomoda él. "Nadie sabe nada de mi vida." Trabaja como asistente del coronel, en la agencia de seguridad Orpi, eso es todo lo que puede decir. Y además confirma, punto por punto, el relato de Cabanillas. Cuando nos despedimos, me exige que no vuelva a llamarlo.

Volví a llamarlo, sin embargo, casi quince años después, en mayo de 2002. Tenía el mismo teléfono y acababa de enviudar. "Estoy abatido", me dijo. "Usted sabe lo que son estas cosas." Me pareció extraña esa confesión personal en boca de un hombre para quien, según el coronel, no existían los sentimientos ni el miedo ni las debilidades que afligen a los demás seres humanos. Cabanillas lo había definido como "un cruzado de la obediencia y del deber".

En 1971 Sorolla fingió ser Carlo Maggi, hermano menor de la difunta enterrada en Milán —eso ya lo he averiguado—, pero lo que ahora me interesa es confirmar por segunda vez que también fue él quien puso una bomba en el auto de Perón en Caracas. "No le diré que sí ni que no", responde con parquedad. "A veces el coronel Cabanillas hablaba de más." Al lenguaje distante y cauteloso de los años '80 lo sustituye ahora una voz segura de sí. La muerte del coronel acaso lo ha liberado de una vida que no quería y el anonimato es ya para él una elección, no un acto de servicio.

"Sí, yo fui el de la bomba", admite Sorolla. En abril de 1957, después de su escandalosa fuga, viajó de Montevideo a La Paz y de allí a Lima y Bogotá, desde donde llegó en ómnibus a Caracas. Lo primero que hizo fue presentarse ante Perón. El general se había mudado entonces a una casa de varios cuartos en El Rosal, disponía de cocineros, mucamas y guardaespaldas. Sorolla le contó la historia que el SIE había fraguado para él y Perón le dijo que simpatizaba con su caso. "He venido hasta acá para ponerme a sus órdenes, mi general", se cuadró Sorolla. "Disponga de mí para lo que sea necesario." "¿Qué sabe hacer usted, hijo, aparte de pegar buenas trompadas?", le preguntó Perón. "Soy mecánico de coches y sé limpiar armas", respondió el fugitivo. "Entonces hable con Gilaberte", le indicó el general. "Lleva ya años sirviéndome de chofer y no tiene quien lo alivie. Quédese y trabaje con él."

Sorolla era comedido, silencioso y jamás se quejaba. En pocos días ganó la confianza de los otros domésticos y empezó a tomar notas cuidadosas de las rutinas de Perón, que rara vez variaban. Según los servicios de inteligencia de los Estados Unidos, quince custodios del ex presidente argentino vivían en un edificio situado al frente de su nueva casa. Cada vez que éste salía a dar un paseo, se apostaban a lo largo de la ruta e iban indicando si los cien o doscientos metros siguientes estaban libres de peligro. Aunque es posible que el embajador argentino en Caracas —un general llamado Carlos Severo Toranzo Montero, frenético antiperonista— haya tramado alguna conjura contra el incómodo huésped de El Rosal, la misión de Sorolla se hizo en absoluto secreto y sin el menor contacto con la embajada. Perón culpó siempre a Toranzo Montero de sus desgracias venezolanas y hasta mencionó a un mercenario yugoslavo conocido como Jack, que había roto un contrato con el diplomático para asesinarlo, seducido por la lucha de Perón en favor de los oprimidos.

La historia de Jack quizá sea otro de los actos de ilusionismo con los que el general solía enriquecer su mito, y el relato de los custodios sin duda es uno de los errores habituales de la inteligencia norteamericana. Sorolla, que era escrupuloso, no vio nada de eso en Caracas. El general se levantaba todos los días a las seis, y a las siete, luego de un desayuno frugal y de una ojeada a los titulares de los diarios, se hacía llevar por Gilaberte hasta el parque Los Caobos, para una caminata de 45 minutos. Su único guardián era entonces Sorolla, que iba armado con un revólver calibre 38. Después, Perón se daba una ducha y salía rumbo a sus oficinas de la avenida Urdaneta, en el centro de la ciudad, donde se encerraba a trabajar con el mayor Pablo Vicente, que lo asistía en aquellos meses. Los cambios de horario eran mínimos: los sábados y domingos empleaba más tiempo en leer los diarios, porque el tránsito de la ciudad era fluido y llegaba al centro en quince minutos. Sorolla tenía medido cada movimiento, calculado todo percance imprevisible, estudiada hasta la más ínfima desviación de la rutina. El 22 de mayo le llegó una bomba que estallaría al calentarse el motor del Opel junto con un mensaje de Cabanillas que decía, simplemente: "D-25". Significaba que el atentado debía perpetrarse el sábado 25, aniversario de la libertad conquistada por la Argentina en 1810.

Sorolla averiguó que el general festejaría la fecha patria con un asado en El Rosal, a la misma hora en que el embajador Toranzo Montero ofrecía una recepción. Supo también que Gilaberte había comprado ya vino, carne y chorizos para cincuenta personas. No se preveía, por lo tanto, ningún desplazamiento en la rutina. Esa tarde pidió hablar con el general. "He recibido un mensaje de Buenos Aires", le dijo. "Mi madre estaba muy enferma cuando la dejé y ahora me avisan que ha entrado en agonía. Quiero ir a verla sea como sea, y le ruego que me dé permiso para salir mañana mismo." "¿Tiene dinero para irse, hijo?", le preguntó Perón. "¿Con qué documentos piensa entrar en la Argentina?" "Tengo ahorrada la plata justa para un pasaje a Montevideo", mintió Sorolla. "De ahí voy en ómnibus a Carmelo, donde algunos compañeros peronistas van a pasarme en bote hasta la costa argentina, por la noche. Es un viaje seguro, mi general. Pienso estar de vuelta en pocas semanas. Lo que yo tarde en volver no depende de mí, sino de cuánto permitirá Dios que viva mi madre."

Esa noche, Sorolla se despidió de Gilaberte y le prometió limpiar las bujías del motor. "Mañana es 25 de mayo", le dijo. "El Opel tiene que andar como una seda."

El chofer recordaría la frase al día siguiente, cuando bajó a calentar el auto para llevar al general hasta el parque Los Caobos. Entonces sucedió algo imprevisto. Perón acababa de leer en el diario que a la recepción de la embajada argentina acudirían cien personas, y decidió él también aumentar el número de sus invitados. El día anterior, su amigo Miguel Silvio Sanz —jefe de Seguridad de la dictadura de Marcos Pérez Jiménez y uno de los hombres más perversos del régimen— le sugirió que invitara a su inmediato superior, Pedro Estrada, un funcionario de modales aristocráticos y cultura refinada, que había organizado la más temible red de espías y asesinos de la historia de Venezuela. El general se enorgullecía de esas amistades. Si Estrada acudía a El Rosal, la carne que hemos comprado va a ser insuficiente, le dijo a Gilaberte. Antes de que salgamos para Los Caobos, vaya por más asado y más chorizos.

Esa misma mañana de sábado, antes del amanecer, Sorolla había colocado una carga poderosa en el block del motor. Tres o cuatro décadas más tarde no recordará qué tipo de explosivo era. También Cabanillas lo ha olvidado. "Era suficiente para matar a Perón, eso sí tengo claro", dirá la segunda tarde, en la oficina de la calle Venezuela. "No sé por qué fallamos. La suerte estaba del lado equivocado, como siempre sucede."

Sorolla sabía muy bien qué hacer. La rutina de Gilaberte consistía en calentar el motor durante cinco a siete minutos, salir del garaje y esperar al general, que salía de la casa dos o tres minutos más tarde. El trayecto hasta el parque les tomaba trece a quince minutos. Según sus cálculos, la bomba debía estallar cuando el vehículo estuviera en la avenida Andrés Bello, a la altura de El Bosque, no lejos del primer domicilio de Perón. Pero aquella mañana, el chofer ni siquiera se inquietó por el motor. ¿Acaso el Opel no había quedado como una seda? Lo arrancó de inmediato y salió en dirección oeste. Estacionó en la esquina de Venus y Paradero, en la parroquia de La Candelaria, a diez pasos de la carnicería. Acababa de entrar en el comercio cuando la calle se sacudió y el aire se impregnó de humo y astillas de vidrio.

De todos modos, la bomba estaba mal colocada. Sorolla la había pegado al block de tal manera que el motor saltó hacia arriba y voló destrozado, pero el asiento trasero, en el que debía ir Perón, no sufrió daños. Un par de astillas de vidrio se incrustaron en las mejillas de Gilaberte. La revista *Elite* resumiría esa semana que las únicas víctimas del atentado fueron los tres edificios que daban a la esquina de Venus y Paradero, a los que se les rompieron todos los cristales. Y el Opel, por supuesto, que se inutilizó para siempre.

A Perón no lo inquietó el percance. Ese mediodía celebró la fiesta patria con un asado que compartieron sus amigos de Caracas. Miguel Silvio Sanz y Pedro Estrada estaban allí, por supuesto. Sorolla se enteró de todo cuando el avión en que había huido esa mañana llegó a Bogotá. Ni siquiera tuvo la fortuna de que Gilaberte o Perón sospecharan de él. En todas las declaraciones, el general atribuyó la conjura al embajador argentino y a su agregado militar. En 1970, cuando me contó en Madrid la historia de su vida, Perón seguía pensando que todos los atentados contra su vida habían sido tramados por Aramburu. Yo no conocía entonces el papel que habían cumplido Cabanillas y Sorolla, pero estoy seguro de que si hubiera preguntado por ellos, el general habría respondido: ¿Quiénes? El ayudante de chofer que lo sirvió en Caracas durante dos meses se esfumó rápidamente de su memoria.

"El fracaso de aquel atentado fue una de las grandes decepciones de mi vida", dice ahora el coronel, mientras deja sobre el escritorio el tercer vaso de agua que ha bebido esa tarde y se apresta a partir. "Nos llevó meses de preparación y todo se vino abajo por un ramalazo de mala suerte. La historia de la Argentina sería otra sin Perón. Era temprano todavía para que se lo viera como un mártir, y era ya tarde para que el movimiento peronista, con todos sus dirigentes presos o dispersos, pudiera unirse. He cometido pocos errores en la vida y esos pocos me duelen. Tal vez ninguno me duela tanto como no haber podido matar a Perón."

La lucha por el cadáver

La lluvia ha cesado a la tarde siguiente y un sol húmedo, de ceniza, vierte sus vapores sobre Buenos Aires. La temperatura es inferior a los 20 grados pero apenas se puede respirar. Al coronel le duelen todos los huesos cuando llega a la oficina de la calle Venezuela. Lo acompaña esa tarde un hombre vivaz, de movimientos rápidos, mirada aguda y una nuez de Adán que sube y baja por el cuello con impaciencia, como si no supiera en qué lugar ponerse. Se llama Jorge Rojas Silveyra, es brigadier, y ha sido embajador del general Lanusse en Madrid durante los cruciales años de 1971 y 1972, cuando el cadáver de Eva Perón le fue devuelto a su viudo por el gobierno argentino. Entre los dos hombres parece haber familiaridad, confianza, acaso complicidad. Cabanillas llama "Flaco" a Rojas Silveyra. El apelativo es previsible. Aunque macizo, nervioso, el brigadier conserva una delgadez juvenil. En la adolescencia debió de ser como un fósforo: largo, de cabeza pequeña. A su vez, "Flaco" se dirige al coronel llamándolo "Lalo".

Rojas Silveyra abre la tarde con oscuras referencias al teniente coronel Jorge Osinde, el siniestro oficial de Inteligencia que había sido uno de los torturadores más notorios durante el segundo gobierno de Perón, delegado militar en la última etapa del exilio del general, en Madrid, y secretario de Deportes del gobierno de Héctor Cámpora. El embajador invoca un dato que ya todos saben: Osinde fue uno de los organizadores de la matanza de Ezeiza, el 20 de junio de 1973, cuando Perón regresaba a Buenos Aires por última vez. Pero también cita un detalle que yo, al menos, desconocía: Osinde fue compañero de promoción del coronel Cabanillas en el Colegio Militar. El 20 de setiembre de 1955, en vísperas de la caída de Perón, Cabanillas lo arrestó y lo trasladó en su auto a la prisión de Campo de Mayo. Durante la travesía, Osinde se jactó de haber enviado al presidente derrocado decenas de cartas advirtiéndole sobre la conjura que se preparaba contra él, a la vez que le había entregado, sin equivocarse, los nombres de todos los insurrectos. "El general no quiso oírme, o estaba harto ya de todo y prefirió dar un portazo", le dijo el detenido. "Lo mejor que podés hacer es detenerme, Cabanillas. Soy el mejor oficial de Inteligencia de este país y si en este momento hay una persona peligrosa, ésa soy yo. Algún día voy a traer de vuelta a Perón, a Evita. La historia es un péndulo, Cabanillas, ¿sabías? El poder es un péndulo. Hoy salta hacia la izquierda, mañana estará en el lado opuesto."

¿Osinde?, pregunto. ¿Cómo podría encajar en este relato? "Ya lo verá", dice Cabanillas. "Es el comodín de la partida de naipes que el gobierno empezó a jugar con Perón en julio de 1971."

De pronto, algunas piezas del rompecabezas encajan. Recuerdo fragmentos de la historia de aquellos meses. El 5 de julio de 1971, el presidente de facto Alejandro Lanusse decidió establecer un canal directo de comunicación con Perón. Nombró embajador en Madrid a Jorge Rojas Silveyra pensando que su estilo informal y campechano le facilitaría las relaciones con el exiliado. Los objetivos del brigadier eran simples y difíciles: debía lograr que el general autorizara a sus adictos a aceptar cargos en el gobierno, que no se opusiera a los proyectos políticos de la Junta Militar y que se pronunciara de mane-

161

ra pública e inequívoca contra los guerrilleros que actuaban en su nombre y a los que Lanusse no podía controlar. Lo que ofrecía a cambio era poco a los ojos de Perón: la devolución de su pasaporte argentino, el reconocimiento de las pensiones que se le debían como ex presidente —y que sumaban unos 50 mil dólares— y la anulación de las acusaciones criminales que pesaban contra él. La promesa final era devolverle el cadáver de Eva Perón.

"Lanusse sabía que yo tenía el cadáver, pero ni él ni yo podíamos imaginar en qué estado estaba, después de tantos años", apunta Cabanillas.

He oído versiones de que el gobierno de Aramburu ordenó hacer tres o cuatro copias perfectas de la momia de Eva con resinas de poliéster y fibra de vidrio, y que una de esas copias fue a dar al puerto de Hamburgo, donde el coronel Moori Koenig la confundió, en 1961, con el cadáver verdadero. La viuda de Moori Koenig ha confirmado ese dato. Cabanillas lo niega, con énfasis.

"No hubo copias", dice. "Nunca se nos ocurrió que podía haberlas. En los asuntos de inteligencia, como usted sabe, echar a correr un rumor suele tener más peso que imitar la realidad."

¿También lo de las flores y las velas es falso?, pregunto. Aludo a la versión de que, dondequiera que estaba el cadáver, aparecían flores y velas.

"Eso es verdad", dice Cabanillas. "Sucedió cuando la teníamos deambulando por Buenos Aires. Las flores y las velas nos volvían locos. Pero en Italia ya nadie supo dónde estaba ella y nos dejaron tranquilos."

"Hasta que apareció Osinde", señala Rojas Silveyra.

"Sí. Osinde casi nos echa a perder el trabajo de muchos años", admite el coronel.

El brigadier está ansioso por hablar. Recuerda que el 16 de agosto de 1971, a eso de las diez de la noche, recibió en la residencia del embajador, en Madrid, la visita de Cabanillas. El emisario le entregó en silencio una carta de Lanusse. Rojas Silveyra ha retenido cada línea en la memoria: "Querido Flaco. Ahí te lo mando a Lalo para que entre los dos resuelvan una operación de extrema importancia. Él te explicará de qué se trata".

Hacía calor, recuerda el brigadier. "Salimos al jardín para evitar posibles grabaciones y allí nos quedamos hablando hasta las tres de la mañana. Convinimos en que al cadáver lo llamaríamos Valija..."

"Paquete", interrumpe Cabanillas. "La palabra clave era Paquete."

"Valija", porfía Rojas Silveyra.

De todos modos, ya qué importa, digo. Y en el acto me doy cuenta de que todo importa.

Acordaron que, cuando Cabanillas recuperara el cadáver, enviaría un aviso para que el embajador lo esperara en la frontera con Francia y lo hiciera escoltar desde allí por la policía española. A la embajada llegaría un mensaje simple de advertencia: "Valija localizada. Estimo que llegará al puesto fronterizo de La Junquera tal día a tal hora. Parada anterior: Perpignan".

Recuperar el cadáver no fue tan fácil como se contó cuando las cosas sucedieron, apunta ahora el coronel. No sé qué quiere subrayar: si su capacidad para vencer una dificultad tras otra o la importancia de su hazaña. O ambas cosas, que para él son una. Repite otra vez lo que ya ha dicho con frecuencia a lo largo de su relato: "Si no fuera por mí, quién sabe dónde estaría la Eva ahora".

Cabanillas llegó a Milán el 3 de agosto y allí esperó a su infalible escudero, el suboficial mayor Manuel Sorolla. Éste era la pieza central para la recuperación del cadáver, porque llevaba la autorización consular para exhumar el cuerpo —conseguida una vez más por la Orden de San Pablo— y una identidad falsa: Carlo Maggi, hermano menor de la difunta. La noche antes de la llegada de Sorolla, el superior de la Orden, monseñor Giulio Maturini, transmitió al coronel una noticia inquietante: decenas de las losas del cementerio Maggiore habían sido removidas y, en algunos sitios, los ataúdes habían sido abiertos, profanados. Cabanillas sintió que alguien estaba siguiéndole los pasos, pero no imaginaba quién ni por qué. Monseñor Maturini le sugirió una respuesta. Alguien había pedido a los dos grandes cementerios de la ciudad el registro de los propietarios de las tumbas. La información era pública y no se podía negar. Así encontraron, en el cementerio Maggiore, el nombre de Cabanillas. Por fortuna, en el registro no constaba cuál era el predio de cada quien, pero obtener esa información era cuestión de días. ¿Pudo averiguar quién está detrás de todo esto?, preguntó el coronel. Un teniente coronel argentino, respondió Maturini. Alguien a quien tal vez usted conozca. Tengo aquí apuntado su nombre: Jorge Manuel Osinde.

Último acto

"Imagine usted mi angustia", dice Cabanillas. "Sabía que no era posible perder un solo minuto."

La humedad es ya tan densa que en cualquier momento podría llover dentro del cuarto. El brigadier se quita el saco y se afloja el nudo de la corbata. Yo también, aunque no llevo corbata, aflojo los hilos invisibles de la historia, que me están sofocando.

"Por suerte, estaba allí monseñor Maturini para aliviar las tensiones", sigue el coronel. "Consiguió que la alcaldía de Milán pusiera una vigilancia de veinticuatro horas en el cementerio. Las excavaciones cesaron. Faltaba aún elaborar una estrategia para trasladar sin peligro el cadáver desde Milán hasta Madrid. Primero, sin embargo, debíamos identificarlo. Ese tema me dejó noches y noches sin dormir: ¿Y si el cadáver no estaba ya donde lo habíamos dejado? ¿Si Osinde se lo había llevado ya, devolviendo a su lugar la losa de granito? ¿Y si el polvo de ladrillo lo hubiera corroído? Esa mujer, la Eva, se había convertido ahora en una cuestión de Estado. Compréndame. Yo me estaba jugando el honor, y tal vez el pellejo."

A mediados de agosto, casi todas las oficinas del municipio milanés entraron en un receso de verano y la autorización para exhumar el cuerpo se retrasó. El martes 31, por fin, les permitieron abrir la tumba. Aunque Maturini había logrado que el cementerio se cerrara al público durante los trabajos, los guardianes que trabajaban allí no podían ser enviados a sus casas. Monseñor sugirió que se los empleara como ayudantes y se les entregara algunos millares de liras con una recomendación de extremo silencio.

¿No podía ser alguno de ellos un hombre infiltrado por Osinde?, pregunto.

"No", responde el coronel. "Los habíamos investigado a todos. El que menos antigüedad tenía en el cementerio llevaba quince años."

Sin embargo, podían reconocer a Evita. Su foto seguía apareciendo en las revistas.

"Ése no era el peligro", explica el coronel. "Se trataba de gente muy ignorante. El peligro fue otro, inesperado."

Cabanillas había comprado, por precaución, un ataúd y una mortaja nuevos. También le pidió a monseñor Maturini que la misma hermana Giuseppina, encargada de limpiar y cuidar la tumba durante catorce años, estuviera la mañana de la exhumación, por si era necesario lavar el cuerpo.

Abrieron la losa bajo el sol candente del mediodía. A primera vista, el ataúd parecía el mismo que Alberto Hamilton Díaz había depositado allí en 1957. El enorme peso acentuó la evidencia. "Fue necesario recurrir a un artificio de poleas y ganchos de acero para mover aquellos cuatrocientos kilos. No sin dificultad, llevamos la caja al depósito del cementerio, donde había guardias y cerrojos de seguridad. Abrir el ataúd no era problema. Lo complicado era romper con extremo cuidado la vieja soldadura de la tapa, evitando daños al cuerpo que estaba dentro. Del conjunto de guardianes, elegimos a seis o siete operarios expertos. Ya estábamos a punto de empezar el trabajo cuando se presentaron tres inspectores a verificar lo que hacíamos. Sospeché que podían ser enviados de Osinde. De ningún modo podía permitir que estuvieran presentes cuando sacáramos el cadáver."

"Era gente de Osinde", interrumpe el brigadier. "Después los hicimos verificar por nuestro consulado en Milán y nadie los conocía."

"Maturini intervino una vez más", continúa Cabanillas. "Con el pretexto de que se trataba de una ceremonia religiosa, no les permitió entrar. Por fin, abrimos la tapa del ataúd. Me paralizó la sorpresa. Estaba todo lleno de polvo de ladrillo, de cascotes. El aire se llenó de una bruma bermeja, y hasta que no se despejó no pudimos ver el cadáver que seguía allí, intacto. Uno de los operarios se inquietó al verlo. ¿Acaso esta mujer no murió en febrero de 1951?, dijo en alta voz. Todos asentimos. ¿Se dan cuenta? Lleva en la tumba más de veinte años y parece que siguiera viva. ¡Es una santa!, gritó otro de los operarios. Entonces cayeron todos de rodillas rezando el Ave María y repitiendo *Miracolo! Miracolo!* Una vez más, la sabiduría de la Iglesia acudió a salvarnos. Dos de los hombres estaban despavoridos y querían salir. La hermana Giuseppina los detuvo y les dijo: ¿No ven que ha sido embalsamada? Esa simple verdad los tranquilizó. De todos modos, tuve que repartir otra vez miles de liras para que se calmaran y juraran secreto."

"Esa tarde me llamaste por teléfono para decirme que todo había salido bien", dice el brigadier, impaciente.

"Sí, pero antes pasaron otras cosas", sigue Cabanillas. El coronel está sudando. Le corren hilos de agua desde las patillas hasta la papada inmensa. Toma de su bolsillo un pañuelo perfumado y se enjuga el sudor con delicadeza. "La hermana Giuseppina desnudó el cadáver y lo limpió con mucha destreza. Nos sorprendimos de que fuera tan chico, casi como el de una muñeca, y de que diera tanta impresión de vida. Volvimos la espalda cuando quedó al descubierto el monte de Venus, con su pelusa fina, y ayudamos a la monja a que le pusiera una mortaja y le cubriera la cabeza con una mantilla. Hizo falta desenredarle el pelo, quitarle algunos broches oxidados y volver a peinarla. Sólo entonces la pusimos en el ataúd nuevo. Imagínese si Perón la hubiera visto en el estado en que la encontramos. Qué papelón habría sido, ¿no?"

Durante dos días quedó el cadáver a solas en el depósito del cementerio Maggiore, sólo con guardias en la puerta y monjas que iban, de tanto en tanto, a rezar oraciones. El 1º de setiembre, Cabanillas contrató los servicios de la empresa Irof para que transportara el cadáver de María Maggi viuda de Magistris por la ruta que iba de Milán a Génova y de allí a Savona, Toulon, Montpellier, Perpignan.

"Fue entonces cuando me llamaste por teléfono", insiste el brigadier.

"No usé el teléfono", lo corrige Cabanillas. "Tenía miedo de que lo hubieran intervenido. Te despaché un mensaje en clave, tal como habíamos acordado. Te dije: Valija llega La Junquera el viernes 3, aproximadamente a las 8 a. m. Con Sorolla habíamos calculado el itinerario en un mapa, la velocidad del vehículo —que fue un furgón Citroën-Transit—, la duración de las paradas. El horario se cumplió rigurosamente."

"Yo había arreglado ya con el gobierno español el relevo en la frontera", se ufana el brigadier. "En la noche del jueves 2, tanto Perón como Franco sabían que Eva estaba en viaje. Desde La Junquera, trasladamos el cuerpo hasta Madrid en una camioneta que tenía inscripta la palabra *Chocolates*. Yo estaba en la residencia del embajador, comunicándome todo el tiempo por radio. Lalo y monseñor Maturini habían llegado esa mañana y estaban conmigo."

"Viajamos por avión", acota el coronel secamente. "Y en Madrid nos separamos, después de entregar el cuerpo. Nunca volví a ver a Maturini. Lo lamento. Era un santo."

El brigadier está exultante. Es ahora cuando siente que tiene los hilos de la historia entre las manos y que puede tejerla como quiere.

"Estuvimos a punto de cometer un error", dice. "Cuando el chofer me llamó por última vez, advertí que la camioneta con el cuerpo llegaría a Puerta de Hierro justo a las 20:25, la hora en que se inmovilizaron los relojes cuando murió Eva. Le ordené que se detuviera veinte minutos en la Glorieta de los Embajadores. De modo que el cadáver entró en la quinta de Perón a las nueve menos cuarto."

"Creo que el tirano me reconoció al verme en la casa", dice el coronel.

"No, Lalo, ¿cómo iba a reconocerte? Me había preguntado quién estaba a cargo del traslado del cuerpo y yo le di tu nombre. Sabía quién eras. Sabía que habías tratado de matarlo."

"Será por eso que me dio la espalda y ni siquiera me miró cuando firmé el acta en la que constaba la entrega del cadáver."

"A mí, en cambio", dice el brigadier, "me tomó del brazo y me sacó el jardín. Lo vi lagrimear. Ah, Rojitas, me dijo. ¡Si usted supiera cuánto quise a esta mujer! Yo me quedé en silencio, y al cabo de un minuto me despedí".

"La dejaron sobre la mesa del comedor", cuenta el coronel, "y, por lo que sé, quedó allí dos o tres meses. Al volver a Buenos Aires, tuve la secreta esperanza de que me reincorporaran al servicio activo y me ascendieran a general. Ésa fue mi mayor ambición en la vida y nunca pude alcanzarla. Ahora nadie se acuerda de mí, nadie me conoce. Tal vez sea mejor así".

De pronto el sol se abre paso entre las nubes y descarga su peso sobre Buenos Aires. De todos lados parecen brotar hormigas aladas que suben hacia ninguna parte. Es abril de 1989 y aún tendré que vivir, pocas semanas más tarde, el último acto de esta historia.

Epílogo breve

El 26 de julio de aquel 1989 se cumplieron treinta y siete años de la muerte de Evita. La peregrinación del cadáver no había terminado en Madrid. En noviembre de 1974, cuando la viuda de Perón era la presidenta de la Argentina y su astrólogo José López Rega se había convertido en el hombre fuerte del gobierno, éste viajó en un avión especial para rescatar el cuerpo de la quinta de Puerta de Hierro y trasladarlo a Buenos Aires. Una vez allí, la depositó junto al ataúd de Juan Perón en la capilla de la residencia presidencial de Olivos.

En 1976, poco después de que la viuda fue derrocada por una junta de militares depredadores, ambos cadáveres fueron retirados una mañana de lluvia y enterrados en lugares distintos: a Perón se le asignó un mausoleo en el cementerio de la Chacarita, donde una década más tarde lo profanarían, cortándole las manos. A Eva la llevaron al de la Recoleta, en una zona oligárquica de Buenos Aires que ella odiaba. Con Perón no se tomaron precauciones de vigilancia. Eva, en cambio, yace en el fondo de una cripta, cubierta por tres planchas de acero, cada una de las cuales tiene una cerradura con claves de combinación.

Hacia el mediodía de aquel 26 de julio decidí visitar la tumba de Evita. El lugar estaba desierto, y en la entrada de su mausoleo había unas pocas alverjillas blancas y un par de velas encendidas. De pronto, vi que se aproximaban al lugar cinco o seis viejos. Arrastraban los pies, caminaban con un curioso bamboleo. A la cabeza marchaba un personaje macizo, marcial, al que no hacían mella los años. Levantaba un bastón y trataba de llamar la atención de los escasos paseantes: "Vamos a rezarle a nuestra santa", decía. "¡Vamos a despertar a Evita!"

El grupo se acercó adonde yo estaba. Todos inclinaron la cabeza, al unísono. Una de las ancianas dejó otro ramo de alverjillas junto a la puerta del mausoleo, al pie de una placa de bronce: "Eva Perón. Eterna en el alma de su pueblo". Luego, rezaron un Ave María. Yo habría querido retirarme pero me pareció inoportuno. Al final de la plegaria, el anciano del bastón se dirigió con soltura hacia mí, que era un extraño, y me dijo, como si yo supiera de qué hablaba: "¿Sabe, hijo? Yo estuve a punto de rescatar a nuestra santa cuando la tenían secuestrada en Milán. No pude. Quería entregársela al general, que era su legítimo dueño. Pero he jurado que voy a sacarla de aquí. La han escondido bajo tres planchas de acero pero igual voy a liberarla. Ahora que el general no está, yo soy el único que tiene derecho a cuidarla". Me preguntó mi nombre. Se lo dije. Le pregunté por el suyo. "Soy el teniente coronel Jorge Osinde", contestó. "Ha oído hablar de mí, sin duda".

DÍAS DE EXILIO
EN MADRID

Este relato sobre la vida cotidiana de Perón en España na-
ció como fragmento de la biografía que comencé a escribir en
1974, con la sospecha de que, si persistía en ese género, termina-
ría por componer un libro inverosímil. La ilusión de la biografía
duró pocos meses. A mediados de aquel año, decidí publicar al-
gunos fragmentos como ensayos periodísticos y transfigurar los
otros datos en una novela. Mis apuntes aparecieron en el diario
La Opinión *el 2 de julio de 1974, al día siguiente de la muerte*
de Perón.

Cuando llegó a Madrid debió ocupar un departamento
caro, cerca del centro, en la avenida del doctor Arce, hasta que
la opresora ausencia de paisaje acabó por ahuyentarlo. Por la
mañana iba hacia la vecina calle de Serrano y la recorría de
una punta a la otra. Luego, cuando los urbanizadores la trans-
formaron en una boca de desahogo para el tránsito, buscó a
Buenos Aires en las veredas anchas de la calle Velázquez, hasta
que allí también demolieron los canteros del centro y los vahos
de gasoil arruinaron los árboles. "Fue entonces cuando aparecieron unos amigos españoles, los dueños de la inmobiliaria
Alcázar, y me tentaron a invertir el millón de pesetas que había
ahorrado."

Quiso comprar una tierra que era puro campo, nueve kilómetros al noroeste de la avenida Arce: no tenía el salvajismo

de la pampa donde había crecido, pero al menos era una tierra brava, ganada por los yuyos y con el paisaje a medio hacer. Al verla, pensó que era "demasiado seca y poco favorable para las plantas", y le gustó que la humedad de la que él provenía lo ayudase a domesticar este cobijo extranjero y a imponerle sus mañas.

La tierra estaba en un confín del bosque de El Pardo, donde hasta medio siglo atrás habían cazado los reyes españoles. Todavía quedaba un suelto olor a ciervo muerto entre las encinas, y las cercanas aguas del Manzanares solían repetir, sobre todo por la noche, el bufido de los perros de presa. En los pergaminos de la Villa y Corte de Madrid, el paraje se llamaba Fuente de la Reyna, pero la guerra civil había transformado ya el sentido de aquel nombre. El 5 de enero de 1937, el ejército nacionalista de Luis Orgaz y Yoldi había talado el bosque con oleadas de tanques y artillería ligera, forzando el retroceso de las brigadas de Líster. La hierba tardó en crecer. Luego, en medio del páramo, se construyeron las piletas populares y el hipódromo de la Zarzuela desde donde llegaban, en las tardes del domingo, las ovaciones de los señoritos.

Lo primero que Perón había descubierto entre los matorrales de la quinta era un fresno centenario que procuraba conservar la dignidad bajo un estorbo de enredaderas y de nidos. No quiso tumbarlo. El arroyo que corría por el vecindario se llamaba Del Fresno, y él se complacía en imaginar que el árbol era anterior a todas las señas particulares del lugar, a los moradores presentes y pasados de El Pardo y aun a las colinas bajas que desordenaban el horizonte. El 14 de abril de 1964 compró la tierra, pero eso fue después de imaginar una casa dentro de ella.

"Le hablaré de mi casa, cómo no. Yo había construido tantas para otros que decidí estar cerca cuando hiciera ésta para mí. Me senté a dibujar los planos y a calcular los materiales. Tardamos seis meses en terminarla. Venía por la mañana temprano con café y cognac para los albañiles. Era invierno, y el aire frío nos quemaba los pulmones." Imaginó una casa con tres plantas, con el frente hacia la calle Navalmanzano. A la primera planta, de trescientos sesenta metros cuadrados, llegaría luego de subir los cinco escalones del porche: allí, debajo del alero, adosaría a la piedra un escudo justicialista y una imagen de la Virgen de Luján. La entrada saldría a un vestíbulo amplio, con la escalera principal a la izquierda y el escritorio a la derecha: la mesa sería de estilo Imperio y estaría sobre una de esas alfombras que los artesanos de Segovia copiaban del rococó francés. A sus espaldas, en los anaqueles, habría mates de plata, banderines, un granadero ecuestre de cerámica y las fotos de los desfiles en que aparecía montado sobre el caballo Mancha. Bajo el vidrio de la mesa aprisionaría otra foto del caballo, ahora sin montura y con el pelaje blanco, y una decena de instantáneas que lo mostraban con Isabel, su mujer.

Ante la puerta, diez pasos hacia el fondo, abriría un salón que iba a servir primero para los ejercicios matinales de florete y después para las audiencias colectivas, cuando los visitantes arreciaran. Pensaba colgar allí el retrato de Isabel, en tamaño natural, pintado por el español Agustín Segura: lo instalaría frente a la chimenea, y sobre ella un espejo en el que el retrato podría duplicarse. Al lado, en la repisa de la chimenea, haría sitio a una postal coloreada de Evita que la revelaba triste y bella a la vez, como en la tarde del renunciamiento. A la derecha del salón dispondría el comedor, junto a la oficina y al office. Hacia atrás construiría una terraza que iba a cercar más tarde con mamparas, transformándola en un jardín de invierno.

Aprovechó el desnivel del terreno para proyectar el piso inferior, apenas más grande que la primera planta: de un lado situó el garaje, la carbonera y la despensa; del otro, la habitación de las mucamas y la del policía español que debía custodiarlo durante las veinticuatro horas.

El piso alto iba a ser más pequeño, de unos doscientos metros cuadrados a lo sumo. Su dormitorio estaría entre el de Isabel y la biblioteca, donde pensaba pasar la mayor parte de sus horas. "Llevo la vida más retenida que puedo. Trabajo y escribo mucho en este cuarto hospitalario, que he aislado de los ruidos con un revestimiento de madera oscura. Y camino: camino por lo menos cuatro kilómetros al día. Todo viejo se pudre como los postes del alambrado. La parte enterrada es la que se echa antes a perder. Pero también se descompone ligero la parte de arriba, donde el agua cae más fuerte y se amontona la intemperie. Así que la cabeza y las piernas son lo que más uno debe cuidar."

Ningún lugar de la casa, sin embargo, le pertenecía tanto como el parque. Fumigó las hormigas, concertó en un sistema de riego todas las ondulaciones del terreno, y plantó álamos, nogales y pinos alrededor del fresno sobreviviente. Envolvió las rejas con una línea de ligustros y detrás de ella acomodó rosales que no omitían ni una sola variedad de la imaginación botánica. Luego hizo fabricar nidos de artificio para que el acicalamiento de las plantas no diera celos a los pájaros; y cuando el parque llegó a su entero esplendor pidió la ayuda de Lucas, un andaluz que había inventado jardines imposibles en los arenales de la Costa de Oro.

Meses después, cuando ya el parque era bello por rutina, murió Canela, la perra caniche a la que había querido "como a un ser humano". Perón tardó varios días en rendirse a la evidencia, y al fin la enterró bajo un algarrobo cubierto de hiedra. "Como si la estuviera viendo, como si todavía le oyera los ladridos. Era una caniche nieta de campeones que me acompañó en todos los caminos del destierro. Tenía el mejor pedigree de la raza. El padre, que fue un regalo de don Alberto Dodero, se llamaba Poor Chap, es decir, Pobre Diablo o Pobre Tipo. La madre era una hija del campeón americano: me la mandó Jerónimo Remorino desde los Estados Unidos y, cuando llegó a Buenos Aires, estaba con una pulmonía terrible. Los médicos la trataron con sulfamidas y penicilinas, y me la curaron. Canela fue la hija de esos dos perros. La pobrecita llevó tan lejos su fidelidad que dejó a la hija y a la nieta para que me cuidaran. Tinola y Puchi han heredado de ella el color canela de los vellones y el penacho movedizo. Aunque no son los ovejeros de mi infancia, igual me parecen maravillosos. Los perros caniches suelen emplearse para la caza de agua. Son nadadores habilísimos. Pero jamás los he trastornado con esos menesteres. No me gusta matar animales."

Fue a las once de la mañana, el 14 de abril de 1964, cuando firmó las escrituras de la tierra y de la casa en la notaría de Luis Sierra Bermejo, cerca de la Plaza de Cibeles. El documento asignaba la propiedad de diez mil metros cuadrados, con un frente de ciento diez metros sobre la calle Navalmanzano y un fondo de ciento seis sobre la del Arroyo Fresno, "a doña María Estela Martínez Cartas, sin profesión conocida", que contaba para la operación "con el consentimiento expreso de su esposo, don Juan Domingo Perón, de profesión militar". El precio de la tierra fue estimado en 750 mil pesetas y el de la casa en 2.155.000. "Ahora", dice Perón mucho tiempo después, en 1970, "quieren pagarme diez veces más".

Es que el paraje se fue volviendo un cobijo de aristócratas, atraídos por la soledad de la meseta y por la cercanía del Palacio de la Zarzuela, donde se instaló el príncipe Juan Carlos. A la izquierda, frente a la avenida Fuentelarreina, acabaría por mudarse el embajador del Japón, y a la derecha un empresario metalúrgico.

Perón acostumbraba levantarse a las siete de la mañana. Le gustaba que el sol entrara sin remilgos en el dormitorio mientras él sintonizaba Radio Nacional de España y escuchaba el noticiero del amanecer, "bastante bien hecho aunque se hable poco de nuestro país, por desgracia". Se acercaba luego a la mesa del desayuno y se servía una taza de té con leche, en la que mojaba un par de tostadas. Isabel le entregaba entonces los diarios que él recorría atentamente, con los anteojos calados. En las épocas tranquilas examinaban los programas de cine en busca de algún film de acción. Le apasionaban sobre todo los westerns, pero jamás se fijó en quién era el director o qué actores figuraban en el reparto. "Lo que busco es distraerme y descansar", decía.

Más tarde aprobaba o rectificaba la agenda de trabajo que le proponía su secretario y mayordomo, José López Rega. Luego, Perón inauguraba la mañana caminando. En los primeros tiempos recorría los alrededores de la quinta y hasta daba vueltas por las avenidas de Madrid; después no se apartó casi nunca del parque. Almorzaba frugalmente: una sopa, algún churrasco con ensalada, nada de vino. "Eso ocurre entre la una y media y las dos, luego de haber atendido a los visitantes y de revisar la correspondencia. Enseguida, me tiro un rato en la cama, pero no para dormir. Allí sigo revisando las cartas y los periódicos. Al levantarme tomo una taza de café o mate cocido. Nunca falta quien venga a verme por la tarde. Pero aprovecho los ratos libres para leer o escribir incansablemente. Al anochecer, después de la comida, escribo o veo televisión. Me interesan, sobre todo, los programas de noticias. Rara vez me acuesto antes de la medianoche. Con frecuencia recurro al yoga: eso me permite conciliar el sueño en el acto."

No sólo los políticos, los jefes sindicales y los periodistas visitaron la quinta, vigilada día y noche por un jeep con tres guardias civiles en la calle Navalmanzano, y por un centinela en la garita de Arroyo Fresno. También acudían —sobre todo los domingos— los estudiantes argentinos de la Ciudad Universitaria, el cantor de tangos Carlos Acuña, el boxeador Gregorio Peralta y la dicharachera Pilar Franco, hermana menor del Caudillo de España. Cuando hizo forjar en hierro el nombre de la quinta, 17 de Octubre, Perón insistió en que la caligrafía fuera redonda y pesada, y que sobresaliera de la piedra sin disimulo. Hacia 1972, en San Sebastián, dijo en una conferencia de prensa que estaba dispuesto a abandonar "en cualquier momento" la casa y el parque en los que "puse mis mejores cuidados de viejo". Lo dijo, pero quizá ni él mismo lo creía.

ASCENSO, TRIUNFO, DECADENCIA Y DERROTA DE JOSÉ LÓPEZ REGA

A fines de abril de 1975, la Triple A, una organización para-policial que se financiaba con fondos del Ministerio de Bienestar Social y que, al parecer, respondía a las órdenes de José López Rega, hizo estallar una bomba lanzapanfletos frente al edificio de la editorial Abril, en la esquina de Paraguay y Leandro N. Alem, Buenos Aires. Los libelos me declaraban enemigo de la Argentina y me concedían cuarenta y ocho horas para marcharme al extranjero. Desobedecí la advertencia y sólo tomé algunas precauciones. Diez días más tarde, estalló una segunda bomba y recibí amenazas más rotundas en el departamento donde vivía y en un restaurante donde estaba almorzando. Viajé a Francia, con la esperanza de regresar a las pocas semanas. Tardé nueve años en volver, sin embargo, con la salvedad de una fugaz semana en agosto de 1975. Este retrato fue escrito en Caracas y publicado en la primera y la última página del diario La Opinión *el 22 de julio de aquel año, dos días después de que López Rega fue obligado a renunciar y salió hacia Río de Janeiro como embajador extraordinario de la presidenta Isabel Perón.*

En el verano madrileño de 1966, José López Rega era apenas una cara anónima en el despoblado jardín que rodeaba a Juan Perón. Los corresponsales de la prensa extranjera, para quienes los movimientos del líder argentino seguían siendo una consigna cotidiana de trabajo, no asociaban todavía su nombre al feligrés de las ciencias ocultas que vivía en Madrid desde hacía un año buscando la aprobación del General para su difusa doctrina espiritualista, que entretejía el iluminismo Rosacruz y la alquimia de Paracelso con los rituales brasileños de Umbanda.

Sólo Tony Navarro, de la Associated Press, disponía de algunas informaciones precisas: sabía que Perón empleaba a un tal don José para ciertas diligencias domésticas, y que éste sobrevivía editando una revista de tiraje limitado, sostenida por los avisos de compasivos militantes peronistas. Navarro creía recordar que los escritos de don José interpretaban el destino del hombre como un diálogo entre el poder de los perfumes y el poder de los colores, y que proponían, a quienes quisieran alcanzar una comprensión global del universo, someterse al magisterio simultáneo de Antulio, Abel, Elías, Moisés y Mahoma.

En el Club de Corresponsales de Madrid nadie tomaba en serio los relatos de Tony Navarro, creyendo que eran desplantes de su imaginación fogosa. Un mediodía a fines de junio, Tony llegó al Club con un informe de ochocientas páginas y leyó en voz alta algunos fragmentos al azar. Los delirios de aquel libro, cuyo título era *Astrología esotérica*, superaban con creces las versiones de Tony. Ésa fue la primera vez que oí el nombre de José López Rega.

Dos años más tarde, los corresponsales de Madrid habían reconstruido su biografía completa, con tanta precisión en los detalles que todavía es para mí un misterio la forma como esos datos fueron alterados y traicionados por cierta prensa habitualmente certera de Francia y Estados Unidos. De acuerdo con aquella versión de 1968, es falso que López Rega haya frecuentado a Perón o a Isabel Perón en el exilio de Caracas y de Panamá; es falso también que haya sido el primer agente de custodia de Perón o de Evita, como se deduce de su condición de simple soldado raso en la Policía Federal. En la biografía de los corresponsales madrileños, López Rega aparecía en cambio como circunstancial integrante del equipo de vigilancia presidencial, hacia 1950, y luego como un cabo disciplinado y ambicioso, a quien la lentitud de sus ascensos en el escalafón policial indujo a pedir el retiro en 1962. Su militancia peronista parece arrancar aquel año, cuando se vinculó con algunos miembros de la logia Anael e instaló una pequeña imprenta cerca del puente ferroviario de la calle Salguero, en una de las vías de acceso a la Costanera Norte de Buenos Aires.

López Rega solía acudir en calidad de oyente devoto a las reuniones de la logia, dirigidas por el juez César Urien. Uno de los contertulios, Rubén Sosa, refirió en el diario *Excelsior* de México que López Rega fue el primer impresor de los dos primeros folletos de Anael, *La razón del Tercer Mundo* y *El Tercer Mundo en acción*. Según parece, es de su cosecha personal el capítulo que describe la humanidad del futuro como un triángulo dominado por tres continentes: Asia, África y América, a la vez que defiende el valor cabalístico de las tres iniciales (AAA) en toda estructura de poder.

En 1963, López Rega afrontó el riesgo de editar en su imprenta algunos panfletos del peronismo clandestino, ganándose así la confianza del mayor Bernardo Alberte, uno de los delegados de Perón. En 1965, cuando el General envió a su esposa para apoyar la candidatura de Ernesto Corvalán Nanclares como gobernador de Mendoza, el cabo primero retirado pidió a Alberte que le permitiera servir como custodia de Isabel. Se conjetura que fue entonces cuando la convenció de su desinterés patriótico y obtuvo consentimiento para colaborar con ella, como secretario o asistente, en el exilio de Madrid.

Los métodos de que se valió para que su influencia creciera no figuran en aquella biografía de los corresponsales. Años más tarde, se deslizarían decenas de hipótesis, entre las que hay algunas verosímiles: *a)* Perón carecía de amanuenses de confianza y tuvo que ir delegando en el laborioso López Rega la clasificación, el archivo y el cuidado de los cada vez más numerosos documentos que debía manejar; fue así como el secretario, que al principio se ocupaba sólo de vigilar las compras domésticas en el supermercado, acabó por convertirse en un auxiliar imprescindible, un especie de memoria portátil para el líder abrumado de trabajos y fatigas; *b)* Perón necesitaba de un filtro que contuviese a las visitas y mantuviera alejados a los aliados indeseables. Como todo jefe político, no podía exponerse al desgaste de un altercado con alguien que podía resultarle útil al día siguiente.

Al actuar como compuerta, López Rega descubrió que podía usar esas funciones en su propio beneficio. En julio de 1971, sus atribuciones se habían extendido tanto que prácticamente todos los mensajes, llamadas telefónicas y pedidos de audiencia destinados a Juan Perón eran pasados por su tamiz personal. Para sustraer de su voraz curiosidad las cartas reservadas, algunos peronistas recurrían al ardid de confiarlas a visitantes que las entregaban al General en el momento en que se despedían de él, pero aun entonces era rara la ocasión en que López Rega no se apoderaba del sobre, con el pretexto de que "el General tiene demasiadas cosas que atender y no conviene abusar de su salud".

La tercera de las hipótesis sobre la influencia de López Rega se la oí a él mismo, en junio de 1972, cuando mantuvimos un diálogo fugaz junto a la entrada de la quinta 17 de Octubre. Por entonces, el cabo primero retirado había adoptado la costumbre de tutear a todos los visitantes, aun a los más encumbrados, y de inmiscuirse hasta en las conversaciones reservadas de Perón con los jefes políticos o sindicales. Más de una vez oí preguntar en voz baja por qué el General mostraba tanta tolerancia con su audaz doméstico, que ni siquiera disfrutaba de los beneficios de la inteligencia. Una de las respuestas posibles puede obtenerse, acaso, de las frases que López Rega me dijo aquel día de junio: "Yo soy el pararrayos que detiene todos los males enviados contra esta casa. Cada vez soy menos López Rega y cada vez soy más la salud del General".

En las antiguas religiones animistas, la vida de un hombre solía estar ligada a la de un árbol o un animal, a la caída de una piedra o al paso de un cometa. No es extravagante, pues, que un devoto de Antulio y de Krishna se imaginara a sí mismo como una vestal de la salud ajena, y que haya logrado convencer a terceros sobre el valor sagrado de su misión.

Las presunciones de los corresponsales en Madrid iban más lejos en 1972. Uno de ellos —cuyo nombre no diré— estaba dispuesto a probar que López Rega había elaborado un plan para convertir a la Argentina en un campo de cultivo mágico, encaramándose —en la primera fase— sobre el vasto peso político y el carisma de Perón para poder conseguir, luego, que el poder le fuera transferido. Su objetivo último iba más lejos, sin embargo: creyéndose iluminado a la vez por Buda, Jesús y Mahoma (como es fácil deducir de los prólogos de sus libros esotéricos), López Rega aspiraba a fundar una religión para el Tercer Mundo, de la que él sería a la vez pontífice y profeta.

No soy el único ante quien se definió en Madrid como un hacedor de milagros, capaz de resucitar a los muertos y leer los pensamientos ajenos. Tampoco soy el único que empezó a tomarlo en serio cuando ya era demasiado tarde y disponía de una cuota de poder que sólo se le podía arrebatar entre ruinas y desgarramientos.

Nunca podrá saberse cuán cerca estuvo de conseguir lo que quería. En su extraño plan de dominación universal (que parece, dicho así, una extravagancia copiada de Julio Verne y que, sin embargo, ha costado duelo y pobreza a millones de argentinos), el punto débil de José López Rega fue su codicia de bienes materiales.

Si no hubiera adolecido de esa flaqueza, si hubiera empleado para enriquecerse la misma paciencia y cautela con que acabó ganando la confianza de Perón y de su esposa, su influjo y su poder seguirían acaso indemnes. Pero corrió a demasiada velocidad, y se quedó enseguida sin aliento.

Cuando lo conocí, en marzo de 1970, los corresponsales extranjeros estaban reuniendo información sobre una empresa embotelladora de agua que López Rega parecía haber montado en la ciudad de Uruguayana, Brasil, junto a la frontera argentina.

En la oblea que adornaba las botellas se prometía a los bebedores una larga juventud y un paulatino enriquecimiento intelectual. Lo grave, según la versión, era que López Rega había impuesto al agua el nombre de Perón y sugería en la oblea que el propio General recomendaba sus virtudes. Pregunté a López Rega sobre la veracidad de aquella historia. Debo decir que la negó y que atribuyó su invención, literalmente, al odio que le profesaban "algunos brujos enemigos".

La impresión que me causó, cuando lo vi por primera vez, fue de todos modos inferior al personaje delirante y cachafaz que habían prometido las fábulas madrileñas. En vez del Rasputín megalómano y entrometido que anunciaban sus detractores, descubrí más bien a una especie de sosegado almacenero de suburbio, macizo como un toro, que carecía de escrúpulos en la relación social y de todo sentimiento del ridículo.

Solía trabajar por las mañanas en una oficina modesta de la Gran Vía, organizando indefinidos comercios de importación y exportación. En el primero de los dos cuartos de su empresa, dentro de un armario cerrado, se desplegaban los volúmenes de sus obras completas: cuatro libros terminados y los manuscritos de otros seis en trance de elaboración. Le oí decir a menudo que, aparte de servir al General, lo único que le proporcionaba felicidad era el acto de escribir. Tengo la certeza de que en este último punto era sincero.

Cierta mañana, en setiembre de 1970, me leyó un texto breve en el que aludía al sonido fundamental del globo terráqueo. Ponía cierta fruición en la lectura, y advertí que estaba orgulloso de su trabajo, como todo literato aficionado. Creía que los seres humanos están manejados por claves musicales que deciden su destino. Así imaginó que a Perón le correspondía el acorde musical La, Si, Mi doble sostenido, La, del mismo modo que su destino obedecía a los perfumes zodiacales de la rosa y el clavel salmón, a cinco partes de color celeste y cinco partes de gris, a las alteraciones de la vejiga, los uréteres, el sistema vasomotor y la piel. Estas conjeturas fueron publicadas sin rubor en la *Astrología esotérica*. Nunca me atreví a preguntarle a Perón qué pensaba de ellas.

Por las tardes, López Rega trabajaba invariablemente en los archivos y la correspondencia del General. Algunos de sus adversarios aseguraron, años más tarde, que aprovechó el conocimiento de esos textos para amedrentar a ciertos peronistas que habían dejado por escrito rastros de su torpeza o deslealtad.

Lo cierto es que el dominio de esa enorme masa informativa, sumada a su infalible memoria de policía bien adiestrado, fue una de las llaves de su poder político.

En la primavera madrileña de 1971, el trabajo se volvió tan abrumador que López Rega pidió a Perón consentimiento para abandonar la oficina de la Gran Vía y establecer su domicilio en la quinta 17 de Octubre. Desde hacía dos años participaba en todas las reuniones políticas del General, pero de vez en cuando los visitantes lograban sortear su vigilancia. A partir de la mudanza, sin embargo, ya nada le pasó por alto. En las raras ocasiones en que viajó a Alemania Occidental, por razones de negocios nunca explicadas, se hizo suplantar por la única persona en quien confiaba: su yerno Raúl Lastiri.

Conservo entre mis apuntes la transcripción de algunos diálogos grabados con José López Rega. Uno de ellos es una larga reflexión mística que dice, en su fragmento menos confuso: "Si uno recibe poder de Dios, hay que usarlo. No importa cómo se usa, porque si viene de Dios tiene que estar bien. Lo malo es que no se lo use. Porque si no se lo usa, se lo pierde. El enemigo es el enemigo, y hay que tratarlo así, con rigor. Hay hombres que son elegidos por Dios y otros de los que Dios ni se entera que existen. ¿Usted con quién quiere estar? ¿Con la masa o con el que amasa?".

Aquellos diálogos de 1970 abundan en referencias de López Rega a un Espíritu Supremo cuyos fundamentos teológicos nunca pude desentrañar, o están interrumpidos por digresiones sobre la Predestinación, la Transmigración de las Almas y la Fuerza de sus propios poderes mediúmnicos. Siempre confió en la eficacia de su magia, y aun ahora hay que convenir que no le faltan razones, porque son raros en la historia los casos de un personaje como él, casi iletrado, sin talento aparente para la política y con una ideología extravagante, capaz de llegar tan lejos en un país donde los escépticos son mayoría.

EL MIEDO DE LOS ARGENTINOS

Desde mediados de mayo de 1975 anduve sin rumbo por dos o tres ciudades de Europa, hasta que se agotaron mis ahorros. Con el auxilio de algunas cartas de recomendación, viajé a Caracas en busca de un empleo. A fines de julio, el director del diario La Opinión, *donde yo había trabajado como editor del suplemento literario, me invitó a regresar a Buenos Aires para que escribiera una larga crónica sobre el terror que López Rega había impuesto a los argentinos y que parecía haberse disipado cuando los sindicatos y el ejército lo obligaron a replegarse como embajador itinerante de la presidenta Isabel Perón.*

Durante más de una semana, trabajé en ese texto y en algunas entrevistas complementarias. Lo entregué, esperé que el director lo aprobara, y viajé a Venezuela, dispuesto a cancelar los trabajos que allí tenía y regresar otra vez a Buenos Aires. En Caracas leí el texto que La Opinión *publicó el 13 de agosto, en un suplemento especial. Me costó reconocerlo. Llevaba mi firma, pero se le habían interpolado párrafos y reflexiones que nada tenían que ver conmigo. Lo grave era que, en la advertencia inicial, la dirección del diario anotaba: "Este material que se despliega a continuación quedó terminado el 9 de agosto; de ahí las menciones de ciertos funcionarios que ya no ocupan el lugar de entonces. Nada se ha corregido".*

Gasté el escaso dinero que tenía en llamadas telefónicas y telegramas a La Opinión *pidiendo que se enmendaran los errores o se aclarara que el artículo publicado difería del mío. Los tiempos eran autoritarios. No lo conseguí.*

En este libro he restaurado la versión original.

Sólo cuando se viene de lejos se sabe hasta qué punto Buenos Aires ya no es la misma que hace tres meses. Al principio no resulta fácil explicar las razones: las brumas y el sol oscuro de agosto inducen a pensar que la tristeza del aire es otro fruto del invierno y que, a lo mejor, cuando las flores vuelvan, renacerán también las viejas señales de ventura que solían brillar en los balcones de Palermo o en los sosegados domingos de la avenida Forest.

Pero los que hemos conocido otros inviernos infelices no acertamos ahora a reconocer dónde está el contraveneno de esta sombría estación en la que todas las voces amigas flotan envueltas en lamento. No he oído sino frases abatidas. Nadie sabe hacia dónde el país navegará mañana, a qué tabla de salvación encomendarse, en qué rincón de la noche recuperar la fe que se ha perdido durante el día. Y, lo que es más grave: casi todos quieren partir, no en busca de prosperidad sino de seguridad. Son como esos pájaros que vuelan en círculos sobre un mismo horizonte del mar, con el sentido de la orientación amputado y con el instinto preparado para la muerte. Porque todo destierro —ellos lo saben— es una variación de la muerte, un desgarramiento después del cual ningún hombre sigue siendo el mismo. Que aun así quieran marcharse es acaso la peor señal de peligro que haya entrevisto yo en este país cuya grandeza estuvo cifrada hasta no hace mucho en el trabajo de sus inmigrantes. La utopía de los cincuenta millones de pobladores que debíamos tener en el año 2000 suena ya a sarcasmo. Ahora la meta es retener a los veinticuatro millones que todavía permanecen.

No todo este agosto es cruel, sin embargo, porque el terror de las sirenas nocturnas se ha esfumado casi por completo de la ciudad. Me han dicho que el 19 de julio silbaron las últimas. No es ya habitual tropezar por las calles del centro con uno de esos Ford Falcon generalmente verdes que se abrían paso a punta de ametralladoras o golpeando con cachiporras de goma las carrocerías de los automóviles distraídos. Me han contado que no se repiten ya historias como las que viví el 3 de noviembre de 1974, en la avenida Santa Fe entre Canning y Malabia, cuando un matón anónimo protegido por dos Falcon (de un color que no puedo recordar) apuntó con su pistola la inofensiva sien de mi hijo de tres años, pretextando más tarde que "estaba nervioso porque usted pasó en mitad de un procedimiento".

Me dicen que ya tampoco es frecuente ver (como vi, en el mismo sitio del incidente anterior, el 22 de octubre de 1974) a una banda de matones no identificados llevándose esta vez en un Peugeot negro a dos muchachos cuyos gritos de auxilio siguen a veces sobresaltándome el sueño: que estas historias se han terminado casualmente el 19 de julio de 1975. Creo que ahora son menos los cadáveres que aparecen descuartizados y explotados en Ezeiza, en Lomas de Zamora o en los basurales del Riachuelo. Que las amenazas de muerte se fueron espaciando. Que los ataques por televisión a la prensa independiente fueron el extravío de unas pocas semanas.

Ningún país puede salir indemne de vesanias como ésas: tiene que pagarlas con desilusión, hartazgo y corrupción desenfrenada. Ciertamente, la Argentina saldrá adelante una vez más, porque nuestras ruinas no son tan abismales como las de Vietnam en 1973 o las de Alemania en 1945. Todavía nuestros despoblados campos pueden brindar cosechas de maíz que superen los diez millones de toneladas, o seguir alimentando a nuestros 55 millones de vacunos. Sé que no están yermas las tierras donde se cultivaban el lino, la caña de azúcar y la yerba mate, y que no han sido destruidas las ciento cinco centrales de energía (térmicas o hidráulicas). No creo que la rapiña haya devorado por completo nuestros yacimientos de hierro, de uranio y de cuarzo, ni que se hayan marchado ya todos los técnicos que montaron las plantas automotrices y textiles en las cuales trabajan más de un millón de hombres. Como suele oírse en cualquier orilla del mundo, sólo un país infinitamente rico como éste no ha quedado fundido al cabo de tantas torpes administraciones, de tantos ministros y porteros con hambre y sed de injusticia. De manera que aún sobreviven las esperanzas. Lo difícil es encontrar quién esté dispuesto a defenderlas.

Siempre desconfié del periodista que abusa de la escritura en primera persona, porque por lo general está creyendo que su aventura privada es más interesante que el curso de la historia. Pero advierto con desolación que en los últimos meses resulta cada vez menos sincero contar un hecho a distancia, porque los periodistas hemos ido perdiendo nuestra fértil calidad de testigos para convertirnos en protagonistas de una abrumadora odisea colectiva. Ruego que no se me reproche, entonces, si en esta historia sobre el miedo de los argentinos introduzco la narración de mi propio miedo, con el alivio de saber que al menos no difiere demasiado de otras vicisitudes.

La primera persona es útil cuando se ha perdido la fe en la eficacia de las palabras, como ocurre con la mayoría de nosotros. Leí en los diarios del 7 de agosto, por ejemplo, que un jurista con fama de sensato, el doctor Antonio J. Benítez [entonces ministro del Interior], declaró en la Cámara de Diputados que el gobierno no pudo determinar aún "si existe o no" la organización conocida como la Triple A, a despecho de los crímenes firmados por los hombres de esa sigla y de las admisiones de otros miembros del gabinete, incluido (el 28 de mayo) José López Rega. Leí que el propio doctor Benítez considera que la facultad de mantener arrestada a una persona por parte del Poder Ejecutivo está por encima de la absolución de los jueces (con lo que se entiende cada vez menos la eficacia del régimen de tres poderes), y sigo esperando que algún juez salga al cruce de esa afirmación peregrina. Leí también que, para el ministro del Interior, los argentinos que se marcharon del país por las amenazas anónimas de la Triple A o de otras bandas extremas lo hicieron "por su causa, y nada les ocurrió a los que se quedaron aunque estaban amenazados". "El gobierno", dijo, "estaba seguro de que no eran otra cosa que simples amenazas".

Yo hice todo lo posible para quedarme, y estoy haciendo todo lo posible para volver, y es por eso que sentiría como complicidad mi silencio ante las afirmaciones del doctor Benítez, que quizás obedecen más a sus compromisos políticos que a su criterio jurídico.

Cuando el ministro del Interior afirma que nada les ocurrió a los amenazados que se quedaron, seguramente olvida al diputado Rodolfo Ortega Peña, al abogado Silvio Frondizi, al ex policía Julio Troxler. Olvida el pie inutilizado del senador Hipólito Solari Yrigoyen, el viaje apresurado de Raúl Lastiri y Salvador Busacca hasta el estudio del diputado Héctor Sandler para rescatarlo de las bandas que lo aguardaban en la calle, con el tránsito cortado. La mala memoria es una epidemia frecuente entre los argentinos, pero ahora está a la vista que esta forma de olvido unilateral que reserva la amnesia para ciertas víctimas constituye un agravio a las otras víctimas y hasta un encubrimiento de los otros asesinatos. Es el olvido de lo que ocurrió ayer mismo, de lo que aún hoy está ocurriendo.

(Y una pregunta entre paréntesis: ¿cómo puede estar seguro el gobierno de que sólo eran amenazas sin consecuencias las que recibieron centenares de argentinos entre setiembre de 1974 y julio de 1975, si ni siquiera ha sido capaz de verificar la existencia de la organización amenazadora?)

Conozco exilios forzosos que no sólo turbaron el sosiego de personas determinadas, sino que modificaron la suerte de las empresas a que pertenecían y arriesgaron la estabilidad de miles de trabajadores. Al mismo tiempo que yo, fue amenazado, por ejemplo, el presidente de la editorial Abril, César Civita, con quien colaboré algunos años. Según la tesis del doctor Benítez, las amenazas contra Civita no ponían en peligro su vida. Queda entonces por explicar por qué el gobierno no se lo dijo antes de que se marchara, por qué no le ofreció protecciones equivalentes a la importancia de sus empresas, por qué no se comprometió de modo formal y público a velar por su vida, evitando así que su repentina partida contribuyera a descalabrar el orden de una editorial en la que trabajan mil quinientas personas.

Creo que fue a mediados de setiembre, en 1974, cuando empezaron a amenazarme por teléfono. Las primeras llamadas me instaban a salir del país en cuarenta y ocho horas; más tarde hubo otras que presentaron plazos menos generosos. Atribuí aquellos apremios a ciertos adversarios personales, a desconocidos sueltos que se disgustaban por alguna frase que había yo escrito en *La Opinión* o pronunciado por Radio del Plata, o a parejas desesperadas que recurrían a la amenaza como sistema para conseguir departamento. No alcancé a amedrentarme, porque la aventura carecía de seriedad. Pero siempre supe que las campanillas que sobresaltaban mi casa (y otras casas) en mitad de la noche eran un signo inequívoco del pantano nacional, de la fatal inseguridad en que los argentinos nos movíamos.

En aquellos meses (setiembre hasta Navidad), la angustia era como una segunda naturaleza entre los habitantes de Buenos Aires. Adivinábamos el despilfarro de algunos ministerios, recibíamos noticias claras sobre el paradero de ciertos fondos reservados, nos especializábamos en comentar con eufemismos y medias palabras lo que teníamos el deber de explicar en voz alta y con palabras enteras.

Por falta de información, la mayor parte de los argentinos no teníamos miedo al descalabro económico. Presumíamos que la conversión del dinero de los contribuyentes en armas y en sueldos a guardaespaldas desembocaría en algún tipo de colapso, pero seguíamos teniendo confianza en la infinita riqueza del país y, como antaño, nos obstinábamos en negar la realidad. Pasábamos por alto el silencio de la televisión sobre todos los hechos que podían ser interpretados como un ataque al gobierno, nos consolábamos ante la omnipotencia de la agencia oficial de noticias Télam buscando alguna frase ondulada para decir lo que no cabía en frases derechas. Nos sorprendíamos de que Bernardo Neustadt y Mariano Grondona fueran los únicos periodistas independientes autorizados a decir por televisión lo que les diera la gana, pero meses más tarde, cuando la censura se abatió también sobre el programa *Tiempo Nuevo* y Neustadt dijo que esa censura era un fantasma inventado por terceros (con lo que dejó pagando a los legisladores y los diarios que tuvieron la debilidad de defenderlo), pudo saberse que el director de *Extra* había logrado ganarse la confianza de ese régimen y de los siete u ocho que lo precedieron.

Si acaso alguien presume que estas líneas han sido dictadas por el resentimiento o la envidia (nuestra Argentina tiene un régimen regular de lluvias, pero conviene salir en toda época con el paraguas abierto), diré que el gobierno estuvo siempre a la caza de periodistas más o menos aptos para acomodarlos, y que no le fue fácil la cosecha. Alguien debió pensar que, si Neustadt había sido útil en otras ocasiones, sería imperdonable olvidarlo en ésta. Y así empezó a rodar la historia.

Al atardecer del 25 de abril, algunos ex compañeros de la revista *Panorama* me llamaron por teléfono para contarme que había estallado una bomba lanzapanfletos en la esquina de Leandro Alem y Paraguay, y que los partes de guerra voladores, firmados por la Triple A, condenaban a muerte a unas veinte personas, a menos que abandonaran el país en el monótono lapso de cuarenta y ocho horas. Mi nombre figuraba honrosamente a la cabeza de la lista.

Seré franco: no tuve ganas, ni fuerzas, ni coraje para acatar la amenaza. Hay que estar en el pellejo de un periodista pobre, que tiene una familia numerosa y ningún bien de fortuna, para saber hasta qué punto la atmósfera, el idioma y los afectos del país natal son el otro nombre de la vida. El director de *La*

Opinión me ofreció un refugio, en el que viví poco más de una semana, hasta que comprendí que esa clase de situaciones no pueden prolongarse indefinidamente, y opté (creo que el 5 de mayo) por asomarme de nuevo a la dulce superficie, caminar por la calle Florida, recuperar la diaria rutina de la redacción y almorzar con los amigos en los restaurantes de los buenos tiempos.

Pero fui informado de que un par de censistas había pedido al portero de mi casa que reconstruyera algunos de mis movimientos y que, en el garaje de enfrente, otros censistas habían identificado con celo las señas particulares de mi automóvil. Confieso que esas evoluciones de los estadígrafos me dieron miedo. Decidí partir: Carlos Fuentes consiguió que me invitaran al Festival de Cannes y se preocupó de que yo llegara al aeropuerto de Ezeiza sin otros sobresaltos que los de la despedida.

Ni el cine ni el Mediterráneo son bellos cuando no sabe uno si podrá volver. Todas las mañanas, el cordón umbilical que nos mantiene ceñidos al país que amamos entrega su alimento a través de los diarios, de las cartas y de los mensajes de los amigos. El miedo a la muerte se transfigura allí en la certeza de que esa muerte puede tener infinitos nombres, y que ninguno es tan desolador como el destierro.

Las viejas tribus de la Mesopotamia solían hablar en voz alta de los demonios para alejar el terror. La palabra era el más eficaz de los exorcismos y, a la inversa, renunciar a la palabra, callar el nombre de Dios, era el mejor medio de mostrar temor y amor por Dios.

Así, esta historia sobre el miedo tiende sobre todo a aniquilar el miedo; a explicar que ni la resignación ante la desgracia, ni la pérdida de la fe, ni el manso sometimiento que los argentinos mostramos ante el derrumbe eran justos o saludables. No fue prohibiendo el nombre de Perón como los manes de la Libertadora suprimieron a Perón: por lo contrario, esa prohibición fue una de las fuerzas que contribuyeron a su regreso.

También callar el azoramiento que suscita la tristeza de Buenos Aires, el lamento de los desocupados en el cinturón fabril de la Capital y la incertidumbre de los que no saben en qué ruina despertarán mañana sería tan canallesco como asegurarle a la presidenta que todo lo que hizo estuvo bien y que la Argentina es, igual que siempre, la hermana melliza del Edén.

Una tarde, hace poco, leí a seis mil kilómetros de aquí una de esas frases esplendorosas que ayudan a vivir. Había sido escrita en *La Opinión*, y decía, creo, que a los argentinos no se nos negaba la libertad de expresión. Que simplemente debíamos ejercerla.

Pero todavía pueden contarse con los dedos de la mano los que están dispuestos a correr semejante riesgo.

En la lejanía, los únicos puntos de referencia sobre los estados de ánimo de la Argentina son las páginas de las publicaciones nacionales: y aun así, se trata de revelaciones incompletas, porque llegan huérfanas de acompañamiento gestual y, a la vez, llegan tarde, cuando están ocurriendo otras historias.

Fue en París donde la carta de un amigo me hizo conocer la suerte de siete actores que habían sido amenazados al mismo tiempo que yo. Por él supe que, el 28 de mayo, José López Rega los había convocado a la Casa Rosada y les había prometido investigar "hasta las últimas consecuencias las actividades de la Triple A". Según la versión de mi amigo, el gestor de la convocatoria había sido el director-actor Leonardo Favio (felizmente a salvo de amenazas), quien había pedido al director David Stivel (amenazado) que colaborase con él en las invitaciones telefónicas. Leí más tarde en *La Opinión* que ambos fueron comisionados por López Rega para elaborar un plan que "elevara el nivel artístico de la televisión argentina". Ninguno rechazó la oferta.

Sé que el encuentro con López Rega se difundió repetidas veces por televisión, y que la concurrencia en pleno declaró su felicidad.

La fiesta fue tan emotiva que uno de los invitados exageró sus ponderaciones: "No sólo encontramos al ministro", dijo, "sino también a un amigo". Se trataba, tal vez, de una frase paródica. Otra similar, tomada de José Hernández (versos 4595-4596 de *La vuelta de Martín Fierro*), había salido cinco años antes de la misma boca, pero en el cine.

A mediados de julio, descubrí que la reunión con López Rega no había dejado indemne el corazón de Stivel. Llegó entonces a mis manos el número 27 de la revista *Crisis*, en cuya página 58 el osado director anticipaba algunas ideas de su plan para "elevar el nivel artístico" del zarandeado medio. Vale la pena transcribir el comienzo de la entrevista:

—*¿Qué cambios advierte usted en la TV como consecuencia de la estatización de los canales?*

—Bueno... Ustedes los pueden apreciar tan bien como yo.

—*Pero queremos conocer su opinión.*

—No quiero hablar de eso, no quiero hacer ese tipo de declaraciones.

—*¿Qué posibilidades de trabajo tiene hoy un director de teatro?*

—Las mismas que cualquier otra profesión.

—*Me refiero al ámbito televisivo.*

—Le repito: las mismas que cualquier otra profesión. Hay periodistas buenos que tienen trabajo, otros que no. Hay arquitectos malos que tienen trabajo, otros que no.

Etcétera.

Con esa suma de informaciones, ningún periodista a quien le encomiendan escribir un suplemento sobre el miedo de los argentinos podía pasar por alto a David Stivel. Lo llamé por teléfono el viernes 1º de agosto y le enumeré las preguntas que le formularía (incluyendo algunas sobre López Rega).

Lamento haber prometido no transcribir los comentarios sobre la situación política que Stivel hizo aquella mañana, pero al menos puedo reproducir lo que dije yo: empecé subrayándole que, de acuerdo con mis informaciones, las bandas supuestamente alentadas por el ex ministro López Rega se habían replegado y que los vaticinios sobre una presunta noche de San Bartolomé tenían ya tantos meses de antigüedad en los círculos intelectuales de la Argentina que su validez seguramente había prescripto. Le dije luego que la mejor protección para un artista era el amor de su público, y que excusara la opulencia de la frase. Pese a todo me parecía cierta. Descreí más tarde de que los periodistas o los actores fueran el siguiente objetivo de las bandas armadas, porque el trabajo de amedrentamiento había concluido hacía meses, y no parecía fácil que lo repitieran. Le advertí finalmente que esperaba su respuesta, y que el decoro profesional me impediría pasar por alto una eventual negativa. Dos días más tarde, cuando volví a llamarlo, me dijo: "No creo que una entrevista, en estos momentos, beneficie a nadie". Ni explique tampoco, añado yo, sus relaciones con López Rega.

Tres días más tarde, me desintoxiqué con cuarenta minutos de conversación casi a solas con Luis Brandoni, secretario general de la Asociación Argentina de Actores, recién llegado de un exilio forzoso que lo mantuvo en México durante diez meses. Sabía que Brandoni no podía formular sobre el episodio anterior otro comentario que el que le oí, al fin de cuentas: "La entrevista con el señor López Rega se efectuó sin que la AAA" —la otra, la inofensiva, la Asociación Argentina de Actores— "interviniese para nada en las negociaciones ni tuviera ocasión de asesorar a los compañeros que aceptaron la convocatoria".

Pero yo también quería que Brandoni me contara cómo había navegado en setiembre de 1974 por la marejada de telefonazos y cartas que lo obligaron a marcharse, y qué secreto resorte del corazón lo había impulsado a volver.

Recorrí con él la historia de los últimos meses tal como ambos la habíamos leído en los periódicos nacionales: una historia enferma de eufemismos y contradicciones.

Había —en la memoria— algunas frases que retornaban con su vieja placenta de temores y de hartazgo:

• la de Víctor Bruno, reemplazante de Brandoni en la secretaría general de Actores, el 13 de mayo: "¿Hasta cuándo debemos esperar para que el gobierno desenmascare a los asesinos de la Triple A?".

• la de Ricardo Balbín, el 15 de mayo, durante la comida de la Asociación de la Prensa Extranjera: "Ya he vivido lo necesario, de manera que quien tenga ganas de cobrarse conmigo que se cobre, porque no he de extrañar los años que vienen".

• la del senador Carlos H. Perette, en el Senado, el 21 de mayo, al condenar el asesinato del periodista Jorge Money: "¿Qué se pretende con todo eso? Primero, ¿crear el desaliento argentino? Segundo, ¿sembrar el terror en el país? Tercero, ¿inmolar el derecho al pensamiento libre? Cuarto, ¿crear el desprecio por la vida humana?".

Las afirmaciones seguían entonces formulándose a través de interrogaciones falsas, porque a esas alturas de la historia, nadie en Buenos Aires, Córdoba o Tucumán (y más que nadie, los inocentes) tenía la certeza de amanecer vivo al otro día. Las balas perdidas rayaban a todas horas el aire de la nación.

Hubo otras frases turiferarias que aparecían como el reverso del mismo terror común. Por ejemplo, la del coordinador de prensa del Ministerio de Bienestar Social, Juan Carlos Rousselot, en la revista *Las Bases* del 2 de junio, que reprodujo *La Opinión*: "Aquel que no conoce a López Rega probablemente no entiende por qué quienes lo conocemos lo queremos tanto". Y luego: "Es importante que todos comprendan que en José López Rega hay un hombre desprendido completamente de todo interés que no sea realizar la misión que está cumpliendo en beneficio de su país".

O se oían declaraciones afrentosas, que parecieron un sarcasmo en la Argentina aún atontada por el anuncio de la crisis. Como la del ministro de Economía, Celestino Rodrigo, que afirmaba el 5 de junio: "Todo hombre de bien debe producir y aho-

LAS VIDAS DEL GENERAL

rrar algo", como si la facultad de ahorrar estuviera al alcance de quienes ya entonces producían más de lo que podían. O luego: "A partir de ahora, el que quiera viajar tendrá que tener plata". Era la primera admisión de que los poderosos serían los únicos privilegiados en un país que corría desbocado hacia la miseria.

Cada mañana, por fin, iban tornándose más frecuentes las fiestas oratorias del ministro López Rega, a quien por entonces "la emoción le subía el azúcar". Diez días más tarde, fue él mismo quien endureció la atmósfera al reclamar apoyo para el plan económico del ministro Celestino Rodrigo: "Los que no estén de acuerdo, allí tienen aviones, barcos y hasta les podemos regalar dólares que no sean de turismo para que se vayan lo más pronto posible".

El 20 de junio fue su día de gloria. Esa tarde, cuando regresó de Brasil tras haber concertado algunas felices operaciones inmobiliarias en el estado de Santa Catarina, López Rega fue recibido en el aeroparque de Buenos Aires por la presidenta Isabel Perón con las fanfarrias que sólo se ofrendan a los jefes de Estado.

Tres días más tarde, su imagen aparecía como la de un Amo nacional. Télam informaba que había recibido en Olivos a los ministros Alberto J. Vignes y Adolfo M. Savino, "quienes lo interiorizaron sobre diversos aspectos del quehacer oficial, inherentes a sus funciones, a la vez que aprovecharon la ocasión para la presentación de planes y proyectos en los que se encuentra empeñado el gobierno".

López Rega tenía tanta fe en su omnipotencia que aquella mañana dijo, ante una misión de estupefactos japoneses: "Hemos retornado con ánimo y fuerza renovadora para darles duro a quienes no quieren colaborar con la patria, y a los que tengan la cabeza dura les vamos a encontrar una maza adecuada a su dureza". Citó, creo, la noble madera de quebracho. Olvidó, a la vez, el persistente olor a pólvora que agobiaba el aire de las ciudades argentinas.

Dos semanas más tarde, el matutino *La Nación*, que llevaba ya varios meses atormentando la retórica para describir la realidad a través de las más complejas elipsis, aludió en un editorial a la figura del ministro recién depuesto para señalar (con razón) que adjudicarle a él todos los males del país era olvidar una responsabilidad más vasta, que alcanzaba a mucha más gente. Pero así pasaba por alto el hecho de que este chivo emisario del que todos hacían leña era el principal símbolo de la crisis y, por lo que acaba de leerse, la figura dominante del gobierno. Desdeñaba también, en aquel mismo editorial, las informaciones militares según las cuales José López Rega estaba vinculado a los verdugos de la Triple A. Dando el dato por cierto, nadie resultaba más culpable que él del terror y del desaliento de los argentinos.

Quien recorra los diarios de aquellas semanas, como Brandoni y yo lo hicimos durante cuarenta minutos, descubrirá que *La Opinión* era una voz insolente y solitaria entre tanto eufemismo timorato. Vivía López Rega su hora más gloriosa cuando *La Opinión* publicó, el 19 de junio, un suplemento titulado: "Treinta días contra la libertad de expresión". Y era todavía el principal consejero de Presidencia cuando, el 6 de julio, apareció en primera página un artículo de Heriberto Kahn que revelaba las conexiones, establecidas por fuentes del Ejército, entre el ministro López Rega y los asesinos de la Triple A.

Brandoni estaba enfermo cuando lo amenazaron, el 25 de setiembre de 1974. Las dos únicas veces que salió de la cama fue para asistir a una concentración del gremio y para partir rumbo a Ezeiza. Lo había enfermado el miedo no a perder la vida sino la razón de vivir. Iba a perder el sillón donde se sentaba, el perfume del café (que en todas partes es distinto), el fragor de los domingos en las canchas de fútbol, el empedrado de la calle Salguero: todos esos pequeños rumores irreemplazables que salen de la garganta de la patria.

Brandoni supone ahora que la amenaza tendía simplemente a expandir el terror, no a matar, porque "cuando un ciudadano ve amenazada la vida de alguien que conoce a través del cine o la televisión, teme que a él le ocurra lo mismo, también por la misma ninguna razón".

Debió de volver en mayo, cuando el terror descendía sobre todo el horizonte, pero no alcanzó a conocerlo en ese estado de pureza: "Una temporada de teatro", cuenta, "retrasó en dos meses mi vuelta".

El regreso prematuro le habría ensuciado tal vez los incesantes abrazos que sortean ahora la puerta de su oficina, fluyen alocadamente por el tubo del teléfono y aguardan en manada a lo largo de los pasillos de la AAA (no la victimaria sino la víctima), mientras él, Brandoni, narra una y otra vez la odisea del regreso, promete visitas y cafés, y atrapa las maravillas de los afectos con los pararrayos de sus bigotes.

Cien metros hacia el norte de la casa de los actores, en una mansión silenciosa que parece descender desde otro siglo, vive un hombre a quien la Triple A eligió, el 21 de noviembre de 1973, para presentarse ante la sociedad argentina. Varias confabulaciones de la buena suerte han permitido que el senador Hipólito Solari Yrigoyen (radical, de Chubut) siga ocupando obstinadamente su banca del Congreso, aunque todavía lo incomoden las cicatrices de la pierna izquierda y la memoria de una explosión que debió parecerse al Apocalipsis, en el garaje de la calle Charcas 1376.

Hace cuatro meses, otro estallido voló su casa de Puerto Madryn: el senador se aprontaba a dormir y advirtió ruidos en la escalera que atribuyó a desórdenes de la cañería. Apenas apagó la luz sobrevino el estruendo. Oyó los pasos apresurados de los agresores acercándose al dormitorio. Quiso cerrar la puerta y la encontró desencajada. Se deslizó hacia el placard para sacar su revólver y las puertas corredizas se negaron a moverse. Esperó entonces la muerte en silencio, envuelto por los vahos de la pólvora y de la mampostería, sin que aún ahora acierte a saber por qué no quisieron (o no pudieron) rematarlo.

Menos conocida es la historia del sobre que llegó a su casa de la avenida Santa Fe, el día previo al primer atentado: era un rectángulo blanco, vulgar y silvestre, con la dirección de la Casa Radical en el reverso (Tucumán 1660) y adentro un papel en el que habían pegado tres letras que nada significaban entonces: *AAA*.

En los veinte meses que siguieron, el senador descubriría varias veces la misma sigla pintada en el palier de su casa donde ahora, en este agosto solitario, bebe lentamente su taza de café. En esos meses recibiría también llamados telefónicos que le vaticinaban, media hora antes de partir para Ezeiza, que jamás llegaría al aeropuerto. Y sin embargo sostiene que el miedo no alcanzó a postergar ninguno de sus regresos ni lo hizo faltar a la más leve de sus obligaciones legislativas: "Es que llegué a la vida política con la convicción sincera de que es un apostolado donde los sinsabores son siempre más numerosos que los halagos".

Para el senador, Buenos Aires viene sucumbiendo a la costra sucia del miedo no desde hace tres meses o un año (no desde el día lluvioso en que fue enterrado Juan Perón), sino más bien desde la jornada de vasta crueldad que culminó con cien muertes, el 20 de junio de 1973, en los aledaños del camino a Ezeiza. "No hay que eximir a Perón de culpa", arguye el senador, "porque todavía gobernaba él cuando fue tolerado el golpe del teniente coronel Navarro contra Córdoba, y a su inspiración se deben las reformas al Código Penal que acentuaron el carácter represor de su régimen".

Solari Yrigoyen mantiene intacta la fe en el pueblo peronista, en el pueblo a secas, y sabe que la capacidad de lucha de los humillados y de los ofendidos crece con cada golpe de desilusión. Suele decirse, cuenta, que sus desventuras de senador son voluntarias, que él se ha buscado las heridas que tiene. Responde que su vocación es la de un hombre de Estado, no la de un suicida que sale cada mañana "a trompearse con la policía".

Sobrino nieto del legendario don Hipólito y sobrino bisnieto de Leandro N. Alem, tiene el lenguaje y los ademanes de un radical de nacimiento: o lo que es igual, de uno de esos pastores nepaleses que disponen de sólo diez palabras para nombrar el mundo, porque detrás de la palabra Casa están, en hilera, Puerta, Lecho, Fuego, Hombre, Plato, Comida, y así hasta el infinito, como cuando se abre el corazón de las muñecas rusas.

El lector desplegará pues, todas las voces que hay detrás de lo que Hipólito Solari Yrigoyen está diciendo ahora, en estas seis o siete frases habitadas por la confianza:

"La Argentina abandonará pronto su estructura senecta para acceder a un remozamiento en democracia, con el apoyo y la participación del pueblo. No es necesario que una generación más se sacrifique entregando sus libertades y derechos fundamentales en aras de supuestos beneficios. El gobierno impulsó hacia el terrorismo y la ilegalidad a sectores peronistas que se vieron privados de espacio político. De la misma manera, arrastró a ciertos gremios a la rebelión y a la clandestinidad. Un ejemplo típico es el de Agustín Tosco, que había sido elegido como secretario general de Luz y Fuerza, en Córdoba, por una mayoría clara, y a quien despojaron de su misión sin darle tiempo a defenderse."

El miedo, así, no sería el involuntario fruto de un país sumido en el caos, sino más bien un animal salvaje al que le abrieron la jaula para que engendrara el caos. Para Hipólito Solari Yrigoyen, la muerte del miedo sólo llegará cuando ya nadie se oponga al legítimo derecho de los otros, cuando todos los nombres (aun los más abominables) puedan ser pronunciados en voz alta. Para Luis Brandoni, el fin del miedo es otra variante del regreso. Yo supuse, acaso confundido, que la voz del miedo se parecía a la de las sirenas prepotentes y a las explosiones que interrumpían todas las noches de Buenos Aires, hasta el 19 de julio, casualmente.

Pero, como sucede con las pestes, el miedo no se ha marchado de un día para el otro. Aún sobrevive en las conversaciones de los pequeños burgueses sobre el falso paraíso del exilio, en las infinitas preguntas que oí sobre la prosperidad de Venezuela o de España, en las vigilias de un obrero textil que acaba de recibir su telegrama de despido, "por razones de fuerza mayor", y no sabe a qué puerta deberá golpear mañana para ganar el alimento de sus hijos.

Agosto es —ya se sabe— el mes más largo y también el más cruel. Cuando acabe, dentro de tres domingos, ninguno de nosotros será el mismo: andaremos todavía a tientas en busca de la fe que nos amputaron, de la alegría que nos ensuciaron, de la vida que jamás recuperaremos. Pero nos quedará, como consuelo, el país enorme al que ninguna de las infinitas corrupciones (que todavía siguen en pie) pudo derribar por completo. Sobre la tierra saqueada y mancillada seguirán floreciendo el trigo y los rebaños, y habrá argentinos de buena voluntad que alzarán otra vez las fábricas de entre las ruinas. Nunca se sabe cuándo termina una historia. Pero ahora que hemos dejado atrás tanto desamparo, sabemos al menos que cualquier tiempo futuro será mejor.

PERÓN Y LOS NAZIS

A fines de marzo de 1984, mientras estaba trabajando en La novela de Perón, *completé en Washington un ensayo académico sobre el flujo de nazis que emigró a la Argentina durante el primer gobierno peronista. El texto original fue escrito en inglés y leído ese mismo mes en el Woodrow Wilson International Center for Scholars, donde yo era novelista residente desde setiembre de 1983. El resultado de mis investigaciones se discutió en una sesión abierta que duró toda la mañana y se publicó después, corregido, como documento de trabajo del Wilson Center. Aquel ensayo fue citado profusamente una década después, cuando Carlos Menem prometió sacar a la luz los archivos de los nazis en la Argentina. Constituye, hasta donde sé, una de las primeras investigaciones sobre un tema que más tarde fue descripto con mayor abundancia documental.*

En mayo de 1965, durante unas vacaciones en las sierras de Córdoba, la actriz Norma Aleandro inició una cálida amistad con un matrimonio de viejos alemanes que amaban los libros y las flores. Por las tardes, los tres hablaban de las turbulencias del mundo mientras caminaban por un parque sombreado de viñedos. Al anochecer, solían comer juntos una sopa de tocinos y remolachas, mientras el marido recitaba con entusiasmo poemas de Schiller y la esposa tocaba en el violín romanzas de Schubert. Un día, los viejos mostraron a Norma Aleandro su tesoro más venerado: cierta rara edición del *Faus-*

to de Goethe, publicada en Munich hacia 1850, y encuaderna-
da en un cuero lustroso, tierno, que la actriz no supo identifi-
car. Preguntó a la pareja qué clase de encuadernación era
aquélla. La esposa, que tenía una dulce mirada azul, bajó los
párpados y murmuró: "Es piel de judío. Mi marido era oficial
de un campo de prisioneros, en Polonia".

En la época en que Norma Aleandro dio a conocer aquella
historia no se habían apagado en la Argentina los ecos del es-
cándalo suscitado por el secuestro de Adolf Eichmann —uno
de los responsables de "la solución final"— en un suburbio de
Buenos Aires, a fines de 1960. Como siempre, las opiniones del
país estaban divididas entre aquellos que se habían indignado
por el avasallamiento de la soberanía nacional (recuérdese que
Eichmann fue secuestrado por un comando israelí y llevado a
Jerusalén sin consentimiento ni conocimiento del gobierno
argentino), y por otro lado, aquellos que se sorprendieron por
la magnitud de la hospitalidad que el país ofreció a los criminales de guerra nazis durante el gobierno de Juan Perón, en los
primeros años de la posguerra.

Una década después de la caída de Perón en 1955, la migración de nazis a la Argentina seguía siendo un rumor impreciso. Sólo en 1970 el ex presidente confirmó que había dado
refugio a varios miles "por un sentido de humanidad", a la vez
que permitió el ingreso de "cinco mil croatas amenazados de
muerte por Tito".[1]

Las disputas sobre el número de emigrantes comenzarían
más tarde: en 1982, Simón Wiesenthal, jefe del Centro de Do-
cumentación Judía de Viena, dijo que Perón había puesto siete
mil quinientos pasaportes en blanco a disposición de los fugitivos nazis. El primer embajador de Israel en Buenos Aires, Jacob
Tsur, estimó que los cálculos de Wiesenthal eran exagerados, y

1. Torcuato Luca de Tena, Luis Calvo y Esteban Peicovich, eds., *Yo, Juan
   Domingo Perón. Relato autobiográfico*, Barcelona, Planeta, 1976, pp.
   85-86.

declaró que la presunta ideología nazi de Perón era un prejui-
cio norteamericano. "En la perspectiva simplista de Washington", escribió Tsur, "Perón sólo podía ser nazi o comunista".[2]

Que la Argentina se convirtió en el principal refugio de los
criminales de guerra alemanes y croatas en América del Sur es
un hecho que ya nadie refuta. Explicar cómo entraron y por
qué esa migración fue abierta y oficialmente administrada por
el Estado argentino es el objetivo central de este ensayo.

Saber quién era Perón y cuáles eran sus tácticas políticas
es una inapreciable ayuda para entender por qué abrió las
puertas del país a los nazis y cultivó, ya viejo y exiliado en Santo Domingo y Madrid, la amistad de algunos de ellos, como
Otto Skorzeny, el as de la Luftwaffe que rescató a Mussolini del
monte Sasso en 1943, o Hans-Ulrich Rudel, uno de los pilotos
de confianza de Hermann Goering.

Contar esta historia no es simple. Primero, porque en
1945 coexistían dentro de las Fuerzas Armadas argentinas
tantas corrientes adversas y confusas que con frecuencia un
oficial germanófilo era también liberal y demócrata, y un oficial que se pronunciaba a favor de la victoria aliada podía
también escribir artículos contra Gran Bretaña y su voracidad
comercial.[3] Tampoco es simple contar esta historia porque el
propio Perón la ha sembrado de datos contradictorios y de
pistas falsas. El lenguaje, que ya de por sí es una forma de encubrimiento, en el caso de Perón es casi invariablemente una
flecha de desviación: como si su objetivo fuera desorientar al
oyente, movilizándolo hacia cualquier parte pero no hacia la
verdad.

2. Jacob Tsur, *Cartas credenciales*, Jerusalén, La Semana Publicaciones,
    1983, pp. 154-161 y 227-228.
3. Véase Alain Rouquié, *Poder militar y sociedad política en la Argentina*,
    Buenos Aires, Emecé, 1981, pp. 294-295.

Las vísperas: Perón y el ejército

Tanto Perón como la mayoría de sus camaradas del ejército habían sido formados dentro de la escuela militar prusiana. Ya en la segunda década del siglo, un tercio de los profesores que instruían a los oficiales del Estado Mayor argentino eran o habían sido miembros del Gran Estado Mayor General del Imperio alemán. Los argentinos estudiaban con lujo de detalles las estrategias de Moltke, Hindenburg, Ludendorff y otros mariscales prusianos de la Gran Guerra sin tomar en cuenta que eran estrategias de un ejército derrotado. En los apuntes de clase, el propio Perón se devanaba los sesos para justificar esas derrotas, atribuyéndolas a falta de material y equipos o a la llegada tardía de refuerzos.

La influencia alemana era tan intensa que basta simplemente examinar el catálogo de la Biblioteca del Oficial —una colección de textos donde estudiaba la mayoría de los capitanes argentinos— para tener una idea de su magnitud. Desde 1918, año de su fundación, hasta 1929, la Biblioteca publicó un total de 126 obras. Sesenta de ellas fueron traducidas del alemán.

Uno de los autores incluidos en la Biblioteca era el propio Perón. En 1931 dio a conocer allí el libro que contiene, embrionariamente, la base de todos sus discursos y reflexiones posteriores: *Guerra Mundial 1914. Operaciones en la Prusia Oriental y la Galitzia.* Casi no hay página de esa obra en la que Perón no exprese su admiración por el talento estratégico y organizador del ejército prusiano, y cite incansablemente frases del general Alfred von Schlieffen, que más tarde incorporaría como propias a su repertorio.[4] En 1932, en sus *Apuntes de historia militar*, Perón glosa también las ideas del célebre teórico

---

4. *Guerra Mundial 1914*, Buenos Aires, Instituto Geográfico Militar, Biblioteca del Oficial, 1931. Ejemplos: "Todo ejército decae, envejece y muere con su conductor" (p. 217). "El conductor no sólo debe saber conducir un ejército a la victoria; también debe saberlo crear, armarlo,

Karl von Clausewitz, y amplía los extensos comentarios que en el libro anterior había dedicado a *La Nación en armas*, el tratado de Colman von der Goltz.

Poco antes del estallido de la Segunda Guerra, Perón fue enviado para completar su formación a los batallones alpinos del norte de Italia. Tuvo entonces la oportunidad de hacer una visita fugaz a las avanzadas de las Wehrmacht cerca de Tannenberg, un campo de batalla que había descripto en su primer libro. De allí regresó con el propósito de difundir entre sus camaradas de armas la idea de "un nuevo socialismo, de carácter nacional", sólidamente opuesto al comunismo y teñido por la admiración que provocaron en él las movilizaciones de masas del fascismo.

El ejército argentino era campo fértil para sembrar esas teorías. En la última década, los oficiales jóvenes habían acumulado un resentimiento cada vez más abierto contra los políticos tradicionales, a los que responsabilizaban de la corrupción y el fraude electoral arraigado en el país. Entre los capitanes, los mayores y los tenientes coroneles cundía una creciente irritación por los negociados que se perpetraban con las concesiones eléctricas y ferroviarias, y por la presencia de abogados probritánicos en los ministerios del Poder Ejecutivo. Alain Rouquié subraya que "para los defensores de la integridad territorial, el Reino Unido" (...) seguía siendo "el ocupante ilegal de las islas Malvinas; es decir, un enemigo hereditario".[5]

En junio de 1943 se sublevaron contra ese pasado. Un golpe militar elaborado por el GOU (sigla de Grupo de Oficiales Unidos o Grupo de Obra de Unificación), logia que contaba entonces con la adhesión incondicional de más de tres mil jefes del

---

equiparlo, instruirlo, vestirlo, alimentarlo" (p. 216). "Un conductor de ejército no se hace por decreto, sino que nace y es destinado con anterioridad" (p. 215). "Un conductor debe nacer con suficiente óleo de Samuel" (p. 216). "El conductor debe sentirse apoyado y protegido por un poder superior" (p. 225).

5. Véase Rouquié, p. 294.

ejército,[6] derrocó al presidente conservador Ramón S. Castillo cuando éste se aprestaba a perpetrar un nuevo fraude electoral. Al día siguiente del golpe, el GOU impuso en la presidencia de la República al general Pedro Pablo Ramírez, y a Edelmiro J. Farrell en el Ministerio de Guerra. Perón, que era uno de los jefes más activos de la logia, se reservó para sí una posición insignificante, la de Director de Trabajo, en una oscura dependencia administrativa que hasta entonces no había servido para nada.

A fines de 1943, sin embargo, Perón era el único miembro del elenco gobernante que parecía tener una idea clara del manejo del poder y que sabía maniobrar para conservarlo en sus manos. Desde sus oficinas en el Departamento Nacional de Trabajo empezó a convertirse en un hacedor de milagros. Resolvió huelgas, atendió diariamente a decenas de delegaciones de obreros, organizó programas de salud pública y alimentación, promovió leyes que favorecieron a los peones de campo y al proletariado industrial. Al poco tiempo, el Departamento tuvo un rango casi ministerial y pasó a llamarse Secretaría de Trabajo y Previsión. Como los empresarios empezaban a mostrar cierta inquietud por las actividades de Perón, éste los tranquilizó con un extenso e inteligente discurso, pronunciado en la Bolsa de Comercio de Buenos Aires. Allí les dijo que su Secretaría "propiciaba desde el principio un sindicalismo gremial. Es grave error creer que el sindicalismo obrero es un perjuicio para el patrón. (...) Por el contrario, es la forma de evitar que el patrón tenga que luchar contra sus obreros".[7] Hábilmente, Perón inauguraba así su proyecto sobre la alianza de clases, su pacto social, a la vez que afianzaba su prestigio dentro del ejército a la sombra del ministro de Guerra, general Farrell.

6. Véase Carlos S. Fayt, *La naturaleza del peronismo*, Buenos Aires, Viracocha Editores, 1967, p. 55.
7. Juan Perón, *El pueblo quiere saber de qué se trata*, Buenos Aires, Editorial Freeland, 1973, pp. 160-161. Discurso pronunciado el 25 de agosto de 1944.

Por esa misma época, la Argentina vivía en un virtual aislamiento. La mayoría de sus vecinos, invocando la unidad continental, había declarado su apoyo a los Estados Unidos y su hostilidad con las naciones del Eje. El gobierno militar sentía esas presiones con fuerza creciente, pero se aferraba a la tradición de neutralidad iniciada por el presidente Hipólito Yrigoyen durante la Gran Guerra.

En enero de 1944, el secretario de Estado Cordel Hull hizo saber que Estados Unidos proporcionaría armas y equipos bélicos al Brasil, para facilitar una expedición de ese país al frente de guerra. La Argentina, como nación neutral, quedaba excluida de todos los programas armamentistas. El gobierno militar de Buenos Aires tenía motivos para preocuparse, porque la modernización del ejército brasileño inclinaría a favor de ese país la sensible balanza del poderío bélico en América Latina. El equilibrio de fuerzas estaba a punto de romperse.

Washington empezó a presionar cada vez más sobre Buenos Aires, convencida de que si Argentina no estaba a favor de la causa aliada era porque estaba contra ella. Las posiciones dentro del equipo gobernante se dividieron. Tanto Perón como Farrell comprendían que era preciso cambiar de rumbo para que el aislamiento en que el país estaba sumido no lo afectase en la ya inminente posguerra. Pero ni uno ni otro querían enemistarse con los numerosos oficiales que se aferraban a la tesis de la neutralidad.

En la tercera semana de enero de 1944, un incidente trivial, la supuesta complicidad de un cónsul argentino con el espionaje alemán, sirvió de pretexto para que el presidente militar Ramírez decretara la ley marcial y rompiera relaciones con el Eje. Para Estados Unidos, que pretendía una declaración de guerra, la medida era insuficiente. Pero en el ejército argentino provocó la tempestad que Perón había previsto. Un mes más tarde, hostigado por los jefes de las guarniciones más importantes de Buenos Aires, Ramírez se vio obligado a renunciar. Una fuente muy confiable afirma que fue Perón quien impuso como nuevo presidente al general Farrell, mientras se aseguraba para sí mismo el Ministerio de Guerra.[8]

El nuevo ministro, que retenía en sus manos la cartera de Trabajo y que pronto sería nombrado también vicepresidente de la República, dedicó los intensos dieciocho meses que siguieron, entre abril de 1944 y setiembre de 1945, a controlar la organización del ejército y a satisfacer los intereses tanto individuales como profesionales de sus camaradas de armas. Creó un sistema de préstamos hipotecarios para viviendas, manipuló a su arbitrio los ascensos y retiros, elevó el número de oficiales superiores y demostró que estaba más preocupado que cualquiera de sus predecesores en el cargo por aumentar y modernizar los armamentos.[9]

Pero no era fácil para un país aislado conseguir nuevos equipos de guerra. Entre marzo y setiembre de 1944, el agregado militar argentino en Madrid, en obediencia a instrucciones de su gobierno, mantuvo una serie de negociaciones con el representante de las fábricas alemanas de municiones Skoda y Brunner.[10] Que Buenos Aires ordenara esa gestión después de la ruptura de relaciones con el Eje, y en un momento en que las fábricas del Reich no podían satisfacer sus propias necesidades en los frentes de guerra, da una idea de cuán desesperadamente trataban los militares argentinos de aliviar el bloqueo de armas impuesto por los norteamericanos.

En febrero de 1945, Perón celebró en Buenos Aires conversaciones secretas con una misión especial del Departamento de Estado. El objetivo era, como siempre, convencer a Estados Unidos de que enviara equipos militares, a cambio de lo cual Argentina cumpliría con los compromisos panamericanos y declararía la guerra al Eje "cuanto antes se lo permitiera

8. Bonifacio del Carril, *Crónica interna de la Revolución Libertadora*, Buenos Aires, Emecé, 1959, pp. 31-32.
9. Robert A. Potash, *El ejército y la política en la Argentina: 1928-1945*, Buenos Aires, Sudamericana, 1971, pp. 344-345 y 356-357.
10. Ibíd., pp. 361-362.

su dignidad". La última semana de febrero y la primera semana de marzo de 1945 se efectuó en el palacio de Chapultepec,
Ciudad de México, una conferencia continental, que apremió
al gobierno de Buenos Aires para que de una vez por todas se
decidiera. A Farrell y Perón no les quedó otro remedio que
aceptar. El 27 de marzo, cuando por fin declararon la guerra,
tuvieron la astucia de invocar, como única razón de la medida,
el convenio firmado en México.

A fines de aquel mismo año, cuando el coronel Perón había renunciado a todos sus cargos y era candidato a la presidencia de la República, explicó en una conferencia que, si bien
la Argentina había cumplido con todos sus compromisos panamericanos, el gobierno de los Estados Unidos seguía dis-
pensándole un trato similar al de las naciones vencidas; es decir, calificando la administración de Farrell como un "régimen
nazi" e inmiscuyéndose en problemas de política interna al fa-
vorecer al candidato presidencial adversario de Perón.

En verdad, los ataques de calibre más grueso provenían
de la prensa norteamericana, que no vacilaba en atribuir a Pe
rón y a su flamante esposa Eva Duarte un pasado de agentes
nazis.[11] Jamás pudieron encontrarse pruebas que ratificaran
esos cargos.

El ex embajador Spruille Braden, que era entonces subsecretario de Estado para Asuntos Latinoamericanos y que a duras penas refrenaba, en Washington, su antipatía contra Perón,
cometió entonces un error garrafal. Dos semanas antes de las
elecciones argentinas, aconsejó al Departamento de Estado la
publicación de un *Libro Azul*,[12] que denunciaba infiltraciones
nazis en los cuadros ejecutivos del gobierno militar argentino,

11. Joseph Page, *Perón: A Biography*, Nueva York, Random House, 1983,
    pp. 145-146.
12. Memorándum del Departamento de Estado, "Consulta entre las repú-
    blicas americanas con respecto a la situación argentina", conocido co-
    mo el *Blue Book*, hecho público el 11 de febrero de 1946.

con la obvia intención de afectar la candidatura del "coronel del pueblo". Perón aprovechó de inmediato ese *faux pas*: puso en evidencia la intromisión norteamericana en una cuestión de política interna, reveló la parcialidad del Departamento de Estado a favor del candidato opositor —que, paradójicamente, era también candidato del partido Comunista—, y explicó a los ciudadanos que la disyuntiva electoral no era entre Perón y José P. Tamborini, sino entre Braden y Perón. El orgullo nacional se conmovió hasta los cimientos. Y, obviamente, Perón ganó las elecciones por un margen mucho mayor del que él mismo esperaba.

Perón ha sido calificado de fascista, de bonapartista, de populista, de demagogo. Pertenecía a una especie más compleja. Del bonapartismo copió (tal vez indeliberadamente) la idea de asimilar las masas populares a la sociedad establecida; del fascismo, el concepto de que esas masas debían ser movilizadas y de que se podía enfervorizarlas a través de una propaganda inteligente. Nunca se reveló como antisemita y, como afirma Joseph Page, una de sus esenciales diferencias con el fascismo era "su fastidio visceral por la violencia", por lo menos hasta los años finales de su exilio. Es indudable que, por su formación en la Escuela Superior de Guerra y por su concepción autoritaria de la política, Perón simpatizó con la causa del Eje y cultivó abiertamente amistades pronazis. Pese a todo eso, mantuvo siempre (y Page lo dice en su biografía) "una aparente imparcialidad".

A partir de esos datos, puede afirmarse que cuando Perón organizó —a través del Estado argentino— la migración de millares de nazis, no lo hizo por afinidad ideológica. Suponer eso sería ingenuo. Perón jamás habría consentido ninguna alianza con el bando perdedor si no hubiera pensado en obtener algún provecho. La explicación más frecuente es que lo hizo por dinero, pero no hay ninguna prueba que lo confirme. Existe la certeza de que fondos de altos jerarcas nazis fueron depositados en Buenos Aires desde por lo menos seis meses antes de que la guerra terminara.[13] Pero nadie conoce el destino final de esos fondos.

Durante muchos años, y sobre todo a partir de 1955, se acusó a Perón y a su esposa Evita de haber recibido comisiones por la entrega de pasaportes falsos y por el asilo concedido a fugitivos alemanes. Incluso circuló la leyenda de que Evita tenía una cuenta secreta en Suiza, donde esos fondos habrían sido depositados y que, cuando ella murió, Perón no tuvo la posibilidad de retirarlos. Hasta donde el tema ha sido investigado, ésas parecen fábulas tramadas por servicios de inteligencia sin imaginación.

Los motivos de Perón eran más simples y a la vez más profesionales. Como figura clave del poder militar en la Argentina, como encarnación de las tradiciones y de los proyectos del ejército, Perón parece haber pensado que ese contingente de nazis estaba técnicamente bien calificado para ayudarlo a intensificar la política de industrialización que había iniciado en 1944. Quería una Argentina autosuficiente, que pudiera negociar con las grandes potencias en condiciones no desventajosas.

La guerra, que había debilitado a Gran Bretaña y permitió a la Argentina acumular, de paso, grandes reservas en oro, ponía fin a la secular historia de vasallaje que Londres había impuesto desde mediados del siglo XIX. Perón era visceralmente anticomunista y Braden había encendido en él un profundo resentimiento contra los Estados Unidos. Declarar la independencia económica era una vía perfecta para satisfacer el orgullo nacional. Pero para que esa independencia pareciera verdadera, necesitaba una flota mercante propia, una infraestructura industrial, y una inteligencia tecnológica capaz de montar fábricas de armamentos y de aviones, y de poner en marcha un programa propio de energía nuclear. En la Escuela

13. Del agregado militar de Estados Unidos en Chile, a la División de Inteligencia Militar, I.G. N° 5940/94057, 8 de setiembre de 1944. "Z" a OSS, OSS expediente N° A-20235/10452-128, 1944.

Superior de Guerra, Perón había adquirido el dogma de la superioridad intelectual de los alemanes, del genio tecnológico que había desatado la Blitzkrieg y había mantenido a Europa bajo su hegemonía durante casi cuatro años. Necesitaba técnicos alemanes, y no le importaba el precio moral que debiera pagar para conseguirlos.

Cómo lo hizo es otra historia.

Las tres cintas

La primera vez que Perón aludió al tema fue durante la primavera europea de 1967, cuando vivía exiliado en Madrid. Recibió entonces a un visitante casual, Eugenio P. Rom, quien se acercó a la casa del General sin otra intención que la de saludarlo, y terminó publicando su extenso diálogo en un libro, *Así hablaba Juan Perón*, que apareció en 1980.

El General le dijo a Rom que, aun después de la ruptura de relaciones, la Argentina mantenía contactos con Alemania, y que la guerra fue declarada en 1945 no por imposición de los países latinoamericanos sino porque a los alemanes "les convenía":

"Si la Argentina se convierte en 'país beligerante' tiene derecho a entrar en Alemania cuando se produzca el desenlace final; esto quiere decir que nuestros aviones y barcos estarían en condiciones de prestar un gran servicio.

"Nosotros contábamos entonces con los aviones comerciales de FAMA [Flota Aérea Mercante Argentina] y con los barcos que le habíamos comprado a Italia durante la guerra. Hicimos como se nos pidió. El presidente Farrell declaró la guerra, previa reunión de gabinete a tal efecto.

"Así fue como un gran número de personas pudo venir a la Argentina.

"Toda clase de técnicos y otras especialidades con que no contábamos en el país pasaron a incorporarse al quehacer nacional. Gente que al poco tiempo fue muy útil en sus distintas especialidades y que de otro modo nos hubiese llevado años formar. (...) Después, cuando ya en el gobierno tomamos a nuestro cargo los ferrocarriles ingleses, más de setecientos de esos muchachos venidos de Alemania entraron a trabajar para nosotros.

"Ni qué decir en las fábricas de aviones militares y civiles, u otras especialidades. Fue un aporte sumamente útil para nuestra naciente industria. Esto lo sabe muy poca gente, porque a muy poca gente se lo dijimos.

"Nosotros en esos momentos preferíamos hacerles creer a los imperialismos de turno que habíamos cedido finalmente a sus solicitudes beligerantes. Para ese entonces nos convenía hacer un poco de 'buena letra', sobre todo para ganar tiempo".[14]

¿Cinismo? ¿Burla de la historia, a la que Perón había querido siempre domesticar, escribir a su manera, "creando paso a paso una memoria que acabará por ser la memoria de los demás", como me dijo en junio de 1972? ¿O más bien esa confianza ciega, tan propia del último Perón, de que sus actos estaban por encima de la historia, lejos de todo juicio posible, en una esfera situada más allá de la moral y de los odios, adonde no podía llegar ni siquiera la contrahistoria escrita por sus adversarios?

El ex presidente aludió nuevamente al tema nazi en el relato autobiográfico *Yo, Juan Domingo Perón*, editado en España por un terceto de periodistas sobre la base de grabaciones confiadas a una "dama de la intimidad de la familia". Es difícil discriminar en el texto cuáles son las frases de Perón y cuáles los comentarios de los editores, porque ambos materiales se entremezclan y, con frecuencia, largos párrafos que sin duda pertenecen al protagonista no han sido entrecomillados. La autenticidad de esas confesiones es sin embargo evidente. Muchos fragmentos del libro han sido tomados de las memorias en las que el ex presidente estaba trabajando con su ex secreta-

14. Eugenio P. Rom, *Así hablaba Juan Perón*, Buenos Aires, Peña Lillo Editor, 1980; pp. 107-108.

rio José López Rega entre 1969 y 1971, sobre todo en los capítulos que se refieren a los años de exilio.

Al principio, la narración parece lo que en argentino se llama "un guitarreo", una fabricación de relatos. Perón afirma que muchos de los refugiados alemanes llegaron a las costas argentinas "en los submarinos U-530 y U-532", a mediados de julio de 1945 y un mes después. Dos submarinos alemanes se rindieron en esas fechas a las autoridades navales argentinas, en Mar del Plata. Uno era el U-530; la denominación del otro era, en verdad, U-977. En ninguno de los dos había técnicos famosos ni criminales de guerra. Las tripulaciones fueron escrutadas con excepcional cuidado por el Servicio de Inteligencia Naval de los Estados Unidos, sin encontrar asidero a ninguna de las leyendas que circulaban por entonces, incluyendo la más extravagante de todas: que a bordo viajaban Adolf Hitler y Eva Braun. El U-530 llevaba cincuenta y cuatro hombres, cuya edad promedio era de veintitrés años; el capitán tenía veinticinco. El U-977 tenía una tripulación ligeramente menor, cuarenta y ocho hombres, pero las edades eran las mismas.

Después de su "guitarreo", Perón pone pie en el fondo del asunto. Afirma que recibió a los fugitivos "por un sentido de humanidad", especula que su número ascendía a varios miles, cita además el ingreso de "cinco mil croatas amenazados de muerte por Tito", y se despacha agriamente contra el proceso de Nuremberg, al que califica como "una infamia" (...), "la enormidad más grande que no perdonará la historia".[15]

15. Véase Luca de Tena, Calvo, Peicovich, pp. 85-86. *In extenso*: "En Nuremberg se estaba realizando entonces algo que yo, a título personal, juzgaba como una infamia y como una funesta lección para el futuro de la humanidad. Y no sólo yo, sino el pueblo argentino. Adquirí la certeza de que los argentinos también consideraban el proceso de Nuremberg como una infamia, indigna de los vencedores, que se comportaban como si no lo fueran. Ahora estamos dándonos cuenta de que merecían haber perdido la guerra. ¡Cuántas veces durante mi go-

Un apéndice del informe enviado desde Roma por el agregado militar de los Estados Unidos, Vincent La Vista, en mayo de 1947, revela los nombres y credenciales de algunos de los croatas a los cuales Perón dio refugio: Drago Krernzir, "ex comandante de un campo de concentración cerca de Zagreb, Yugoslavia, acusado de numerosas matanzas"; Juan Percevick, "ex miembro de la policía Ustachi, ingresó a la Argentina como 'jardinero'", etcétera. En la lista debió de figurar Milo Bogetich, también ex miembro de la Ustachi, quien sirvió como guardaespaldas de Isabel Perón en España desde 1982. Según La Vista, la Ustachi era el nombre de una organización terrorista croata fundada por Ante Pavelic en 1923, y los pasaportes falsos de los miembros de ese grupo fueron proporcionados por el Instituto San Jerónimo de Roma, y visados por el cónsul argentino en Trieste.[16]

En ese apéndice se sostiene que el gobierno argentino había garantizado una cuota de quinientos *ustachis* por mes, y que los embarques hacia Buenos Aires se hicieron a través de la Societá di Navigazione Italia & Fratelli Kosulich, en el puerto de Génova.

En *Yo, Juan Domingo Perón*, el ex presidente se explaya sólo sobre el embarque de "alemanes útiles", concertados por funcionarios argentinos comisionados en Suiza y Suecia con ese objetivo, e insiste en que las migraciones formaban parte de una competencia con la Unión Soviética y los Estados Unidos para captar cerebros. Obviamente, se vanagloria de que los alemanes prefiriesen siempre la alternativa argentina.[17]

¿De qué alemanes útiles hablaba Perón? El único científico de cierto nivel académico que pudo importar fue, hasta donde se sabe, el profesor Kurt Tank, uno de los expertos en

---

bierno pronuncié discursos a cargo de Nuremberg, que es la enormidad más grande que no perdonará la historia!".
16. De W. N. Walmsley, Jr., asesor de Asuntos Económicos de la Embajada de Estados Unidos en Roma, al Secretario de Estado, 800.142/9-547, 5 de setiembre de 1947. Incluido en el informe de La Vista.
17. Luca de Tena, Calvo, Peicovich, p. 87.

aerodinámica de la Luftwaffe, quien había montado en Córdoba una fábrica de aviones militares, asistido por doce a quince discípulos.[18] Tank sugirió más tarde a Perón que facilitara la entrada de un experto en física nuclear, Ronald Richter, a quien se le confió un centro de investigación en la isla Huemul, cerca de Bariloche. Richter disfrutó de cuantiosas facilidades, y en febrero de 1951 anunció que "había producido y controlado energía nuclear a través de un proceso de fusión". Aunque ahora se sabe que el punto de partida teórico de Richter era correcto, el rumbo de sus investigaciones estaba equivocado y nunca consiguió resultado alguno. El ex presidente cometió la torpeza de anunciar el falso hallazgo de manera estrepitosa, asegurando que desde aquel momento la Argentina vendería "energía nuclear para uso doméstico en botellas de un litro y de medio litro".[19] Por supuesto, hizo lo que en la Argentina se llamó "un papelón histórico".

Aparte de Tank y de sus discípulos no hubo otros cerebros nazis que permitieran justificar la migración en masa organizada por Perón. La lista de criminales de guerra a los que alojó es, en cambio, impresionante: Adolf Eichmann, Klaus Barbie, Erich Priebke —responsable de la matanza de las Fosas Ardeatinas—, Josef Mengele, Edward Roschmann —conocido como

18. Entrevista con Juan Busolini, de la Comisión Verificadora de la Dirección Nacional de Energía Atómica, Buenos Aires, 6 de julio de 1967. Según *Le Monde Diplomatique*, julio de 1983, p. 24, "Le scandale de la dispersion nazie dans le Tiers-Monde", Tank, "que había sido ingeniero de Focke Wulfe", dirigió a "varias docenas de científicos, técnicos e ingenieros nazis" en la construcción del "avión de caza argentino Pulqui en el Instituto Aeronáutico de Córdoba. Después de la caída de Perón, Tank y una docena de sus colaboradores se establecieron en la India, donde trabajaron en la puesta a punto del HF-24 y colaboraron con expertos alemanes refugiados en Egipto".
19. Citado en Orestes D. Confalonieri, *Perón contra Perón*, Buenos Aires, Antygua, 1956, p. 214. Según Confalonieri, la fuente es el diario *Clarín*, Buenos Aires, 7 de octubre de 1955.

"el verdugo de Riga"— y Jan Durcansky, un ex SS acusado de matar a cincuenta mil resistentes checos.

Otro punto difícil de establecer es con qué alemanes convino Perón la declaración de guerra del gobierno argentino, el 26 de marzo de 1945. ¿Fue con los alemanes que vivían en la Argentina, algunos de los cuales habían sido sus profesores o colegas en la Escuela Superior de Guerra? ¿O con eventuales representantes del ministro de Relaciones Exteriores del III Reich, Joachim von Ribbentrop, a través de diplomáticos argentinos acantonados en España y Portugal?

La primera variante parece la más probable. En 1969, el ex presidente le refirió al historiador Félix Luna que, hacia febrero de 1945, cuando la guerra estaba ya decidida, reunió "a unos amigos alemanes que tenía, que eran los que dirigían la colectividad", y les dijo: "Vean, no tenemos más remedio que ir a la guerra, porque si no, nosotros y también ustedes vamos a ir a Nuremberg".[20] La mención de Nuremberg era, por cierto, un anacronismo, pero al ex presidente no le preocupaban esas violaciones de la historia.

La segunda variante no debe ser descartada por completo. En setiembre de 1970, me dijo en Madrid, durante una entrevista grabada:

"Mucho antes de que terminara la guerra, nosotros nos habíamos preparado ya para la posguerra. Alemania estaba derrotada, eso lo sabíamos. Y los vencedores se querían aprovechar del enorme esfuerzo tecnológico que había hecho ese país durante más de diez años. Aprovechar la maquinaria no se podía porque estaba destruida. Lo único que se podía aprovechar eran los hombres. A nosotros también nos interesaba eso. Les hicimos saber a los alemanes que les íbamos a declarar la guerra para salvar miles de vidas. Intercambiamos mensajes con ellos a través de Suiza y de España. Franco entendió de inmediato nuestra intención y nos ayudó. Los alemanes también

20. Félix Luna, *El 45*, Buenos Aires, Sudamericana, 1973, p. 55.

estuvieron de acuerdo. Cuando terminó la guerra, esos alemanes útiles nos ayudaron a levantar nuevas fábricas y a mejorar las que ya teníamos. Y de paso, se ayudaron a ellos mismos".

Todas las fuentes españolas consultadas desmintieron la versión del General,[21] considerándola otro "guitarreo". Pero, curiosamente, ciertos informes de la inteligencia militar norteamericana la corroboran de manera parcial.

He aquí un ejemplo significativo: el 30 de agosto de 1944, el agregado naval de la embajada de Estados Unidos en Madrid enviaba una comunicación secreta, atribuida a "fuentes de confianza":

"Con la complicidad de la embajada argentina, los alemanes están obteniendo pasaportes y visas para ir a la Argentina (...). Los pasaportes argentinos son expedidos por el consulado argentino en Lisboa con el nombre real de los nazis fugitivos; lo que se falsifica son los lugares de nacimiento, situándolos generalmente en Buenos Aires.

"Así, el fugitivo aparece como nacido en la Argentina, de padres alemanes, y se induce a suponer que vivió muchos años en Alemania, aunque reteniendo la ciudadanía original (si el apellido germano es demasiado conocido se lo sustituye por otro, también germano, porque se parte del supuesto de que el individuo habla mal el castellano o no lo habla).

"El pasaporte es recibido entonces por el fugitivo en Madrid. La operación se hace con pleno conocimiento de la embajada del Reich en España, pero es autorizada sólo si el beneficiario firma un papel jurando que continuará trabajando por la patria si ello es necesario y aceptando que se mantendrá disponible para cualquier servicio militar futuro en Alemania (...). Por lo demás, hemos establecido que la Cancillería y la Seguridad españolas conocen la maniobra y le brindan las máximas facilidades".[22]

21. Entre otras, la entrevista con el teniente general Francisco Franco Salgado-Araújo, en Madrid, 3 de setiembre de 1970.
22. Del agregado naval de Estados Unidos en España a la División de Inteligencia Naval, N° 922'78/F-3-0644, 30 de agosto de 1944.

Catorce meses más tarde, en octubre de 1945, el agregado militar de los Estados Unidos en Madrid, coronel Wendell G. Johnson, contaba una historia más pintoresca y patética. El protagonista era el cónsul argentino en Barcelona, de apellido Molina. Al parecer, Molina había montado un negocio particular de venta de pasaportes a nazis y agentes alemanes, en complicidad con Samuel Sequerra, director de la Organización de Ayuda Conjunta para España y Portugal. El precio de cada documento oscilaba entre cinco mil y siete mil dólares.

"Molina era un judío rumano cuyo padre había emigrado a la Argentina cuando el muchacho tenía nueve años. El padre hizo fortuna en la nueva patria y el hijo ingresó en el servicio diplomático. El hijo fue declarado *persona non grata* en tiempos de la monarquía (...). Después de la proclamación de la República, Molina regresó a España y empezó a trabajar como cónsul. En fecha reciente (...), organizó la venta de visas argentinas a muchachas judías refugiadas (...), reclutadas por Samuel Sequerra (...). Se les permite viajar de manera legítima. Pero cuando llegan a la Argentina, las encierran en prostíbulos, obligándolas a trabajar por tiempo indeterminado."[23]

A fines de 1945, Madrid estaba infestada de nazis notorios y de colaboracionistas, algunos de los cuales trabajaban con entrenadores y asesores técnicos de la policía de Franco. Otto Skorzeny, el aviador que rescató a Mussolini y apadrinó la república títere de Salò, se disponía entonces a instalar una oficina de ingeniería en la calle Montera. En el café Gijón se reunían ex ministros de Vichy, el jefe de la milicia antijudía de Perpignan y, según abrumadores indicios, el propio Ante Pave-

---

23. Del agregado militar de Estados Unidos en España a la División de Inteligencia Militar, Nº 23752, 12 de octubre de 1945. Otros párrafos del mismo informe: "Las fuentes confirman que antes de entregar los pasaportes, el Sr. Molina consultó con oficiales de la Gestapo en Barcelona, y entregó los documentos sólo cuando éstos lo consentían. Una de las fuentes estuvo en el campo de concentración de Miranda, ocupando una posición tal que le permitió ver los archivos y hablar

lic, líder de los colaboracionistas croatas.[24] Dentro de un contexto tenebroso, el comercio humano del cónsul Molina encontró un perfecto caldo de cultivo.

Entre los millares de informes reservados o secretos sobre la migración nazi a la Argentina, acaso el más minucioso y confiable sea el que despachó a Washington, el 28 de marzo de 1945, el agregado militar de los Estados Unidos en Berna, general B. R. Legge. La fecha es importante: dos días después de la declaración argentina de guerra al Eje.

"Hemos logrado establecer la existencia de un puente aéreo regular entre Alemania y España. Los aparatos no vuelan sobre Francia, sino sobre el norte de Italia y el Mediterráneo. Esos aviones de cuatro a seis motores fueron construidos hace algún tiempo ya con el propósito de asegurar la fuga de los peces gordos del nazismo hacia Japón o Argentina en el momento propicio. Al efecto, se formó un escuadrón de aviones llamados *Führerstaffel*, con tripulación cuidadosamente seleccionada.

"El tráfico tiene por objeto no sólo la transferencia de fondos o el envío de agentes hacia España, sino también el entrenamiento de personal. Esta previsión se adoptó para el caso de que fracasaran las negociaciones oficiales sobre asilo (...).

"España fue elegida para el operativo por las enormes facilidades disponibles allí para el Reich (campos de aterrizaje, facilidades para el reaprovisionamiento de combustibles, etcétera).

"En febrero de 1945, dos de esos aviones volaron a Buenos Aires. El dato ha sido verificado.

"Los nazis están ahora enviando fondos y correspondencia a Buenos Aires por la valija diplomática argentina.

---

con muchos de los refugiados, lo cual confiere más veracidad a sus acusaciones".

24. Véase nota 22. A la vez, en julio de 1949, la Cámara de Diputados argentina aprobó un pedido de informes al gobierno de Perón sobre la presunta entrada de Ante Pavelic a Buenos Aires. La versión —que el gobierno negó— indicaba que Pavelic había llegado a bordo de un barco italiano, disfrazado de sacerdote.

"Nuestros agentes de seguridad informan que tales envíos llegan a través de Italia. Ya en España, son despachados a dos conventos pertenecientes a órdenes con establecimientos similares en Argentina. Es allí, en los conventos, donde oficiales de la representación argentina en España proceden a ponerlos en la valija diplomática.

"La colaboración del clero de tales conventos es incondicional, debido a que hay en ellos numerosos frailes alemanes cuyas familias viven aún en el Reich; la Gestapo controla sus correspondencias. La presión contra los frailes ha llegado al extremo de amenazarlos con la liquidación de sus familiares".[25]

El informe de Legge confirma:

• Que los aeropuertos españoles servían como punto de confluencia para todas las operaciones entre la Argentina y el Reich.

• Que estas operaciones eran conocidas y aun apoyadas por el gobierno de Franco.

• Que el tráfico fue regular después de la ruptura de relaciones de la Argentina con el Eje y que no se interrumpió ni aun al día siguiente de la declaración de guerra.

• Que los religiosos involucrados tenían un atenuante para su incondicional colaboracionismo. Tal dato se contrapone con el de los conventos italianos situados entre Génova y Nápoles que, según el informe La Vista, ofrecieron refugio y ayuda a los nazis por mera simpatía ideológica.

Entre noviembre de 1983 y febrero de 1984, la Santa Sede desmintió que esas maniobras hubieran sido consentidas o autorizadas por la Curia romana. Pero aunque se aceptara el descargo, hay que preguntarse cómo pudo pasar inadvertida una migración de tal magnitud, que favoreció a no menos de veinte mil criminales de guerra, y cómo, a partir de los detalles ofrecidos por La Vista (que incluyen nombres y direcciones), no se abrió una investigación formal.

25. Del agregado militar de Estados Unidos en Berna, Suiza, a la División de Inteligencia Militar, CID N° 123156/IG 4812, 28 de marzo de 1945.

El rastro del oro

El general Legge alude a transferencias de dinero. Una búsqueda acuciosa de pruebas que las confirmen concluyó con el hallazgo de sólo tres documentos que omiten la mención de nombres propios y números de cuentas bancarias.

El primero es de un agente norteamericano que se identifica como "Z" y que informa desde un lugar impreciso de España, el 27 de enero de 1944.

"Z" describe las precauciones adoptadas por empresas comerciales y bancos alemanes para impedir el bloqueo de sus fondos, y desliza esta reflexión consoladora: "Los amigos y agentes argentinos de grupos financieros alemanes acaban de informar a Berlín que [la ruptura de relaciones con el Eje, el día anterior] nada ha cambiado y, por lo tanto, no hay motivos para inquietarse".[26]

El segundo pertenece al mismo coronel Wendell G. Johnson que, hacia octubre de 1945, era agregado militar de los Estados Unidos en Madrid. Un año antes cumplía esa función en Santiago de Chile. Desde allí avisó, el 8 de setiembre de 1944, que "un confidente comunista", al parecer empleado del Banco de la Nación Argentina, le dijo que "estaban haciéndose considerables depósitos en dólares en los bancos argentinos", y que esos fondos provenían "de Estocolmo y Zurich", las mismas ciudades a las que Perón enviaría comisiones diplomáticas, dos años más tarde, para facilitar el desplazamiento de refugiados nazis hacia Buenos Aires.

Según el coronel Johnson, el monto de los depósitos oscilaba entre los cien y los doscientos millones de dólares, pero su testimonio no describe los métodos de transferencia ni consigna los nombres de las instituciones comprometidas.

El tercer documento fue remitido al secretario de Estado

26. Véase nota 13.

Cordel Hull por el primer secretario de la embajada norteamericana en Buenos Aires, el 10 de marzo de 1945. Allí se alude a las tenaces gestiones para determinar qué bancos argentinos estaban recibiendo nuevas cuentas numeradas, incluso a través de bancos norteamericanos, y se describen los infructuosos trabajos para establecer cuándo los capitales alemanes recién llegados a Buenos Aires asumían la forma de una inversión industrial o agropecuaria. La única institución mencionada en el documento es el banco Tornquist, "que maneja aproximadamente ocho millones de pesos (dos millones de dólares) pertenecientes a personas o firmas asentadas en territorio enemigo, y más de cincuenta millones de pesos (unos doce millones y medio de dólares) originarios de Suiza, cuyos beneficiarios son desconocidos".[27]

No hay, como se advierte, el menor indicio documental de que esos fondos hubieran sido desviados hacia las cuentas de Perón, de Evita o de la Fundación Eva Perón: ni en 1945 ni en los diez años siguientes. Joseph Page, quien dedicó al tema una investigación exhaustiva, también tropezó una y otra vez con callejones ciegos.[28]

José Manuel Algarbe, el secretario que acompañó al General durante la etapa final de su exilio en Caracas y los primeros cuatro años en Madrid, tampoco encontró indicios de que su jefe nadara en oro u ocultara fondos secretos. De acuerdo con su versión, el General le confió, entre 1961 y 1963, la contabilidad de la familia, incluida la de los gastos que demandaba la construcción de la quinta 17 de Octubre, en Puerta de Hierro. Algarbe podía, pues, hablar con conocimiento de causa. En 1977 declaró que Perón vivía de los intereses de sus cuentas de ahorro en bancos de Madrid y Barcelona (cuyo

27. De David G. Berger, primer secretario de la embajada de los Estados Unidos en Buenos Aires, al secretario de Estado, Nº 000.515/12-644, OSS expediente XL6811, 10 de marzo de 1945.
28. Véase Page, pp. 325, 341-342 y 351.

monto global rara vez superó los ciento cincuenta mil dólares) y de las donaciones de amigos, principalmente del empresario Jorge Antonio.[29]

La Santa Alianza

No bien terminó la Segunda Guerra, tanto Estados Unidos como Gran Bretaña y el Vaticano coincidieron con la Argentina en que los nazis derrotados eran menos peligrosos que los comunistas triunfantes. Más aún: los nazis podían ser utilizados como peones mortales en el nuevo ajedrez de la Guerra Fría. Para el Vaticano y la Argentina, era importante que aquella masa de emigrantes educados y blancos fuera, en su mayoría, católica. Para los norteamericanos y los británicos, el objetivo era captar a los mejor entrenados en trabajos de inteligencia. Los caminos que dos años antes parecían antípodas (pronazis y antinazis; demócratas y totalitarios), ahora tendían a unirse.

El 9 de febrero de 1945, un funcionario de la embajada británica en Buenos Aires, R. C. Fenton, informó al Ministerio de Economía de Guerra, en Londres, que el Banco Francés e Italiano de Buenos Aires, controlado por la Iglesia, "había trabajado para el enemigo durante la contienda, tal vez más que cualquier otro banco en Sudamérica".[30] Fenton, quien aseguraba disponer de pruebas abrumadoras, mantenía entonces el banco bajo vigilancia estricta para establecer si se transferían fondos sospechosos, pero los funcionarios de la institución lograron frenar las búsquedas.

La Iglesia se mostró imprudentemente caritativa con Eichmann cuando el gobierno israelí anunció, a fines de 1960,

29. Entrevista con José Manuel Algarbe, ex secretario de Perón. Caracas, 19 de febrero de 1977.
30. R. C. Fenton al Ministerio de Economía de Guerra, Londres. Anexo Nº 1 al despacho 21.010 del 14 de febrero de 1945, de la Embajada de Estados Unidos en Londres.

que sería juzgado en Jerusalén por sus crímenes de guerra. El entonces cardenal primado de la Argentina, Antonio Caggiano, expresó que el ejecutor de la "solución final" contra los judíos había llegado "a nuestra patria en busca de perdón y olvido, y no importa cómo se llame, Ricardo Clement o Adolf Eichmann: nuestra obligación de cristianos es perdonar lo que hizo".[31]

Semanas después del secuestro, cuando la Argentina se quejó ante el Consejo de Seguridad de las Naciones Unidas por la violación de su soberanía, el vocero de la justa protesta fue el ex canciller Mario Amadeo, quien profesaba un catolicismo fervoroso. "La Argentina", dijo Amadeo, "siempre acogió generosamente a los refugiados que vienen de todas partes: eso permitió a Adolf Eichmann ingresar por medios fraudulentos, así como también lo hicieron numerosos refugiados judíos". Tanto en la inesperada clemencia del cardenal por un genocida que no había dado el menor signo de arrepentimiento, como en el hábil sofisma con que el ex canciller incluía en una misma bolsa a víctimas y verdugos, no hay otra lectura posible que la del desconcierto (o, más bien, la del trastorno) de los valores morales, cuya persistencia siguió aquejando a la sociedad argentina durante más de un cuarto de siglo.

Hasta fines de 1953, el gobierno de Perón contó con el irrestricto apoyo de la Iglesia Católica. Durante el mismo lapso, las relaciones con los Estados Unidos mejoraron notoriamente. Ambos hechos parecieran responder no a un irreflexivo sentimiento de compasión por los criminales de guerra sino a la necesidad de afianzar el frente anticomunista en los primeros tiempos de la Guerra Fría.

Para el ex presidente argentino, sin embargo, el factor decisivo fue la aspiración de formar un elenco de técnicos y policías confiables, que por un lado lo ayudaran a intensificar el proceso de industrialización, y por el otro, a vigilar y contro-

31. Véase diario *La Razón*, Buenos Aires, 23 de diciembre de 1960, p. 1.

lar los movimientos opositores, especialmente dentro de los sindicatos. Así lo verifican, una y otra vez, los documentos grabados.

La mancha de aceite

El plan de Perón era ambicioso. Consiguió repatriar la deuda externa e indemnizar a las compañías nacionalizadas, aunque a un muy alto precio. A fines de 1949 las reservas argentinas en dólares y libras eran prácticamente nulas; ocho meses más tarde, el peso argentino había perdido cinco veces el valor que tenía dos años antes en el mercado de cambios.

El escaso núcleo de técnicos alemanes emigrados se afincó en Córdoba, donde adoctrinó a oficiales de la fuerza aérea y participó de las tertulias de Jordán Bruno Genta, el más influyente de los ideólogos de la extrema derecha en esos años y aun dos décadas más tarde. Los criminales de guerra y sus colaboradores se dispersaron en las colonias situadas en las sierras de Córdoba y junto a los lagos de los Andes patagónicos. En estas áreas, la población oriunda de Alemania, Austria y Yugoslavia era inferior al tres por ciento en 1943; dieciocho años después, el índice había crecido sugestivamente a veintiún por ciento.

No consta en ningún registro que esos criminales de guerra hayan servido como asesores de la policía o de otras fuerzas de seguridad, como sucedió, en cambio, con Miguel Silvio Sanz (a) El Negro, maestro de torturas del dictador venezolano Marcos Pérez Jiménez, a quien Perón, que fue su amigo en Caracas, le ofreció trabajo en Buenos Aires a comienzos de 1974.

Pero a partir de las relaciones que los ex oficiales de las SS mantuvieron con oficiales superiores del ejército y la fuerza aérea, y de los contactos que establecieron con Genta, Nimio de Anquín y el presbítero Julio Meinvielle, ideólogos y adalides de la caza de brujas, todo el pasado nazi fue permeando poco a poco el presente argentino y convirtiendo una sociedad que a comienzos de siglo tendía a ser abierta y liberal en un convento cada vez más amurallado en el autoritarismo y la represión.

Sería quizás exagerado suponer que la barbarie de la última dictadura militar argentina fue influida por algo tan remoto como la migración de nazis entre 1947 y 1950, pero las semejanzas entre los métodos represivos de los dos regímenes son tan vastas que no pueden obedecer al azar. El ejercicio de la tortura y de la esclavitud contra inocentes o adversarios que ya no se resistían, la concepción de la guerra como exterminio, el plagio de los campos de muerte, de las fosas comunes, de los hornos crematorios, no son meras parodias subdesarrolladas de una historia atroz. Son la puntual lección de discípulos enajenados (llámense Videla, Massera, Camps, Chamorro, Viola o Galtieri) por el legado que dejaron inconcluso los maestros del Tercer Reich.

Las investigaciones de la Comisión Nacional sobre la Desaparición de Personas, CONADEP, abundan en testimonios sobre los símbolos y consignas del nazismo que imperaron en las cámaras de tortura de La Perla, del Vesubio o de la Escuela de Mecánica de la Armada: las esvásticas, la reproducción melancólica de los discursos de Hitler durante las sesiones de tormento y las inscripciones de glorificación nazi en los muros, reconstruyeron una escenografía caricatural de la muerte que los jueces de Nuremberg creyeron, con candor, haber desalentado para siempre.

Como figura central de la militarización impuesta a la sociedad argentina, Perón entronizó, desde el poder, muchos de los conceptos que había aprendido y enseñado en la Escuela Superior de Guerra. Una de sus ideas básicas fue, como se sabe, la de "la Nación en armas", es decir, la preparación para la guerra aun en tiempos de paz, poniendo todas las riquezas y energías del país bajo la tutela de un conductor que debía surgir de las fuerzas armadas. Su anticomunismo visceral y la obsesión por construir un ejército capaz de autoabastecerse, fabricando sus propios armamentos, son factores que lo resolvieron, sin duda, a mostrarse hospitalario con los servidores de un Reich al que profesó, aun en la vejez, un inequívoco respeto y una admiración ambigua.[32]

Cierta mañana, en setiembre de 1970, Perón me habló con entusiasmo de un especialista en genética que, durante su segundo gobierno, solía visitarlo en la residencia presidencial de Olivos, entreteniéndolo con el relato de sus maravillosos descubrimientos.

"Un día", dijo Perón, "el hombre vino a despedirse porque un cabañero paraguayo lo había contratado para que le mejorara el ganado. Le iban a pagar una fortuna. Me mostró las fotos de un establo que tenía por allí, cerca del Tigre, donde todas las vacas le parían mellizos".

Pregunté cómo se llamaba el taumaturgo.

"Quién sabe", meneó la cabeza Perón. "Era uno de esos bávaros bien plantados, cultos, orgullosos de su tierra. Espere... Si no me equivoco, se llamaba Gregor. Eso es, doctor Gregor."[33]

Helmut Gregor fue el nombre con que Josef Mengele buscó asilo en la Argentina, a mediados de 1949.

32. Véanse "Las memorias de Puerta de Hierro" en este mismo libro.
33. Entrevista grabada en Madrid, el 9 de setiembre de 1970.

Este libro se terminó de imprimir en el mes
de junio de 2004 en Color Efe,
Paso 192, (1870) Avellaneda,
República Argentina.